Falsa liebre

Falsa liebre

FERNANDA MELCHOR

LITERATURA RANDOM HOUSE

La edición definitiva de esta novela fue escrita gracias al apoyo del
Berliner Künstlerprogramm de la DAAD.

Literarische Agentur Michael Gaeb

El papel utilizado para la impresión de este libro ha sido fabricado a partir de madera
procedente de bosques y plantaciones gestionadas con los más altos estándares ambientales,
garantizando una explotación de los recursos sostenible con el medio ambiente y beneficiosa para las personas.

Falsa liebre

Primera edición en Penguin Random House: mayo, 2022

D. R. © 2013, 2021, Fernanda Melchor
Publicado bajo acuerdo con Michael Gaeb Literary Agency

D. R. © 2022, derechos de edición mundiales en lengua castellana:
Penguin Random House Grupo Editorial, S. A. de C. V.
Blvd. Miguel de Cervantes Saavedra núm. 301, 1er piso,
colonia Granada, alcaldía Miguel Hidalgo, C. P. 11520,
Ciudad de México

penguinlibros.com

ISBN: 978-607-381-322-8
Impreso en México – *Printed in Mexico*

Para Julio, mi hermano,
la otra mitad de mi infancia

Mirad, ¡qué gran bosque se incendia con tan pequeño fuego!

Epístola de Santiago, 3:5

I

Con la frente pegada al cristal de la ventana, Andrik miraba la noche. La lluvia bañaba las fachadas de los edificios aún dormidos, hacía temblar las copas de los árboles y formaba charcos que el auto salpicaba en su carrera por la avenida. El cristal estaba cubierto de gotas relucientes que el viento arrancaba con crueldad. Las estiraba y deshacía en hilos, las empujaba hasta el borde de la ventana y las hacía reventar. Andrik trataba de ayudarlas; ofrecía su dedo índice para que las gotas desamparadas se prendieran de su carne y se salvaran, pero el vidrio helado se interponía.

—Carajo —gruñó el hombre—, deja de ensuciar el vidrio.

Andrik se apartó de la ventanilla. Se tocó la cara con disimulo; su mano y su mejilla estaban ya secas gracias al aire acondicionado, pero sus ropas aún empapaban la tapicería. Aunque sentía las tetillas duras por el frío se resistía a cruzarse de brazos. Sabía que el hombre lo miraba con furia, que explotaría en cualquier instante, que era mejor tener las manos libres.

—Y esa gorra…

Alcanzó a encogerse de hombros antes de recibir el golpe en la cabeza. La gorra fue a dar a sus pies; no se atrevió a levantarla.

—¿De dónde la sacaste? Pareces un puto vago.

El aliento del hombre llenaba el aire helado. Era agrio, como si hubiera estado comiendo pescado en salmuera. Andrik miró de reojo el velocímetro digital del tablero. Marcaba 95, 98, 105 kilómetros por hora. El motor del auto se escuchaba ahora por encima del golpeteo de la lluvia sobre el toldo, del chirrido que producían los limpiaparabrisas. Miró las manos del hombre sobre el volante: los nudillos pálidos, los antebrazos rígidos, los dobleces percudidos de la camisa celeste, arremangada con descuido. En la muñeca derecha faltaba el reloj: una tira de piel descolorida delataba su ausencia.

El hombre jamás salía de casa sin el reloj. Era lo primero que se ponía al vestirse, antes incluso que la ropa interior. Y jamás usaba camisas con marcas de mugre.

—Y sácate ese dedo de la boca…

Andrik miró su pulgar, sorprendido. ¿A qué hora se lo había llevado a los labios? El borde de la uña sangraba, en carne viva. Lo apretó contra la humedad de su playera hasta que dejó de arderle.

Algo está mal.

El pedazo de uña arrancado le pinchaba el fondo de la lengua. Prefirió tragárselo antes de que el hombre lo descubriera escupiéndolo.

Algo está pasando.

Andrik sacudió la cabeza.

Míralo…

"Cállate", suplicó en silencio.

Míralo, anda.

Andrik echó un vistazo. Hasta entonces se dio cuenta de que tampoco llevaba los lentes puestos. Su rostro lucía más desnudo y áspero que de costumbre, avejentado.

Y la camisa…

"Es la misma que llevaba esta mañana", pensó.

Ayer en la mañana.

Andrik exhaló una bocanada desesperada.

Llegó a la casa y no te encontró y salió a buscarte. Lleva toda la noche buscándote.

Cinco para las tres de la mañana, leyó en los dígitos del tablero. Aún faltaba mucho para que amaneciera. Las calles seguían desiertas: ni siquiera los taxistas deseaban surcar la ciudad con aquel aguacero. Los semáforos de la avenida no funcionaban: emitían una sola luz, parpadeante, ambarina. Luz preventiva.

Miró de nuevo las manos del hombre sobre el volante, los codos apretados contra las costillas, el rostro lívido de rasgos tensos.

"Me encontró", pensó, súbitamente admirado.

Cerró los ojos un rato, y cuando volvió a abrirlos notó con alivio que ya estaban cerca de la casa. Se lo indicaba el puente, o más bien, sus luces, coloreando la lluvia al final de la avenida, a la misma altura que los anuncios espectaculares. Andrik ignoraba lo que había detrás; suponía, por los letreros verdes que alcanzaba a leer, que la ciudad se terminaba del otro lado, y que la avenida se dividía en una red de carreteras que conducían a la capital del estado, a los territorios del norte, a los muelles más lejanos del puerto.

El hombre carraspeó antes de hablar, con voz ronca.

—Adivina quién vino hoy a visitarte.

El auto dejó atrás el semáforo parpadeante, el último que se veía. ¿No era ahí donde tenían que dar vuelta a la izquierda? Pelón le había advertido que estuviera atento, que tratara siempre de recordar los lugares, los nombres de las calles, los números de las placas de los autos a los que se subía. Pero había pasado demasiado tiempo encerrado en la casa del hombre, semanas enteras, y ahora apenas recordaba retazos del camino.

—Te estoy hablando, carajo.

—No sé —dijo Andrik en automático.

Pero claro que sabía.

—Adivina…

El chico se encogió de hombros. Ya no podía soportar más el frío del aire acondicionado. Se cruzó de brazos y metió las manos en el hueco de sus axilas. Era mejor que comerse las uñas y delatar su nerviosismo.

—Tu hermano —dijo el hombre.

Se había vuelto para clavar sus ojos en Andrik.

—Tu hermano, *tu hermanito del alma*, pasó a buscarte a la casa en la tarde.

Andrik se obligó a congelar su cara. El temblor de los párpados era lo más difícil de controlar, igual que el cosquilleo en la comisura de sus labios. Fijó la mirada en la noche, en el puente que se alzaba del otro lado del cristal, más allá de los limpiaparabrisas y de la lluvia obstinada.

—Me agarró afuera, cuando abría la puerta. Ni siquiera sabía que te habías largado…

Luchaba con todas sus fuerzas para no parpadear, para no generar el menor movimiento.

—Me sacó un buen susto porque no lo vi llegar, y eso que es inmenso. Cuando me di cuenta ya lo tenía al lado. Por la facha pensé que era un loco, un limosnero: andaba todo mugroso y apestaba rancio, como a leche agria. Me di la vuelta para encararlo y le grité: "¿Qué quieres, cabrón? Lárgate de aquí". Los ojos se le iban para adentro de la casa y entonces pensé: "Éste lo que quiere es robarme". "¿Qué madres se te perdió, hijo de la chingada?", volví a gritarle, y el mugroso gordo se hizo para atrás. Ahí fue cuando me di cuenta de que era un chamaco. "Busco a mi hermano", me dijo con voz de pito. Semejante animal, y esa voz ridícula, de bobo. Todavía no le bajan los huevos.

"Zahir", pensó Andrik. La boca le exigía pronunciar cada sonido de ese nombre, pero se mordió los labios para no hacerlo. Para no sonreír.

—"Qué hermano ni qué carajo", le dije al gordo. "Aquí no hay ningún hermano tuyo." Y yo trataba de encontrarle un parecido contigo, pero nada. "Yo sé que usted lo tiene", me decía el imbécil. Estaba nervioso pero muy serio. "Usted lo tiene, no mienta." "Vete a chingar a tu madre", le grité, "voy a marcarle a la policía". El auto trepó por el puente a toda velocidad. La defensa raspó contra el concreto y las llantas botaron sobre los mosaicos fluorescentes que delineaban los carriles. Desde ahí arriba, la ciudad era una maraña de luces que los goterones sobre el vidrio y las lágrimas en los ojos de Andrik refractaban en nebulosas coloridas. El mar cercano, en cambio, se confundía con la noche: pura negrura cerrada, sin horizonte.

—Todavía se quedó un rato afuera de la casa, sin decir nada, como amenazándome. Pensé en los vecinos y exploté de coraje. Le hice señas desde la ventana, con el teléfono en la mano, y fingí que marcaba. "Policía", grité, para que el infeliz me oyera. "Hay un tipo drogado tratando de meterse a mi casa." El maldito gordo se alejó de la ventana, y yo no sabía si seguía allá afuera, o si se había largado. Todavía esperé un rato junto al teléfono, con el corazón en la mano, sin querer hablarte, sin gritar tu nombre en caso de que el cabrón me estuviera espiando. Pensé que estabas dormido, que por eso no bajabas. Me esperé un rato más y luego fui a la puerta y la abrí, para comprobar que se hubiera ido. Y entonces vi tu retrato...

Había dejado de llover, tan de improviso que ahora los limpiaparabrisas rechinaban escandalosamente contra el vidrio empañado, en balde.

—Estaba ahí, sobre la banqueta, debajo de una piedra; justo enfrente de la puerta. Una foto tuya de hace... ¿dos, tres años? Estás más llenito en la foto, y vas de uniforme, con los cabellos cortos, y sonríes como nunca te he visto sonreír, y te falta un diente, un colmillo creo, o un incisivo tal vez, pero eres tú, eres el mismo. Los mismos ojos claros, verdes, casi amarillos, tus ojos hermosos...

El auto invadió el carril contiguo. Las llantas botaron de nuevo sobre la línea de reflectores. El hombre jadeó sorprendido y rectificó el rumbo con un tirón del volante. Sumió el pie en el acelerador mientras se enjugaba las comisuras de la boca con el dorso de la mano.

Se le escapó una risilla.

—Voy a arrancártelos…

Su mano pescó la muñeca de Andrik. La palma estaba húmeda y caliente.

—Todo lo que me contaste es mentira, todo lo que me dijiste…

—No, te juro que…

El hombre le estrujó los huesos de la muñeca.

—¡Deja de mentir!

—¡No es mentira! ¡No tengo hermanos!

Cada palabra le dolía. Cada sílaba pronunciada hacía más hondo el hueco que perforaba su garganta.

—No tengo a nadie.

El hombre lo soltó.

—¿Quién es ese pinche gordo, entonces?

—No sé… —respondió Andrik en automático.

—"No sé"—lo arremedó el hombre con voz chillona—. ¿Por qué tenía tu foto, entonces? ¿Por qué me la dejó como prueba?

Andrik se frotó la muñeca. La boca le sabía a lágrimas. Permaneció callado hasta que el hombre sacudió la cabeza y pisó el acelerador a fondo.

El auto descendió el puente y se integró a la carretera principal, detrás de una camioneta cargada de obreros en camisolas. Andrik miró suplicante los rostros somnolientos de aquellos hombres apiñados en la batea, pero ninguno se dignó a echar una mirada al interior del carro. El hombre tuvo que frenar de súbito para no estamparse contra la camioneta, que avanzaba más lentamente. Con un gruñido de impaciencia y un par de bocinazos aceleró de súbito para invadir el carril contiguo y rebasar al vehículo por la derecha.

No había nada en aquel camino, ni casas ni comercios a la vista, sólo una barda eterna, que corría por kilómetros enteros junto a la ventanilla de Andrik, y tras la cual se insinuaban las moles oscuras de los silos del puerto, y pilas y pilas de contenedores herrumbrosos y derruidos. Junto a la barda crecían hileras de casuarinas torcidas, deformadas por el viento implacable de la costa. Sus ramas plumosas, cargadas de agujas fragantes, lucían tétricas bajo la luz mortecina de los pocos arbotantes que aún funcionaban en plena temporada de tormentas.

A Andrik le latían los oídos. Apenas podía respirar: su pecho se hinchaba y se vaciaba ruidosamente; sentía que se ahogaba. Cerró los ojos a pesar de la náusea.

Te lo dije.

"Cállate", suplicó Andrik en su cabeza.

Algo está pasando.

"Ya, por favor."

Él te lo advirtió, él te lo dijo, la primera noche: "Una pendejada y te entrego a la policía".

Lo recordaba muy bien.

Dirá que te encontró robando en su casa. Y te encerrarán. O peor aún, te llevarán de vuelta con la tía.

"Pues entonces diré la verdad", pensó. "Diré que me secuestró, que me obligaba..."

¿La voz se estaba riendo? Era un sonido encantador, cristalino. Sacudió la cabeza para acallarla.

Él tiene dinero y tú no, entiéndelo bien. Él es adulto y tú no. ¿A quién crees que van a creerle?

"Pero él me quiere", rebatió Andrik. "De verdad me quiere. Mira, salió a buscarme en plena tormenta, y me encontró."

Para vengarse.

"No, sólo quiere asustarme", suspiró.

En cualquier momento, estaba seguro, el hombre se cansaría de aquel juego, como se cansaba siempre de los dramas que a menudo lo obligaba a representar en la alcoba. En cualquier momento daría vuelta en U y sacaría sus lentes del bolsillo de la camisa y se los pondría con una sonrisa tímida y lo llevaría de vuelta a casa. Le sacaría un poco de sangre, unas cuantas lágrimas de arrepentimiento, y eso sería todo, con eso se conformaría. La misma rutina de siempre, predecible y reconfortante.

Esta vez es diferente.

El auto redujo la velocidad. Andrik soltó un suspiro.

"¿Ya ves? Te dije que no pasaba nada, ya vamos de regreso", pensó.

La estúpida voz soltó una nueva carcajada tan límpida y maliciosa que los vellos de la nuca de Andrik se erizaron.

¿Seguro, muñeco?

En vez de girar hacia la izquierda, de regreso a las luces del puente, el hombre volanteó para internar el auto en una brecha arenosa flanqueada por casuarinas torcidas. No había luces ahí, ni arbotantes, ni más señalamientos que varios letreros de madera clavados a los troncos de los árboles, sus letras escarlata brillando brevemente bajo los faros del auto:

BIEN VENIDOS A PLAYA NORTE
PROIBIDO NADAR AY POSAS

Una burda calavera, pintada también de rojo herrumbre, le sonrió a Andrik con dientes carcomidos por el moho.

No, parece que no vamos a casa...

El hombre condujo en silencio por el camino de terracería; cuando éste acabó, hizo avanzar al auto por la parte central de la playa. La arena estaba húmeda; oscura y pesada, lucía más apta para sembrar en ella que para recibir las olas que reventaban con escándalo a menos de diez metros de la ventanilla de Andrik. El mar bullía, negro verdoso, coronado de espuma amarillenta, aunque el chico no alcanzaba a escucharlo. El cielo era oscuro también, con un dejo plomizo. Ya no llovía: los cúmulos de tormenta se alejaban de la costa a toda prisa. Cargados de relámpagos, fosforecían en su apresurado camino hacia las montañas del norte.

La ropa de Andrik seguía húmeda y ahora su nariz moqueaba. El aire acondicionado hería el interior de su garganta, pero no se atrevió a pedirle al hombre que lo apagara. Había sido un accidente, terminar empapado de aquella manera: primero en los baños del mercado, cuando el asalto, y luego bajo el furor de la tormenta que lo sorprendió mientras caminaba por las calles cercanas al ferrocarril, tratando de hallar el camino a la avenida que conducía a la rotonda del don encabronado, como Pelón la llamaba.

Para entonces ya no se le ocurría qué más hacer, a dónde ir. Y cuando el viento latoso comenzó a sacudir las copas de los árboles y gruesos goterones de agua oscurecieron el pavimento, Andrik no pudo hacer otra cosa más que hundir los hombros y bajar la cabeza y apretar el paso hacia las luces de la avenida. Tenía la esperanza de hallar ahí algún zaguán, alguna parada de autobuses bajo la cual refugiarse, pero muy pronto la lluvia se convirtió en un cruel aguacero. El viento soplaba en rachas que empujaban la cortina de lluvia tibia contra su cuerpo, y en pocos minutos terminó calado de pies a cabeza. Decidió proseguir su camino bajo el agua y los relámpagos, qué importaba ya que sus pies se hundieran hasta el tobillo en los remolinos de las cunetas, si de todas formas tenía los tenis completamente anegados. Para entonces ya sólo deseaba llegar a la rotonda y refugiarse bajo la estatua de aquel figurón de bigotes severos que miraba ceñudo al horizonte y apuntaba con un dedo acusador, flamígero, el punto exacto en donde los chicos se reunían a esperar a sus clientes. Ahí podría aguardar a que alguien lo levantara, cosa que no fallaría. Era un chico lindo, Pelón se lo había asegurado. No tenía necesidad de volver jamás a casa de la tía Idalia si no le daba la gana. Ahí en la rotonda había dinero de sobra, si sabías aprovecharlo, si no le temías al trabajo rudo. Pelón le había enseñado a Andrik todo lo que sabía.

—Si hay más de un bato, ni de pedo nos subimos. Si es uno solo pero está chavo y trae carrazo, no joteamos porque nos madrea. Si es un don con una doña, es porque el don quiere ver cómo te coges a la doña, ni pedo; pero cobramos doble, ¿eh?, no hay que ser pendejos. Los rucos que llegan a pie o en carcachitas son los mejores. A veces ya ni siquiera se les para.

Pelón fue el único del barrio que le echó una mano cuando el chico tuvo que huir de casa de la tía. Zahir había dicho que escaparía con él, por eso lo esperó en el parque la noche entera y buena parte de la mañana del día siguiente. Zahir nunca llegó, y el hambre y el miedo ganaron. Pelón no tardó nada en conseguirle un par de tenis, que le venían enormes, y luego pasó la tarde entera dándole consejos entre jalones a su bolsa de pegamento. Al caer la noche lo mandó a la rotonda del don encabronado. El propio Pelón ya no podía llevarlo en persona; los muchachos le habían pedido que se mantuviera alejado. Decían que sus llagas espantaban a los clientes.

—Cuando se paran nos asomamos al carro para verle bien la jeta, las manos, si está chupando, si está fumando, si hay alguien más ahí con ellos. Apretamos la mandíbula, exacto, y abrimos los ojos así y sonreímos, ajá, lo haces perfecto. Y ponemos el brazo acá, y nos inclinamos, para que vean lo flaquitos que estamos, para que vean que no tenemos vello, eso los pone bien pinches orates.

Cuando finalmente llegó, el lugar estaba vacío. No logró secarse porque la lluvia no dejó nunca de caer; en algún momento se convirtió en una especie de brisa densa que flotaba en el aire y lo hacía moquear. Ningún auto se detuvo por él, nadie bajó siquiera la velocidad para echarle un rápido vistazo con los ojos entornados. Al caer la noche, el tráfico se tornó más intenso y las luces de los faros teñían la llovizna de blanco, rojo y amarillo. La ropa le colgaba del cuerpo, pesada e incómoda. Encontró una gorra tirada sobre los escalones del monumento; seguramente alguno de los chicos la había olvidado. La exprimió un poco antes de ponérsela. Se sentía completamente exhausto y se quedó dormido sin querer, con la cabeza sobre los brazos, abrazándose las piernas. Tiritaba por ratos, aunque el agua de la llovizna era tibia. No supo cuánto tiempo pasó así, arrullado por el ruido de las bocinas y los escapes. Cuando finalmente despertó ya era de noche, y el tráfico había disminuido. Del otro lado de la calle un auto le hacía señas con las luces: era el auto amarillo del hombre, y el hombre mismo al volante, mirándolo suplicante, con el ceño fruncido.

Pensó en huir, y por un momento se vio a sí mismo corriendo en dirección contraria a la del tráfico, escalando bardas y ramajes, como cuando escapó de casa de la tía. Pero estaba demasiado cansado, y la expresión del hombre era digna de pena. Por eso había subido al auto, por eso había accedido a volver con aquel tipo.

No cualquier tipo, dijo la voz. *Tu hombre.*

"Todos son iguales", asintió Andrik.

Su madre decía aquello todo el tiempo, todo el tiempo lo repetía.

Todos son iguales, todos vuelven, siempre, como la mula al trigo.

"Me encontró", pensó Andrik con emoción, la mirada perdida en la ventanilla, en la playa silente y oscura. "Tal vez de verdad me quiere."

Ni Zahir ni su madre lo habían hecho. Nadie lo había buscado nunca.

El viento hacía temblar las ventanillas. Silbaba furibundo, buscando la manera de colarse dentro del auto. La playa se había vuelto más estrecha, más accidentada; el vehículo subía y bajaba por terraplenes cubiertos de matorrales que se espesaban al internarse en el bosque de casuarinas. El hombre conducía sin inmutarse, trepando por las dunas sin importar que las ramas de los arbustos golpearan la parte inferior del carro, o que éste jadeara por el esfuerzo de trepar por la arena reblandecida. En algún momento tuvo que pisar el acelerador con firmeza para dejar atrás una colina coronada de zarzales. La playa se terminaba unos metros más adelante: un brazo de manglar, cerrado como una muralla, bajaba desde el bosque y se internaba en el mar. El hombre apagó el motor y los faros se extinguieron de golpe, igual que las luces del tablero y el zumbido del aire acondicionado. Sólo entonces Andrik alcanzó a escuchar el rugido de las olas reventando contra la playa, a lo lejos.

La oscuridad dentro del auto era espesa; Andrik ya sólo alcanzaba a distinguir las partes más pálidas del hombre: el interior de sus brazos, el cuello, el brillo de su calva. Lo demás eran sombras y susurros de tela.

—Todo este tiempo —dijo desde la penumbra— me has mentido, impunemente…

Parecía más calmado, casi plácido. Sus manos buscaban algo en el compartimento entre los asientos, sin prisa.

—Mentira tras mentira…

—Oye… —comenzó Andrik.

—¡Cállate!

El golpe contra su rostro lo dejó mudo y ciego. Algo duro, más duro que los huesos del puño del hombre, le aplastó la nariz y los labios.

—¡Cállate, carajo!

Otro golpe, en la sien, pues Andrik ya se había girado. Otro más, en el hombro alzado por instinto. Manoteó buscando la manija de la puerta, con el hombre jadeando encima de él, con sus rodillas aplastándole las piernas. La boca le sangraba, podía sentir los labios rotos, floreados, palpitantes. Su frente impactó contra la ventanilla, en un desesperado intento por apartarse de los golpes, del peso del hombre, de sus duros codos enterrándose en sus costillas, de los dedos que tiraban de su cabello para descubrirle el rostro y seguir masacrándolo. La puerta se abrió con violencia, ayudada por el viento, cuando Andrik logró por fin jalar la manija. Pateó al hombre en el pecho, con todas sus fuerzas, y se arrojó del auto. Intentó ponerse de pie en seguida pero las piernas le flaquearon. Se golpeó la cabeza contra la puerta y quedó aturdido, a gatas, los dedos hundidos en la arena. Quiso emprender la carrera; entonces el hombre lo pescó del cuello de la playera y comenzó a zarandearlo.

Sólo entonces vio la pistola. Había algo de ridícula en ella, o más bien, en la manera en la que el hombre la sostenía, como si no supiera muy bien qué hacer con un arma. Forcejearon durante algunos segundos, hasta que la tela de la playera se desgarró y Andrik cayó de rodillas. El hombre lo cogió del pelo y, de un tirón brutal, lo obligó a levantarse. Le rodeó el cuello con el brazo y, apoyando el cañón de la pistola contra la sien derecha de Andrik, lo empujó -hacia el manglar con su propio cuerpo.

Las puntas de los pies del chico apenas tocaban el suelo. Trató de patear al hombre, pero el candado que comprimía su cuello le cortaba la respiración y no tuvo más remedio que dejarse llevar. Seguramente estaba en shock, pues le pareció que había más claridad ahí afuera, en la playa, que en el interior del auto. Incluso lograba distinguir con mayor nitidez el escenario que los rodeaba: las copas susurrantes de las casuarinas, las suaves ondulaciones de las dunas cubiertas de achaparradas suculentas, las florecillas lila de fragancia escandalosa que despuntaban sobre éstas, la luna en lo alto, apenas una rebanada de azogue. Había palmeras a lo lejos, altísimas y desmarañadas, recortadas por encima del manglar impenetrable, y había también algo más ahí, justo enfrente de ellos, algo sólido, hecho del mismo material del bosque pero de factura humana: una cabaña, o más bien, sus ruinas agónicas. Una cosa a la que apenas le sobrevivía un techo de palma y los barandales de madera de una terraza colapsada por el embate continuo de las olas.

Se dio cuenta de que el hombre pretendía llevarlo ahí, al interior de aquella choza que, a todas luces muerta, parecía respirar con vigor maligno. Le metería una bala en la cabeza y dejaría su cuerpo ahí dentro, bajo la broza y la madera podrida, para que ratas y jaibas voraces lo despacharan.

—Voy a matarte —dijo el hombre, como si hubiera escuchado sus pensamientos.

Le apretó el cuello con tanta fuerza que Andrik se desvaneció. Cuando volvió en sí, segundos más tarde, estaba tendido sobre la arena. El tipo caminaba en círculos a su alrededor. Gimoteaba, se mecía, preparándose.

—Ya, por Dios, que se acabe pronto, que se acabe… —lloriqueaba el tipo.

Andrik trató de sentarse. Abrió la boca para suplicar, pero sólo alcanzó a balbucir burbujas de baba y sangre.

El hombre lo pateó de vuelta a la arena.

—¡Habla bien, carajo…!

Andrik trató de sentarse de nuevo. Se llevó la mano a los labios para comprobar que siguieran ahí, pegados a su cara.

—Perdón —logró decir, con esfuerzo.

El hombre frunció el rostro en un gesto de dolor intolerable. Incluso se llevó la mano libre al pecho, como si estuviera experimentando un infarto al corazón. Sacudió la cabeza y se frotó los ojos con el dorso de la mano que sostenía la pistola. Miró el arma por unos segundos y luego apuntó el cañón hacia Andrik.

—¿Perdón por qué? —farfulló.

"Perdón por escapar, perdón por abandonarte": eso era lo que tenía que decir. Andrik lo sabía, pero la verdad era que no se arrepentía de nada.

Escapar del hombre. Lo intentó desde el principio, desde el primer momento, cuando despertó en aquella cama enorme en medio de una alcoba que apenas reconocía. No había sido su intención quedarse dormido. Había confiado en que, en algún momento de la noche, lo echarían de la casa y tendría que volver caminando a la rotonda. O al menos así había sido con todos los anteriores.

Bajó del lecho y buscó su ropa. En el aire flotaba un fuerte aroma a colonia para después de afeitar, pero el hombre no estaba por ninguna parte, ni siquiera en el piso de abajo. En el sillón de la sala encontró su ropa, prolijamente doblada. Faltaban los calzoncillos y los tenis que Pelón le había regalado, los cuales encontró más tarde en el cesto de la basura, bajo una carga húmeda de café molido. Se puso el pantalón y la playera y caminó hacia la puerta principal. Lo asustó encontrarla cerrada con doble llave. Abrió las cortinas. Todas las ventanas tenían protecciones, incluso las del segundo piso. No supo qué hacer más que sentarse en el sofá y esperar a que algo sucediera, a que el hombre regresara, lo cual ocurrió pasadas las seis de la tarde. Tumbado sobre el sillón, con la espalda vuelta hacia la puerta, escuchó primero el motor de un auto, luego el tintineo de las llaves en el zaguán, el chirrido de la puerta al abrirse y el porrazo sordo al cerrarse. Se dio la vuelta y miró al hombre dejar un paquete de pollo frito sobre la mesa del centro.

—¿Tú abriste las cortinas? —preguntó el tipo, sin saludarlo.

Andrik no dijo nada, ni siquiera cuando el hombre se acercó y le pegó en la cara con la mano abierta.

—¿Con permiso de quién?

—No sé —dijo Andrik en automático.

—En esta casa hay reglas. Yo las pongo y tú las obedeces, ¿entendido?

Pero ni siquiera esperó a que el chico respondiera. Lo sujetó de la nuca y lo condujo escaleras arriba y no lo dejó en paz hasta bien entrada la madrugada.

Las reglas eran muchas y solían cambiar a menudo. A veces el hombre le ordenaba que anduviera desnudo por la casa y se pasaba el día entero corrigiéndole la postura, para al siguiente reprenderlo por no haberse vestido tan pronto se levantó de la cama. Le prohibía hablar a menos que pronunciara bien las palabras, pero luego se ofendía cuando Andrik se demoraba en responder a sus preguntas, y lo acusaba de esconderle la verdad, de maquinar mentiras. Una semana más tarde, Andrik había dejado de hablar a menos que el hombre le hablara primero, y ya nunca cometía errores. Había aprendido a leer los variados humores del hombre, a adaptarse a lo que éste necesitara. Y, sí, le mentía descaradamente. Le había contado que era huérfano, que no conocía a sus padres, que había escapado de una casa hogar donde lo maltrataban. Fingía gratitud cuando le llevaba comida y golosinas, y también al recibir la ropa que solía entregarle envuelta en papel delicado y metida en cajas de cartón con el logotipo de unos grandes almacenes. El hombre dejaba adrede la etiqueta con el precio de las prendas, para que Andrik comprobara la cantidad de dinero que gastaba en él. Novecientos noventa y ocho pesos por un pantalón de lino en el que Andrik ni siquiera podía sentarse, porque se arrugaba, y eso no le gustaba al hombre, por ejemplo. O mil quinientos por unos mocasines de gamuza que en realidad le venían apretados.

Después de una quincena de largos, interminables días en aquella casa donde casi siempre permanecía solo, Andrik estaba harto. Hasta la pizza y el helado que comía a diario comenzaban a asquearle. Esa misma noche se armó de valor para preguntar cuándo podría salir un rato.

—Salir, ¿a qué? —quiso saber el hombre.

—No sé —dijo Andrik—. ¿A pasear un poco?

El hombre lo miró muy serio.

—Primero tienes que ganarte mi confianza...

Pasaron más días y el hombre seguía encerrándolo bajo llave cada vez que se largaba al trabajo. Incluso desconectaba el teléfono y escondía el aparato en algún sitio que Andrik no logró nunca hallar, por más esfuerzos que hizo. Porque justo a eso se dedicaba cuando terminaba las tareas que el hombre le había endilgado, o cuando se cansaba de mirar televisión y sentía que los muros de aquella casa se encogían y lo ahogaban: registraba meticulosamente las habitaciones que no estaban cerradas con llave. Revolvía el fondo de los armarios y el contenido de los cajones, y revisaba todos y cada uno de los papeles que el hombre no escondía de su vista. Así fue como halló la lima de acero. Estaba al fondo de la gaveta bajo el fregadero de la cocina, abandonada en un pequeño charco de agua estancada. Era un filo triangular, cubierto de orín, con numerosas muescas verticales a lo ancho del metal. Se sentía pesada en sus manos y, una vez que estuvo totalmente seca, le dejó las palmas manchadas de algo anaranjado que parecía chile en polvo pero que sabía a centavo.

Decidió probar la lima en una ventana del segundo piso, la que estaba al final de la escalera, la única desde la que podía alcanzarse la azotea de la casa vecina. Desobedeciendo las reglas corrió la cortina, quitó el pasador de la ventana y la deslizó hacia la izquierda. La azotea contigua estaba atravesada de cuerdas que servían de tendederos y, por encima de la ropa mojada y de las sábanas extendidas, Andrik alcanzaba a ver el tráfico de una calle cercana, y una enorme franja de cielo descolorido. Probó el filo de la lima contra el tercer barrote de la protección, el que se veía más corroído, y al cabo de varios minutos de labor notó que el travesaño comenzaba a deshacerse en hojuelas metálicas. Se aplicó con entusiasmo, hasta que el esfuerzo le sacó una ampolla en el dedo. Se dio cuenta, por la cualidad de la luz, de que el hombre ya no tardaría en regresar, así que recogió las esquirlas de metal oxidado, las arrojó por la ventana y volvió a esconder la lima en la gaveta bajo el fregadero.

Si el hombre notó la ampolla, no se molestó en comentar nada. Por pura precaución, Andrik había puesto la mano un buen rato bajo el chorro de agua del lavabo, para desinflamarla, en caso de que al hombre le apeteciera emprender una de esas revisiones exhaustivas de su cuerpo.

Al día siguiente reanudó el trabajo desde temprano, tan pronto se quedó solo. Para el mediodía ya podía separar al barrote de su base inferior. El hueco que dejaba, cuando usaba toda su fuerza para empujar el travesaño, era estrecho, pero con un poco de paciencia y maña y un par de horas empujando el metal hasta deformarlo, Andrik logró pasar la cabeza por aquel espacio. Se contorsionó hasta deslizarse hacia la azotea vecina, y sin pensarlo mucho, embriagado por la libertad de verse al fin libre, *afuera*, se descolgó de una cornisa y saltó a la calle. No se dio cuenta de que estaba descalzo sino hasta que la acera caliente le quemó las plantas de los pies. Apenas había conseguido avanzar unos metros, con el corazón brincándole en el pecho, cuando una mujer pasó a su lado y se volvió para dirigirle una mirada de suspicacia. Aterrado, esperó a que la doña desapareciera tras la esquina, y usó las protecciones de las ventanas de la casa vecina para trepar de nuevo a la azotea y volver a la casa del hombre.

Una vez adentro, se calzó los tenis, pero dudó en volver a salir. Temía que la mujer entrometida lo estuviera espiando en las cercanías, como el hombre aseguraba que las vecinas hacían todo el tiempo en aquel barrio, de ahí la necesidad de mantener las ventanas cerradas y las cortinas corridas. Si se atrevía a salir de nuevo, la vieja metiche podría llamar a la policía, y seguramente se lo llevarían al cuartel, nada más de verle la facha, y de ahí tal vez directo al reformatorio, o peor aún, de regreso a la casa de la tía.

De todas formas, para su mala suerte, el hombre regresó temprano esa tarde.

La mañana siguiente Andrik corrió escaleras arriba tan pronto el hombre se marchó al trabajo. Se escurrió de nuevo hacia la azotea vecina, esta vez totalmente vestido y calzado con los tenis más cómodos que tenía. Ni siquiera pensó en llevar consigo una mochila; se dijo a sí mismo que no estaba escapando, que sólo iría a pasear un poco, tal vez daría una vuelta por la rotonda y regresaría antes de que el hombre volviera del trabajo.

Se había pasado la noche entera en vela, discutiendo con la voz, tratando de convencerla de que la vida en aquella casa no era tan mala después de todo. Bien mirado, el hombre no le hacía nada que otros no le hubieran hecho antes y, además, con todo y castigos, lo golpeaba menos que la tía Idalia, y cuando lo hacía era siempre por un motivo justo, por haber roto una regla o desobedecido una orden directa, mientras que la tía, en cambio, le pegaba un poco al azar y otro poco para desquitarse, por puro odio y ganas de hacerle daño. Andrik se mordía la lengua cuando la vieja lo azotaba con el cinto de cuero, con la soga para tender la ropa, con los ganchos para la ropa, lo que fuera que tuviera a la mano. En esos momentos, los ojos de la tía Idalia crecían, gozosos y rabiosos, hasta llenar su rostro, y parecían devorar la luz a su alrededor como hoyos negros.

Sólo daría un paseo, se repetía a sí mismo, mientras se alejaba de la casa del hombre. Se sentía increíblemente ligero y despreocupado, casi borracho. El aroma fresco del mar cercano contrarrestaba el calor que lo hacía sudar mientras caminaba, sonriente y feliz. Ni siquiera cuando había escapado de la casa de la tía se había sentido tan emocionado, y eso que con la vieja la pasaba mal en serio. No podía ir a la escuela porque sus papeles se habían extraviado; no podía acompañar a la tía Idalia a vender sus espantosas muñecas porque la vieja no se fiaba de él y temía que se escapara. La anciana se marchaba todas las mañanas a recorrer las playas y los sitios turísticos del puerto, para ofrecerle a la gente ociosa las horrendas muñecas que ella misma confeccionaba con trapos inmundos que recogía de la basura y que luego lavaba y remendaba y adornaba con botones. Dejaba a Andrik encerrado con candado, con el interruptor de la corriente eléctrica desactivado para que el chico no gastara luz, aburrido como ostra y acalorado. Su único entretenimiento durante el día era observar los ires y venires de las vecinas en el patio central que la casa de la tía compartía con otras seis viviendas. Al principio había tratado de hacerse amigo de aquellas mujeres, pero ellas lo ignoraban, de modo que les hacía plática a los carteros, a los cobradores, a cualquiera que pasara lo bastante cerca de la reja para poder llamarlo. Recargado contra los barrotes, miraba por horas el vuelo de los pájaros sobre el patio: zanates, palomas, bienteveos, gaviotas, deseando poder ser tan pequeño como ellos y colarse entre los huecos de la reja y escapar de aquella maldita casa.

Lo único bueno de vivir ahí era Zahir, el otro sobrino de la vieja. El muchacho siempre lo defendía, e incluso se plantaba entre Andrik y la tía cuando ésta se le iba encima, para recibir con su propio cuerpo los golpes. Mil veces trató de convencerla de que dejara a Andrik acompañarlo a la calle; así Zahir podría enseñarle a trabajar y entre los dos llevarían más dinero a la casa, pero fue inútil. La tía Idalia estaba totalmente obsesionada en castigar a Andrik por lo que ella llamaba "su perversidad". Seguramente la madre del chico le había contado todo: lo de la feria, lo del incendio, el verdadero motivo por el que tuvieron que irse de Carrizales, y la razón verdadera de que su madre se hubiera marchado sola, sin él, a buscar trabajo en las fábricas del norte.

Sólo Zahir era bueno con él, aunque al principio Andrik le temiera. Tenía los mismos rasgos toscos de las cabezas olmecas, los ojos torvos y pequeños, y una bocaza con las comisuras hundidas en un gesto de amargura perpetua que le mereció el apodo con el que lo conocían en el barrio: el Perro. Era fornido como estibador y pasaba por adulto cuando no hablaba; sólo su voz y su risa delataban su juventud. Ni él mismo sabía bien la edad que tenía; se calculaba dieciséis años y se pensaba el hombre de la casa, lo cual indignaba a la tía. Para recordarle su lugar, la vieja lo insultaba, lo provocaba, le pegaba aún peor de lo que golpeaba a Andrik. Como no era rápida, solía actuar a traición: sorprendía a Zahir en el excusado o dormido sobre el colchón, muchas horas después de que hubieran discutido, y lo tundía a cuerazos hasta levantarle la piel. Zahir soportaba las golpizas sin llorar ni pedir perdón, como la tía exigía, pero más tarde, casi siempre de noche, cuando pensaba que todos dormían, dejaba que su cuerpo temblara en espasmos rabiosos pero mudos que partían el corazón de Andrik.

Así había empezado a quererlo. Y definitivamente Zahir lo quería a él; nada más había que ver la forma en que lo miraba. A veces incluso se atrevía a desobedecer a la tía y sacaba a Andrik a hurtadillas de la casa, lo ayudaba a subir a la azotea por el patio interior y lo llevaba a conocer la ciudad. Lo presentaba como su hermano a todos los que le preguntaban quién era, hombres y mujeres que trabajaban en los cruceros limpiando vidrios o vendiendo golosinas, franeleros y vagos, chacales y malandrines que a menudo se reunían bajo los árboles del parque, que vagaban por los pasillos del mercado, mendigando monedas o prestando pequeños servicios a las marchantas.

En esos mismos pasillos Andrik había conocido a Pelón, y ahí tenía esperanzas de encontrarse de nuevo con Zahir. Por eso había tomado aquel autobús que decía MERCADO en el frente, después de salirse de la casa del hombre. Deambuló entre los puestos, buscando el rostro de su hermano, esa cabeza formidable que siempre asomaba por encima de la muchedumbre, y tardó muy poco en arrepentirse de haber acudido a ese sitio: había demasiadas personas a su alrededor, y la angustia de encontrarse de nuevo en los territorios de la tía le cubría la piel de sudor frío, mientras desfilaba con timidez por los puestos que ofrecían fruta, verduras, pollos abiertos en canal, hierbas y ungüentos, mirando con disimulo los rostros del gentío, buscando y a la vez escondiéndose. De pronto le dio la impresión de que las mujeres de los puestos se le quedaban mirando para luego ponerse a cuchichear entre ellas. Estuvo a punto de entrar en pánico, de pegar la carrera hacia la salida, pero tuvo miedo de que pensaran que se había robado algo, así que decidió buscar refugio en los baños públicos.

Entró con tanta prisa que chocó con el encargado, que justo salía de los baños a encender el cigarro que le colgaba de la comisura de la boca. Andrik rebotó contra la pared y el encargado lo cogió del brazo para que no se cayera. Tenía una sonrisa amable y juvenil, de dientes muy separados, y un mechón decolorado sobre la frente, rubio verdoso.

—¿Qué pasa? —bromeó el tipo—. ¿Te robaste algo?

Se conocían, aunque Andrik no lo recordaba; le pasaba a menudo. ¡Eran todos tan parecidos, *todos iguales*, en el fondo, los hombres que lo buscaban! El tipo le ofreció de su cigarro encendido: estaba liado a mano y expelía un acre aroma a monte quemado. Andrik lo rechazó, pero aceptó pasar un rato con él: no habría dinero de por medio, sólo un poco de "convivencia", y al chico le parecía bien, todo con tal de no permanecer expuesto más tiempo. Así que entraron al local y avanzaron por un pasillo oscuro hasta un vestíbulo con bancas de madera y casilleros en las paredes, en donde un grupo de hombres de mediana edad, semidesnudos, conversaban sentados o de pie, con toallas de colores envolviendo sus caderas, bajo una luz blanca suavizada por el vapor que flotaba cerca de los plafones del techo. Los hombres callaron al verlos entrar. Uno de ellos miró a Andrik y silbó por lo bajo, mientras los otros se deshicieron en risitas y cuchicheos.

—No les hagas caso, están celosas —dijo el encargado.

Entraron a un compartimento con ducha y puerta corrediza. Estaba bastante oscuro, pero no totalmente pues la puerta no llegaba hasta el techo y la luz difusa del vestíbulo se colaba dentro. El encargado comenzó a desnudarse y a colocar su ropa en un gancho junto a la puerta. Tenía un cuerpo correoso, de piel desigualmente bronceada: la cara, el cuello y los brazos bien morenos, color caoba, y el vientre y las caderas del de la madera sin tratar. Su pene era tan pequeño y oscuro que se perdía entre la esponjosa fronda de vellos que tenía entre las piernas. Sobre el hueso de la cadera izquierda llevaba tatuada una mariposa colorida, y debajo un nombre en letras azuladas: HERNANDEZ.

El encargado no paró de hablar mientras Andrik se desnudaba. Le contaba de su familia, de los problemas que había entre sus miembros y de lo que se habían dicho y hecho durante el fin de semana anterior, sin que Andrik comprendiera nada, sin que en realidad le importara un bledo. El tipo estaba visiblemente excitado, sin embargo, se tomó la molestia de colgar prolijamente la ropa de Andrik junto a la suya. El piso del cubículo era de cemento pulido y los drenajes no tenían rejillas. Andrik avanzó hacia el chorro de agua caliente y sólo accedió a meterse hasta que el encargado reguló la temperatura. Se dejó enjabonar con los ojos cerrados mientras el tipo lo acariciaba y seguía parloteando sobre sus cuitas familiares. Al final tuvo que ser Andrik quien buscara el sexo del otro, para apurar las cosas y hacer que se callara por fin un instante.

Estuvieron tanto tiempo ahí dentro que el agua de la ducha comenzó a salir fría y el encargado tuvo que cerrarla. Le entregó una toalla a Andrik y le dijo que se vistiera y que lo esperara en el vestíbulo. Había prometido ayudarlo a encontrar a Zahir, preguntar por él entre sus conocidos del mercado; Andrik sabía que todo era pura faramalla, que el tipo ya había obtenido lo que quería y seguramente no volvería a saber de él en un buen rato. *Todos son iguales.* Cuando terminó de atarse las agujetas tomó asiento en una de las bancas de madera y apoyó los codos sobre las rodillas. Hacía mucho calor ahí dentro; un calor húmedo y sofocante que hacía jadear al único hombre que permanecía en el vestíbulo. Era un tipo viejo, muy gordo y mofletudo, que lo miraba ceñudo, los ojos achinados, la boca entreabierta. Su cuerpo estaba cubierto de vello plateado y, debajo, de piel sonrosada, casi roja, bien tirante sobre la inmensa barriga y la colosal espalda. Un crucifijo de oro colgaba de una cadena dorada entre sus gruesos e hirsutos pechos.

—Oye, tú —le dijo de pronto con voz cavernosa.

Andrik hundió la cara entre sus manos. Se frotó el rostro sudoroso. Había sido un error volver al parque, al mercado, tan cerca del barrio de la tía, y tan lejos de su hermano. Comenzaba a pensar que nunca volvería a verlo.

—Te estoy hablando, niño…

"Al menos a éste sí podría sacarle algo", pensó.

—Ven, ayúdame a pararme —dijo el viejo, llamándolo a su lado con la mano. Resoplaba, y su enorme nariz de bola se sacudía y arrugaba.

Andrik se acercó. El tipo se sujetó de él para ponerse trabajosamente de pie, luego le clavó una manaza en el hombro para usarlo como bastón. No era más alto que el chico; la toalla que rodeaba sus caderas apenas alcanzaba a cubrirlo. Señaló hacia un pasillo y Andrik lo ayudó a caminar hasta allá. Se preguntó cuántos cuartos tendría aquel local y dónde estaban los demás empleados. ¿Tal vez mirándolo todo desde los supuestamente falsos espejos que cubrían las paredes? El viejo caminaba muy lento arrastrando las suelas de sus chanclas por las baldosas deslucidas.

Finalmente llegaron a una pequeña puerta. Del otro lado había un baño sauna. El piso estaba mojado. Un foco desnudo colgaba del techo, su luz dorada se difuminaba entre la niebla y no alcanzaba a iluminar los rincones más distantes del cuarto.

El viejo atravesó el umbral y se dejó caer sobre una especie de banca empotrada en la pared, cubierta de mosaicos. Apoyó las manos sobre su inflamado vientre.

—¿Cuánto?

Andrik carraspeó. La humedad caldeada le congestionaba la nariz.

—¿Cuánto? —repitió el viejo.

—Mil —dijo Andrik, los ojos clavados en el resplandor del crucifijo y la carne flácida de aquel pecho inmenso, velludo.

El viejo resopló.

—Nada más quiero fajar, tal vez chuparte…

—Mil —insistió Andrik, engrosando la voz.

Era la primera vez que pedía tanto, no tenía otra opción. Sólo traía unas cuantas monedas en los bolsillos y no quería pensar en el hecho de que muy probablemente ya no iba a regresar nunca a casa del hombre.

El viejo suspiró y le hizo señas para que se acercara. Andrik titubeó: Pelón le había dicho mil veces que, pasara lo que pasara, el dinero se cobraba primero.

—Allá afuera tengo la cartera, por Dios, soy un hombre honorable —resopló el viejo cerdo.

Él mismo quiso desnudarlo. Le bajó los pantalones hasta los tobillos y procedió a acariciarlo por encima de la ropa interior, a olisquearlo por todos lados, el engorroso trámite de siempre.

—Precioso, precioso... —canturreaba con su voz asmática.

Lo hizo sentarse sobre sus muslos, peludos y sudados. Con una mano le pinchaba los diminutos pezones por turnos, con la otra tironeaba del sexo de Andrik para enardecerlo. Su propia erección, si acaso existía, quedaba oculta por la toalla, y Andrik no sentía en absoluto curiosidad de descubrirla. Más bien luchaba por disimular el tedio que sentía. Había hombres así. Pelón decía que eran los mejores; al chico le parecían desesperantes e imposibles. Hombres que pagaban por llenarte la oreja de saliva y palabras empalagosas, hombres que no querían otra cosa más que pasarse horas con la lengua enterrada en tu culo. Uno de esos viejos puercos incluso se negó rotundamente a que el chico se desnudara en la habitación de motel a la que lo había llevado; lo único que quería de él era que entrara al sanitario y aliviara su vientre y que se marchara sin jalar la cadena.

Las caricias torpes lo adormecían. El aire húmedo del cuarto olía a sarro, al sudor del viejo y al hedor de su boca. Andrik giraba la cara para evitarlo, pero el tipo insistía, lloriqueando.

—Sin besos —había tenido que recordarle.

—Por favor, por favorcito, sólo uno —suplicó. El aliento le olía a masilla y Andrik sintió una arcada; acabó cediendo porque siempre era mejor que todo terminara más rápido. Contuvo la respiración y abrió la boca para que el viejo le metiera su lengua esponjosa. De inmediato sintió la rigidez del tipo contra su cadera. La rodeó con su mano para apresurar el clímax. El viejo gimió y le mordió los labios. Comenzaba a estremecerse en espasmos cuando un estallido los hizo sobresaltarse. La puerta del sauna golpeó la pared al abrirse con violencia y tres figuras entraron al cuarto, gritando, tres hombres jóvenes completamente vestidos.

—¡Así te queríamos agarrar, viejo puto! —dijo una voz chillona.

Los tres jóvenes se abalanzaron sobre ellos. El más alto cogió a Andrik y le azotó la cabeza contra la pared de mosaicos. Los otros dos procedieron a golpear al viejo hasta derribarlo al suelo, donde comenzaron a patearlo y pisotearlo entre gritos y aullidos.

—¡Se te dijo que no volvieras, maricón de mierda, se te advirtió! —gritaban.

El más alto esculcaba las ropas de Andrik. El aliento le olía a cerveza. Buscaba dinero, y como no encontró nada, le encajó un gancho brutal en el estómago. Andrik se dobló, las piernas habían dejado de sostenerlo. Cayó al suelo, incapaz de respirar, retorciéndose de dolor. Para su confusión, el muchacho se acercó y se abrió la bragueta. Se sacudió el miembro, juguetón, y empezó a orinarle la cara.

Tuvo que abrirse paso entre el gentío para poder salir del vestíbulo. La entrada de los baños estaba repleta de curiosos, todo era gritos y chiflidos, empujones y cuchicheos de gente que llegaba corriendo a contemplar el macabro espectáculo de la sangre ajena. Con la ropa calada de agua sucia y orines, Andrik se escabulló por los pasillos; sentía que en cualquier momento alguien gritaría su nombre y tiraría de su brazo para detenerlo, para interrogarlo. Comenzó a repartir codazos, atrayendo miradas de encono, insultos de la gente que se apretujaba a su alrededor.

Hubiera deseado tener el pelo más largo para que éste le cubriera la cara mientas avanzaba con la cabeza gacha por el pasillo central del mercado.

Estaba a punto de llegar a la salida cuando distinguió, a ras de suelo, una figura familiar, sentada sobre un cartón mugriento. Piernas raquíticas, salpicadas de ronchas oscuras, perfectamente redondas, la mano extendida, los ojos suplicantes: era Pelón pidiendo limosna. A juzgar por las pocas monedas que yacían desperdigadas sobre el cartón, aún tardaría un buen rato en llenar su lata de pegamento.

La cabeza de Pelón era del tamaño de un muchacho normal. Su cuerpo, en cambio, se le encogía día tras día, lo mismo que la voz. Sus ojos inmensos y legañosos brillaron pícaros al toparse con los de Andrik.

—¿Cómo estamos? —dijo en un susurro.

Andrik tuvo que ponerse en cuclillas para poder escucharlo.

—Mírate nomás...

Pelón admiró con ojo experto los flamantes tenis de Andrik, las ropas mojadas y hediondas pero nuevas, de marca. Sacudió la cabeza lentamente.

—El del carro amarillo, ¿verdad? Ya no regresaste...

—Me tengo que ir —dijo Andrik.

Una sirena de policía sonaba muy cerca.

—Nunca regresan, los que se van con ese bato —dijo Pelón.

Andrik se inclinó para darle un beso en la mejilla.

—¿Has visto a Zahir?

Pelón chasqueó la boca.

—Hace rato que anda perdido.

El cielo se nubló mientras Andrik caminaba junto a las vías. Hasta allá fue a dar en su intento por huir de la gente. Caminaba como autómata, poniendo un pie delante del otro, balanceando los brazos, con la mirada clavada en el suelo, mientras relámpagos mudos restallaban a lo lejos.

Después de varias horas se dio cuenta de que no tenía la menor idea de dónde estaba, de que no sabía a dónde se dirigía ni tampoco lo que quería hacer. Nunca encontraría a Zahir. Nunca volvería a casa del hombre. Ya ni siquiera recordaba en qué dirección quedaba el mar. Se golpeó el costado de la cabeza con el puño. Había pasado demasiado tiempo encerrado entre cuatro paredes y no reconocía la ciudad. Las calles de aquel barrio lucían extrañamente vacías, a pesar de que no era tan tarde, y no había nadie a quién preguntarle cómo salir de ahí. No había niños jugando en las calles, ni mujeres tomando el fresco en sillas, ni hombres ociosos fumando en las esquinas, ni tiendas abiertas desde donde se escuchara la alegre música de los programas de concurso de la tele. No había trenes circulando por las vías.

Finalmente decidió que tenía que encontrar el camino de vuelta a la rotonda. Empezaría de nuevo, una vez más, como siempre, qué remedio. Un viento insolente comenzó a soplar y el cielo tronó como si fuera a partirse. La tormenta estalló segundos más tarde y Andrik sólo se encogió de hombros y siguió caminando bajo la lluvia.

—¿Perdón por qué? —farfulló el hombre.

Andrik abrió la boca. Estuvo a punto de responder "no sé", como siempre; cerró el pico cuando sus ojos se clavaron en los ojos vidriosos del hombre y éste apartó la mirada, como asustado.

El cañón del arma, sin embargo, seguía apuntando directo a su rostro.

—¿Perdón por qué? —insistió el hombre.

Un hilo de baba le colgaba de la barbilla. Las piernas le temblaban como si estuviera enfermo. Andrik jamás lo había visto así, tan desesperado, tan indigno. Mechones de pelo flotaban ahora sobre sus orejas, lo que le daba un aire bufonesco. Ni siquiera el arma lucía ya tan amenazante como al inicio. "Parece de juguete", pensó Andrik. ¿Realmente saldría de ahí una bola de plomo que le reventaría el cerebro, si apretaba el gatillo? ¿Le dolería más que el labio partido, o apenas alcanzaría a sentir nada cuando sus sesos estallaran como una nube de confeti?

Se dio cuenta de que el hombre estaba llorando.

"Todo esto es por mí", se dijo, admirado. "De verdad me quiere muchísimo."

Sintió mucha lástima por el pobre tipo.

Todos son iguales, canturreó la voz de su madre.

Pensaba en ella todo el tiempo. Tal vez por eso su voz lo acompañaba a todas partes. ¿Dónde estaría ella ahora que el hombre estaba punto de asesinarlo? ¿En qué ciudad habría terminado? ¿Dónde dormía por las noches? ¿Pensaba en Andrik como él pensaba en ella?, ¿lo extrañaba tanto como había dicho que lo extrañaría? ¿Habría encontrado ya un trabajo que pagara lo suficiente como para ahorrar dinero, tanto como para mandar a traer a su hijo a su lado? ¿Y qué pasaría cuando la tía Idalia le informara de su fuga? ¿Quién le cepillaba ahora los cabellos, sosteniendo delicadamente las guedejas oscuras en la mano y tirando suave, con mucha delicadeza, para que el cepillo no le reventara las puntas? ¿Quién la arrullaba para que se durmiera? ¿Quién secaba sus lágrimas de espanto en medio de la noche?

¿Qué le hubiera dicho *ella* al hombre, a este pobre diablo compungido, remedo de varón, pelele ridículo?

Todos son iguales.

Suspiró y comenzó a gatear hacia el hombre.

—Te amo —le dijo.

La costra tierna de la herida se partió cuando habló. La sangre que manaba de ella tenía un vago sabor sulfuroso.

—Y tú me amas, también, ¿verdad? Me buscaste toda la noche…

El hombre dio un paso atrás, aterrado; Andrik cogió impulso para arrojarse contra sus piernas y abrazarse con fuerzas a ellas.

—Perdóname, hazme lo que quieras, mátame si quieres, soy tuyo, soy...

El hombre trató de quitárselo de encima y terminó cayendo sobre la arena, de donde ya no intentó levantarse. Su cuerpo entero se sacudía, presa de un llanto desconsolado. Quiso cubrirse el rostro, la pistola en su mano se lo impedía, de modo que la arrojó lejos, hacia el bosque susurrante, y procedió a frotarse el rostro con furia, a mesarse lo que le quedaba de cabello, sollozando como un animal herido.

El chico rodeó al hombre con sus brazos. El cansancio le hacía ver manchas de colores en la oscuridad que lo rodeaba, pero no llegó a desvanecerse como temía. Permaneció varias horas despierto, sentado en medio de la playa desolada, meciendo al hombre contra su pecho, cantándole despacio al oído, como Andrik solía hacer con su madre.

Lo despertó el calor de su propio cuerpo. Las sábanas estaban hechas un revoltijo y había arena esparcida por toda la cama, granos oscuros y diminutos que se adherían a su piel sudorosa.

Se estiró hasta sentir que los huesos de brazos y piernas se le descoyuntarían. Le dolía el cuerpo entero, especialmente la mitad inferior de la cara. Las tripas le borboteaban de hambre. Intentó frotarse la boca y el dolor lo despertó de lleno. Se miró los brazos, sembrados de moretones. La nariz le moqueaba; pensó que por culpa del aire acondicionado.

Avanzó a tropezones hasta el baño y se miró en el espejo. Una espantosa raja le cruzaba la boca; comenzaba bajo la nariz y terminaba en la comisura derecha del labio inferior. La piel que rodeaba la herida estaba roja y tumefacta, caliente al tacto. Pasó despacio la lengua por el interior de la boca; al llegar a la herida, un ramalazo de dolor le hizo cerrar los ojos y sujetarse con fuerza al lavamanos. No había perdido ningún diente, por fortuna, pero uno de sus incisivos se notaba flojo y despostillado.

Se sentó en el escusado y orinó entre ardores.

Bajó a la sala sin vestirse. Sus rodillas escoriadas lamentaron cada peldaño. Sobre la mesa del comedor había una nota: "Lava los trastes y arregla tu cochinero".

La letra era enorme, el trazo firme, las aes y las oes perfectamente redondas. Dejó la nota sobre la mesa y caminó hacia la puerta principal. Estaba cerrada con doble llave: no esperaba menos. Jaló el borde de la cortina y echó un vistazo por la ventana de la sala: la claridad del día lo hizo entornar los ojos. Debían ser, por lo menos, las nueve de la mañana. El auto del hombre no estaba. Del otro lado de la calle, en el andén de una bodega, cinco sujetos vestidos con uniformes grises y fajas de cargadores fumaban en corrillo.

Entró a la cocina. Un cerro de platos sin lavar se mosqueaba en el fregadero; el chico pasó a un lado sin prestarles atención. La puerta junto a la alacena también estaba previsiblemente cerrada.

Subió las escaleras. La cara le punzaba a cada paso. No podía dejar de tocarse la herida, la costra tierna que de nuevo comenzaba a manar sanguaza. Se detuvo junto a la ventana de la escalera. La luz del día penetraba a raudales, potenciada por la capa de cal que cubría la azotea vecina. Quitó el seguro y abrió. Miró la juntura del tercer barrote, el que había limado: un mojón plateado de soldadura reciente le impidió moverlo. Lo sorprendió la determinación del hombre: debió haber pasado un buen rato registrando la casa hasta hallar el sitio por donde Andrik había escapado. Luego se había tomado su tiempo para repararlo, y sólo entonces salió a buscarlo, la pistola lista en la guantera.

Regresó al baño y abrió el botiquín del espejo sobre el lavamanos. No había nada más que una botella de enjuague bucal a medias, un pomo pringoso de vaselina y un frasco de aspirinas americanas. Tomó tres comprimidos y los masticó. Se miró en el espejo mientras la boca se le llenaba de espuma acérrima y su estómago, ofendido, se achicaba. La verdad era que disfrutaba ver su rostro magullado: la hinchazón le daba a sus labios un aspecto voluptuoso y las sombras bajo los ojos hacían que éstos lucieran más grandes. Más *dramáticos*, diría su madre. Bajó la barbilla y abrió mucho los párpados: aquel gesto enloquecía al hombre. "Mi cervatillo", decía, y le mordía el cuello. Trató de completar el mohín habitual; al fruncir los labios la herida se le desgarró de las orillas y el ardor resultó insoportable.

Examinó su cabeza en busca de contusiones. Sólo tenía un chichón arriba de la sien izquierda, coronado por una pequeña costra de sangre seca. Se miró los hombros, el pecho, las clavículas que sobresalían como pitones a punto de atravesar el cuero. Su tez morena ocultaba bien los moretones nuevos; muy pronto se tornarían verdes y luego parecerían meras sombras. Se miró el pecho con mayor atención. Los insectos de la playa se habían cebado con su sangre, a pesar de la ropa; tenía el vientre y el tórax salpicados de diminutas picaduras. Eso no era lo que le molestaba. Miró largamente su reflejo, hasta que por fin se dio cuenta de lo que sucedía: incluso descalzo, ya alcanzaba a verse las tetillas en el espejo.

Había crecido. Por lo menos cinco centímetros en el par de semanas de su encierro.

Te estás poniendo viejo.

Frunció la nariz y siseó de dolor.

Al rato serás tú el puerco que ronda los baños públicos…

Alzó los brazos y tensó los bíceps: seguían flacos como sogas. Se tomó de las caderas y sumió el vientre. Comprobó, con alivio, que aún podía contarse todas y cada una de sus costillas.

"Envidiosa", pensó, y regresó al cuarto.

Se echó en la cama de nuevo. Pasó las manos por todo su cuerpo, fingiendo que eran caricias ajenas. No del hombre que lo tenía preso, por supuesto, sino de otro distinto, uno desconocido, un hombre misterioso al que todavía hacía falta ponerle un rostro. Pensó primero en el encargado de los baños y luego en el muchacho que lo había golpeado en el estómago. Pensó en aquella figura altísima cerniéndose sobre él, en la bragueta abierta, el miembro listo para orinarlo. El recuerdo lo excitó de inmediato, pero seguía exhausto y terminó quedándose dormido, con la mano entre los muslos, sin llegar a vaciarse.

II

Pachi no quería abrir los ojos. Sabía que el sueño había terminado, que estaba echado de lado sobre su cama y que Pamela, en su necio afán por despertarlo, acababa de abrir las cortinas de la alcoba para que el sol lo bañara de lleno. No sabía por qué sentía la necesidad de repasar el sueño mientras éste aún se encontraba fresco, por qué su memoria se empeñaba en conjurar las imágenes antes de que llegara el inevitable instante de abrir los ojos y despertar por completo.

Estaban en el mar, Vinicio y él, sobre una especie de balsa. El sol quemaba la cara de Pachi, convertía sus cabellos en alambres al rojo vivo. El viento, en cambio, era helado y los empujaba hacia la costa, hacia un telón plomizo que cubría el horizonte y ocultaba el perfil del puerto. Pachi jamás había visto una niebla semejante: opaca y espesa, nada que ver con la bruma pálida de las mañanas calurosas. El mar también lo distraía; lucía gris y revuelto —como era usual— pero no se movía. Parecía la superficie de una tina, una gigantesca bañera de agua salada, un decorado artificial destinado a confundirlos: el contorno del puerto que a ratos asomaba entre la niebla era la escenografía; la niebla misma, un efecto producido por máquinas. Aquella inmovilidad lo inquietaba, lo hacía desear que la balsa tuviera motor, o cuando menos un par de remos o una pértiga con la que pudieran apresurar el regreso a la orilla.

Vinicio estaba ahí, a su lado, aunque no hablara ni dijera nada, aunque apenas se le viera un hombro manchado de pecas. La presencia de Vinicio la sentía Pachi en los poros, como una corriente: Vinicio tenía miedo. Qué raro.

—Eres un cagón —le decía, una y otra vez, en el sueño.

—¿Ya viste? —contestaba Vinicio.

La niebla, de pronto, comenzó a despejarse y Pachi pudo entonces distinguir los contornos magenta de los edificios del puerto, los más modernos, puro cromo y cristal entintado. El muro blanco de la costera refulgía y se perdía tras una suave colina coronada de palmeras.

Estaban ya cerca, pero el tarado de Vinicio seguía diciendo:

—¿Ya viste? ¿Ya viste?

Y entonces el sol había cambiado de pronto, como si una nube lo hubiera cubierto, o como si el ocaso se hubiera adelantado. El cielo seguía siendo azul claro, pero la luz era diferente, más opaca, mucho más débil, y el contorno de los edificios se había desdibujado. De repente los cristales ya no lanzaban fulgores, y el cromo se tornó metal oxidado. El muro que rodeaba la costera ya no era blanco sino gris escombro y se desmoronaba sobre la playa en un reguero de concreto y broza en el que rompían olas verdes.

Pachi pensó en su mujer, en el hijo que crecía dentro de ella, los dos indefensos en aquellas ruinas humeantes. Saltó al agua y comenzó a nadar hacia la orilla. El mar apestaba a peces muertos; no lo había notado antes, tal vez debido al viento. Se dio cuenta de que el agua no era profunda, apenas le llegaba a la cintura. El fondo estaba sembrado de bultos blandos, putrefactos, que reventaban bajo el peso de sus pies, y huesos y espinas que le herían las plantas desnudas. No sentía dolor al pisar aquellas cosas afiladas que se enterraban en su carne, sólo desesperación por no poder llegar más rápido. Vinicio seguía a su lado, en un punto ciego que le impedía verlo, pero presente. Su estúpido miedo seguía electrizando los nervios de Pachi. Treparon juntos el cerro de cascajo en que se había convertido la playa. Al llegar a la cima se estremecieron de horror: ya no quedaban calles, ni casas, ni aceras: la ciudad entera era una cordillera de escombros, concreto desmoronado, basura, metales retorcidos, humo, fuego. Al pie de aquella mole infernal se abría una garganta oscura por la que asomaba una miríada de rostros tiznados. Pachi quiso bajar y hablar con aquella gente, ver si Pamela se encontraba ahí con ellos, pero Vinicio lo sujetó del brazo antes de que iniciara el descenso. Forcejearon: Vinicio tiró de él hacia la playa, y a Pachi no le quedó más remedio que golpearlo para que lo soltara. Mientras corría colina abajo, la gente comenzó a brotar del oscuro desfiladero; se empujaban y atropellaban unos a otros para asomar sus cabezas, para sacar brazos y piernas de aquella grieta tenebrosa. Eran cientos, o más bien miles de personas en harapos las que extendían sus manos hacia Pachi y se apresuraban a trepar por los escombros. Bien mirados de cerca, Pachi se dio cuenta de pronto: aquella gente ni siquiera era humana, no eran personas sino seres que carecían de rasgos, de bocas, de narices, de caras como la gente, y sus ojos, o lo más parecido a ojos que tenían, eran dos rajas tintas del color de la sangre brillando en medio de rostros vacíos, de cabezas desgreñadas que parecían moverse al unísono, como insectos.

Pachi no se esperó a tenerlos más cerca: corrió desesperado de vuelta a la playa, pero ni Vinicio ni la balsa estaban ahí; no había nada más que ruinas bañadas por el mar podrido y aquellos monstruos que comenzaban a rodearlo. Y cuando uno de ellos se acercó para cargar contra él, Pachi pudo comprobar que en realidad tampoco tenían ojos, pues las rajas encarnadas de sus rostros eran heridas con dientes afilados que se abrían y cerraban entre chasquidos.

Esquivó el embate de la criatura al tiempo que lanzaba un puñetazo a otra que se le acercaba desde la izquierda. Se puso en guardia y comenzó a repartir golpes, patadas, cabezazos, mientras el aire se espesaba cada vez más y sus movimientos se volvían lentos y pesados, y aquello era simplemente desquiciante, tener que luchar en cámara lenta, como sumergido en almíbar. Angustiado, lograba esquivar las dentelladas de los monstruos justo a tiempo, pero poco a poco se iba encontrando totalmente reducido, rodeado, y supo que moriría, y cuando cayó al suelo pudo ver a Vinicio ahí, a su lado, también derrotado, con las criaturas devorándole las entrañas con sus ojos dentados, y Vinicio seguía vivo y miraba a Pachi con los dientes manchados de sangre y repetía, una y otra y otra vez:

—¿Ya viste? ¿Ya viste? ¿Ya viste?

Ahí fue cuando Pachi despertó de golpe, con el rostro empapado de sudor, la almohada húmeda bajo su mejilla y la convicción de que no debía olvidar aquel sueño, que por idiota que hubiera sido debía repasar cada una de las imágenes en la pantalla de su mente antes de que la luz, el ruido y las condenadas ganas de orinar adquirieran un peso demasiado real y se viera obligado a levantarse. Se hizo ovillo bajo las sábanas sudadas y apretó los párpados; la maldita luz que bañaba la alcoba volvía anaranjado el interior de su mente. Sin abrir los ojos, tanteó a su alrededor y cogió una almohada y la usó para cubrirse la cara, pero después de un rato el hedor de su aliento le pareció insoportable, de modo que la tiró al suelo y procedió a patalear enfurecido contra el colchón, maldiciendo entre dientes a Pamela y su condenada costumbre de abrir las cortinas por la mañana, a la doña de la casa vecina y su lavadora trepidante, al borrachín del 5 y su radio eternamente sintonizada en la estación de música romántica, donde ahora una estúpida vieja lacrimosa berreaba entre sintetizadores:

Pachi tuvo que reconocer que había perdido: estaba irremediablemente despierto y ya no podría volver a conciliar el sueño, por mucho que quisiera. Era totalmente injusto: él quería seguir perdido en la inconsciencia pero todo conspiraba para mantenerlo despierto: el ajetreo de la lavadora, la radio a todo volumen, los gritos de la niña desde el baño, el camión de la compañía del gas acercándose, los ladridos atiplados de Coco —el insufrible schnauzer de la gorda del 3—, los graznidos insolentes de los zanates posados sobre el árbol del terreno de atrás, y para acabarla de joder, el calor del sol que aumentaba a cada segundo. Giró su cuerpo hasta terminar del otro lado del colchón, buscando alguna bolsa de frescura atrapada bajo las sábanas, del lado de Pamela, pero no tuvo éxito: ahora ya tenía la frente y el bigote y hasta la raja del culo bañados en sudor pegostioso. Apartó la ropa de cama a patadas, con los ojos aún cerrados. Lo habían despertado por completo y no estaba listo.

Su mujer canturreaba tras la puerta cerrada del baño.

—Perra —masculló Pachi.

En cualquier momento, Pamela emergería del baño y haría su triunfal aparición en la alcoba, con el cuello talqueado y el fleco alisado con la secadora, y le preguntaría, con fingida inocencia:

¿Ya estás despierto, gordito? ¿Por qué no vas a dejar a la niña? Ándale, hoy es sábado y no tienes nada que hacer.

Estás pero si bien pendeja, le diría Pachi. Con énfasis en el *bien.*

O no, mejor un terminante:

Vete a la chingada y déjame dormir.

Era una perra. Había abierto la cortina a propósito. ¿Por qué, por qué, Dios Santo, por qué esa mujer no podía entender que lo único que Pachi quería hacer en su tiempo libre era dormir? Ella trabajaba en una oficina con aire acondicionado, de lunes a viernes, de nueve a cinco de la tarde, mientras que Pachi sólo tenía un día de descanso por cada quince de trabajo en aquella maldita agencia aduanal que le exprimía hasta la última gota de vigor que su cuerpo de diecinueve años era capaz de destilar. Pasaba las mañanas a bordo de una maltrecha motocicleta, empeñando la vida en las congestionadas calles del centro de la ciudad, con el sol abrasador sobre la nuca y el vapor de los escapes quemándole las piernas, yendo y viniendo de oficinas climatizadas donde las secretarias —morenazas pulcramente uniformadas, mamonas y desdeñosas como la propia Pamela— lo miraban con asco al verlo llegar con el rostro colorado y las ropas transpiradas, a mendigar un sello o una firma para el fardo de documentos que apretaba bajo el sobaco. Pamela comía en casa de su madre todos los días, y hasta tenía tiempo de hacer la siesta durante la hora más calurosa de la tarde; Pachi, en cambio, debía conformarse con engullir fritangas en puestos callejeros durante el poco tiempo que le quedaba libre, entre las obligadas visitas a los patios de maniobras azotados por remolinos de arena y coque, y las discusiones acaloradas con los vistas aduanales, que siempre aprovechaban cualquier minucia administrativa para hacérsela de pedo.

¿Era mucho pedir que, en su único día libre de toda la quincena, Pamela le permitiera dormir hasta mediodía y lo liberara de la engorrosa carga de ir a dejar y recoger a la niña a la guardería? ¿Acaso no merecía Pachi un día sólo para él, un día en el que pudiera dedicarse tranquilamente a beber unos cuantos litros de cerveza, fumarse quizá un churrito inofensivo en la playa, o simplemente echarse un chapuzón en el mar para desentumir su cuerpo castigado por la rutina? Hacía semanas que los músculos de la nuca le ardían, que los nervios de la espalda baja le punzaban y las rodillas le chasqueaban tras cualquier movimiento, como a un anciano artrítico, y, ¿acaso Pamela se había ofrecido a darle un masajito?

¡No! Ni siquiera lo dejaba agarrarle las tetas. No hacía nada por él, ni siquiera un huevo frito.

Se retorció para escuchar cómo las articulaciones de la columna le tronaban. Necesitaba dormir más, dormir sin interrupciones, sin pesadillas como la de aquella mañana. Aún podía recordar partes del sueño: el mar inmóvil como una laguna siniestra, los escombros del puerto devastado, los monstruos y las rajas con dientes en sus caras, y aquella terrible sensación de no poder moverse más que en cámara lenta. Estiró sus miembros para alcanzar las cuatro esquinas de la cama. Tenía que contárselo a Vinicio; más tarde se dejaría caer por su casa y le platicaría aquel sueño. Conectaría un poco de mota y, con suerte, Pachi lograría convencer a Vinicio de salir un rato del deprimente cuchitril que era su cuarto y beberían cerveza y darían un paseo por la playa, justo cuando el sol se ocultara detrás de los edificios, cuando el bochorno no fuera más que un recuerdo nefasto que la brisa del mar borrara a su paso.

—¿Pachi?

Era Pamela, a través de la puerta entreabierta del baño.

—¿Ya estás despierto, gordito?

Pachi se acurrucó deprisa. Eligió la posición más cómoda para fingirse dormido: de lado, con las manos juntas bajo la mejilla izquierda, las rodillas ligeramente flexionadas, los párpados bien apretados. Permaneció inmóvil hasta que escuchó que Pamela se encerraba de nuevo en el baño. Se rio quedito. Remoloneó un poco entre las sábanas: le pareció que apestaban ligeramente a orines. Maldijo a la niña. Era su culpa: la muy cabrona se salía de su camita por las noches para colarse en la cama de ellos. Hacía bastante que había dejado los pañales pero aún no controlaba del todo su vejiga. Pachi odiaba que la mocosa se metiera en su cama. Cada vez que, durante la madrugada, se despertaba con deseos de acurrucarse junto a Pamela, arrimar la pelvis contra el trasero de su mujer y abrazar aquel vientre inflado y el bebé que dormía adentro, se topaba con el cuerpo de la niña: un bulto pequeño, duro, todo huesos y cabellos olorosos a sebo, un obstáculo que Pachi hubiera querido empujar más allá del borde de la cama hasta expulsarla, pero que empezaba a berrear tan pronto sentía su mano encima.

Y Pamela lo permitía. La culpable de todo era ella, con sus mimos ridículos y su terminante rechazo a la idea de meterle unas buenas nalgadas a la escuincla cuando se portaba mal, cuando se empeñaba en gritar durante horas con aquellos alaridos de animal salvaje. En vez de callarla con un buen zape, o con una sonora palmada en el culo, la estúpida de Pamela fingía ignorar a su hija mientras la mocosa malcriada la perseguía por toda la casa, berreando hasta ponerse púrpura. Ésos eran los momentos en los que a Pachi le entraban unas ganas desquiciadas de sujetar a la niña del cuello y arrojarla contra la pared, para que se callara, pero hacía grandes esfuerzos para contenerse. Por eso odiaba hacer de niñero: sentía que tarde o temprano se le escaparía la mano para castigar a la chamaca, y que al hacerlo sentiría un placer semejante al de quien se rasca una roncha encendida. Y aquello no estaba bien, no era correcto: no porque la niña no se lo mereciera sino porque él había jurado, cuando supo que Pamela tenía una hija de otro bato, cuando recién se conocieron, no intervenir jamás en la educación de la escuincla. Si Pamela quería malcriarla, allá ella. Él ya bastante tenía con mantener a esa criatura que no era suya. No debía meterse en lo que no le importaba. Era muy su pedo si Pamela se rehusaba a creer en las virtudes pedagógicas de una buena nalguiza, de un pellizco bien dado en el bracito, inofensivo pero categórico, como cuando entrenas a los perritos a no mearse en el piso de la casa: no hace falta siquiera darles muy duro con el periódico, sólo hacer un buen escándalo para que el espanto los discipline. Ya bastante hacía él de todos modos con ir a dejar a la chamaca a la guardería, todos los días, y luego encima cruzar la ciudad en pleno tráfico para entregársela a la madre de Pamela, que la cuidaba hasta que su mujer salía de trabajar de la oficina. Ya bastante hacía con poner de su dinero para los gastos de la niña, y no porque Pamela lo obligara a hacerlo, sino por pura compasión y buena ondita. La verdad era que, a pesar de no soportar su presencia, la pobre chamaca le daba lástima: tan feíta, tan torpecilla, sin un padre que viera por ella y la cuidara. Una pena.

Su hijo sería diferente, estaba totalmente convencido. Su hijo, el bodoque tierno que crecía en el vientre de Pamela y que él estaba seguro de que sería niño, varoncito, carne de su carne y sangre de su sangre, su propio rostro en un cuerpo nuevo. Su clon, pues. Un chamaco a toda madre, nada que ver con la nefasta escuincla que las entrañas de Pamela habían escupido, no. Su hijo iba a ser diferente. Su hijo jamás se atrevería a golpear el rostro de los adultos con sus puñitos, como la pinche escuincla hacía cuando estaba enojada. Sus ojos estarían llenos de viveza y picardía, no serían canicas oscuras y opacas de semblante bovino. Su hijo tan chulo, flotando en aquel mismo momento dentro del vientre de Pamela, creciendo hasta llenar por completo esa suave cavidad aterciopelada que ella ya no le permitía visitar desde que iniciara el último trimestre del embarazo. Si al menos Pamela condescendiera a prestarle su boca y sus manos de vez en cuando, Pachi le perdonaría los ataques hormonales y el abandono en que lo tenía, y todos serían más felices, y él ya no tendría que aplacarse a tirones de reata la señora jaria con la que amanecía todos los méndigos días. Pero Pamela decía que no, que la dejara en paz, que no tenía ganas, que estaba cansada, que se aguantara. Perra.

Nada más de pensar en las nalgas de Pamela se le había puesto dura.

"Qué desperdicio", pensó, tirando del resorte de sus calzoncillos.

—Calma, Capitán América, ya pronto nos desquitaremos —le susurró a su miembro, y éste dio un pequeño brinco en respuesta y Pachi no se aguantó la risa.

Pamela odiaba que Pachi hablara con su pito o que se refiriera a él como una persona aparte, pero qué sabía ella, una simple fémina, lo que era lidiar con tamaño portento. Así que era el Capitán América casi siempre, y en ocasiones especiales la Serpiente del Desierto, o el Magnífico Garrote, sobrenombres que había sacado de las historietas procaces que leía de niño, a escondidas de sus padres; noveluchas de cinco pesos donde traileros y mecánicos y albañiles dotados de miembros quiméricos seducían a mujeres de cintura estrecha, caderas inabarcables y pechos suculentos provistos de pezones gordos como chupetes. Pamela, por cierto, se parecía mucho a las gloriosas nalgonas de aquellas revistuchas. El embarazo le había engrosado la cintura, claro, pero por suerte no la había deformado del todo: conservaba sus carnes firmes, su culo regio y esponjoso, y Pachi seguía excitándose como maniaco al verla pasearse en shorts por la casa, aunque no le aflojara nada, la muy cabrona.

—Mira cómo me tienes, hija de la chingada —suspiró.

Se había bajado los calzoncillos y rodeado su glande con el pulgar y el índice. ¿Qué le costaba, por el amor de Dios, mamársela un poquito de vez en cuando? Una chupadita de huevos, aunque fuera, una chaquetita de la buena voluntad, eso era todo lo que Pachi pedía. ¿O acaso estaba condenado al tristísimo destino que sufrían tantos hombres casados? ¿La vieja cayéndose de buena y ellos jalándose el pellejo en la regadera, como chamaquitos de secundaria? Había demasiada fricción como para frotarse a gusto, de modo que se escupió en la mano. Pamela había encendido la secadora de pelo: aún tardaría algunos minutos en salir del baño, y ése era todo el tiempo que Pachi necesitaba para venirse. La chaqueta exprés, la llamaba: una fantasía apresurada, unos cuantos, expertos jalones y toda su frustración terminaría embarrando la ropa de cama.

Su mente divagó unos segundos. Pensó en Aurelia. Lo hacía a menudo cuando se masturbaba, casi con nostalgia. Sólo una vez había cogido con ella, en el asiento trasero del auto del padre de la muchacha, con Vinicio al volante. Venían de la playa y estaban muy ebrios, y ella se había pasado al asiento trasero y se había dejado tocar las tetas. Eran pequeñas, muy pálidas y cabían casi enteras en la boca de Pachi. Se había sentado sobre él y, entre besuqueos y arrimones, se había apartado el bikini y se había hundido solita en la verga palpitante de Pachi, sin decir nada, mirándolo con sus ojos enormes. Tenía el coño jugoso, dolorosamente estrecho, y Pachi había tenido que controlarse para no ponerse salvaje, de entrada porque no se había puesto condón, pero sobre todo porque Vinicio los miraba muy serio a través del espejo retrovisor, y aunque Aurelia no hacía ruido alguno, ni gemía, ni se movía casi, como si en realidad no estuvieran cogiendo, Pachi sabía bien lo mucho que Vinicio quería a esa morra, así que después de un rato de discretas arremetidas, se la había quitado de encima, con todo el dolor de su corazón y del Capitán América.

Pero ahora, en su fantasía, Pachi se desquitaba con la morra. Estaban a solas y ella, totalmente desnuda, le rogaba que le diera lo suyo. El círculo de los dedos de Pachi era un anillo de carne: el sexo mojado de Aurelia, el ojo de su culo sonrosado, su boquita apretada de muñeca. Una perla de lubricación se escurrió entre sus dedos mientras pensaba en la morra gimiendo, llorando casi. *Es demasiado grande*, suplicaba la morra. *Es demasiada verga.*

Ya estaba a punto de venirse, podía sentir el familiar temblor en sus músculos abdominales, cuando se le ocurrió abrir los ojos y se topó con la hija de Pamela, mirándolo con sus ojitos bien redondos, al pie de la cama. La niña llevaba los cabellos recién lavados y apretados en dos coletitas que parecían antenas, la mochila rosa de princesa Disney colgada a su espalda.

El pánico lo hizo gritar:

—¡Puta madre!

Trató de cubrirse con la sábana. La niña no le quitaba los ojos de encima, ni siquiera parpadeaba.

—Me lleva la... ¡Lárgate, escuincla babosa!

La boquita de la niña se curvó de pronto en una sonrisa invertida.

—¡Que te largues a la chingada, te digo!

Sin moverse de su sitio y sin dejar de mirarlo, la niña rompió a llorar en berridos roncos.

Pachi golpeó el colchón con la mano abierta: el espanto ahora convertido en furia. La puerta del baño se abrió con tanta fuerza que rebotó contra la pared.

—¡Pachi! ¿Qué le pasa a la niña?

El schnauzer de la vecina, histérico, se unió al coro de alaridos. Pachi apenas tuvo tiempo de subirse los calzoncillos, cerrar los párpados, fingir que seguía dormido, antes de que su mujer entrara furiosa a la alcoba.

—¡Francisco Erubiel!

El corazón de Pachi retumbaba en su pecho. Se obligó a permanecer echado, sin mover un solo músculo.

—No te hagas pendejo, Pachi. Sé que estás despierto.

Tuvo que hacer acopio de todas sus fuerzas para no estallar en carcajadas.

—Voy tardísimo al trabajo. Te toca llevar a la niña —insistió Pamela.

Pachi no se dio por enterado.

—Hijo de *toda* tu chingada madre... —gruñó su mujer.

Estaba justo frente a él, a un costado de la cama. Pachi podía percibir la silueta de Pamela a través de sus ojos entrecerrados: el cabello rizado, la camisola verde oscuro, el bulto redondo de su panza. La niña, de la que apenas vislumbraba la cabecita con coletas, tiraba de la pernera de los pantalones de maternidad de Pamela, sollozando. La muy malcriada quería que su madre la cargara.

—Más te vale, *cabrón*, y escucha bien lo que te digo, hijo de *toda* tu chingada madre, porque a mí no me engañas y sé que estás bien despierto, haciéndole al *pendejo* como es tu costumbre. Más te vale que pases a recoger a la niña en la tarde, ¿eh...? Si no quieres cuidarla, si prefieres irte de *pedote* con tus amigos los mariguanos, quiero que pases a dejarla antes con mi madre. ¿Me oíste?

Sin abrir los ojos, haciéndose el remolón, Pachi se giró para darle la espalda. Incluso fingió un ronquido. Pamela soltó un rugido de frustración y le azotó la espalda desnuda con la toalla mojada.

—¿Me oíste?

El toallazo le ardió, en la piel y en el orgullo, pero se aguantó. Pachi no pensaba darle ninguna satisfacción, por perra, así que no se movió ni un centímetro.

—Me las vas a pagar —murmuró Pamela.

Y azotó la puerta de la entrada con tanta fuerza que los vidrios de toda la vecindad se estremecieron.

—Pinche puto—la escuchó mascullar al pasar junto a la ventana.

Pachi abrazó la almohada y rio quedito mientras el furioso zapateo de Pamela y los balbuceos incoherentes de la niña se alejaban hasta desaparecer. Permaneció con los ojos cerrados hasta que las vibraciones rabiosas se disolvieron en el aire y se encontró completamente solo entre los reconfortantes sonidos de la casa vacía: el zumbido del viejo refrigerador, la persistente gotera de la ducha. La radio del vecino canturreaba ahora:

Esta chica es mía, casi, casi mía
Está loca por mí pero aún no se fía

Definitivamente, aquello había sido mejor que insultarla.

Creía que el agua de la regadera estaría fresca pero se equivocó: caía tibia, casi caliente contra el centro de su pecho lampiño. La regadera, rota desde que se mudaran al departamento hacía cinco meses, escupía el agua en forma de un chorrito impertinente que tardaba eternidades en enjuagarle los cabellos. Era imposible tomar una ducha rápida y vigorosa como él hubiera querido: las malditas cañerías de la vecindad eran viejas y el agua de la regadera no se desahogaba por completo. Pachi tuvo que ducharse con los pies metidos casi hasta los tobillos en un charco de agua en el que flotaban los restos de jabonadura del baño de Pamela, una maraña de sus cabellos rizados y posiblemente los orines de la niña. Tampoco el inodoro había querido funcionar adecuadamente aquella mañana y el olor de sus propios excrementos, flotando indecisos en el interior de la taza, lo pusieron de pésimo humor. Pensó, mientras cerraba la llave de la ducha, que tendría que salir al patio a llenar un cubo de agua de la toma colectiva para dejar limpio el inodoro, pero lo olvidó antes de que terminara de secarse con la toalla.

Se miró en el espejo del baño. Le pareció que sus carrillos, de por sí prominentes, lucían cada vez más hinchados. Se giró para mirarse de perfil: se notó el vientre más voluminoso, casi flácido, salpicado de hoyuelos como los que Pamela tenía en la parte posterior de los muslos. Ya su madre se lo había advertido: los hombres casados engordan. Lo que no había previsto era que sucediera tan rápido: apenas llevaba cinco meses viviendo con Pamela y su otrora simpática pancita de bebedor de cerveza había duplicado su volumen y mostraba estrías que competían con las del embarazo de su mujer. La culpa era de ella, pensó Pachi, pellizcándose con rencor la lonja de la cintura: su renuencia a cocinarle lo obligaba a comer en la calle, puras porquerías fritas en aceite y manteca. Se prometió a sí mismo hacer más ejercicio, quizá volver a jugar futbol por las noches con la banda del parque, como cuando era soltero; o bajar algunas veces a la semana a la playa a nadar contra la corriente. No podía terminar convertido en un gato emasculado, un viejo panzón y bofo como su propio padre: haría abdominales, lagartijas y sentadillas, cincuenta de cada una, a partir del día siguiente, sin falta.

Se pasó las manos por las mejillas. Si pudiera dejarse la barba, como Vinicio, pensó, no se vería tan mofletudo; pero qué demonios se supone que debía hacer con los miserables pelillos que con trabajo le brotaban de la barbilla, tan escasos y tan lentos para crecer que ni siquiera necesitaba rasurarse a diario. Pensó en pasarse la maquinilla de todos modos, pero no encontró ningún rastrillo nuevo en el gabinete del baño. El de Pamela, olvidado sobre el borde del lavamanos, estaba lleno de sus pelos gruesos. Pachi no entendía cómo su mujer lograba afeitarse las piernas con la panza que se cargaba; quizá las subía al asiento del inodoro, para no tener que agacharse. Tampoco comprendía por qué se empeñaba en depilarse el mono si ni siquiera permitía que la tocara.

Regresó a la alcoba con la toalla atada en torno a las caderas. Cerró las cortinas y se vistió para el calor de agosto: calzoncillos flojos, bermudas cargo grises, playera roja sin mangas. Gorra negra de beisbolista, sandalias de goma y dos buenas rociadas de desodorante en cada sobaco. Faltaban sólo sus lentes oscuros, que no encontraba por ningún lado, aun cuando juraba haberlos dejado sobre la mesa de la cocina la noche anterior. Registró la diminuta sala, el interior de las cajas de cartón apiladas contra la pared, los pliegues del sofá desvencijado. En la habitación era imposible buscar nada: la ropa sucia se acumulaba encima de la cómoda y los cajones estaban tan llenos de cosas que no había espacio ni para meter las manos. Aquel departamento era demasiado pequeño para su familia. Pachi lo supo desde el principio pero había insistido en mudarse ahí a pesar de que su mujer quería pedir un préstamo al banco para que pudieran construir su propia casa, obviamente junto a la de su madre, en el amplio terreno que poseía la familia de Pamela en las orillas de la ciudad. Todas las quincenas, cuando juntaban sus salarios y hacían cuentas, su mujer se quejaba por la cantidad de dinero que se les iba en pagar la renta. *Dinero botado a la basura*, exclamaba ella, y eso desquiciaba a Pachi. No se mudarían de ahí, bramaba él, costara lo que costara. Él había crecido en ese barrio de amplias aceras bordeadas de almendros y framboyanes, a dos cuadras apenas de la playa y a tiro de piedra del centro y de los muelles, y era ahí donde su hijo iba a crecer también, en un lugar civilizado donde había parques y calles pavimentadas y no drenajes a cielo abierto y criaderos de marranos, como en la colonia aborigen de la que Pamela procedía. Ésta terminaba siempre llorando del coraje tras aquellas discusiones, humillada por las palabras de Pachi. La bruja de su madre, por supuesto, llevaba años criando cerdos en la parte posterior de la casa, y con esas manazas de tonelera que tenía, ella sola sin ayuda mataba a las apestosas bestias y luego las descuartizaba y freía para hacer las carnitas que vendía los domingos. De eso vivía su numerosa prole.

—Y a mucha honra, *pendejo* —reventaba Pamela—. Te crees el muy pudiente y tú y tu familia son unos muertos de hambre…

Ahí era cuando a Pachi le entraban ganas de reventarle la cara a cachetadas a su mujer, pero se contenía, sobre todo por el niño. Pegarle a Pamela sería como pegarle al bebecito que, inocente del todo, nadaba en su cápsula acuática. Su hijo, su morro, su copia: qué culpa tenía el niño de tanta estupidez que ladraba su madre.

—Ya te dije y te jodes —era la frase con que Pachi zanjaba ésa y casi la totalidad de sus discusiones maritales.

Entonces Pamela se ponía a romper cosas, pataleaba y maldecía y amenazaba con abandonarlo, pero invariablemente, después de unas horas, terminaba por calmarse y se resignaba. Si algo podía Pachi reconocerle a la víbora de su suegra era que al menos había educado bien a Pamela: cada vez que ésta huía a la casa de su familia a quejarse de Pachi, la madre la mandaba de regreso con su marido, sin siquiera escucharla: "Al hombre se le respeta", le decía, y Pamela se chingaba.

Y es que Pachi se sentía obligado a ganar esas batallas porque Pamela —con todo y su origen suburbano, con todo y que era una bestia para la escuela y nunca pudo pasar de segundo año de secundaria— había logrado trepar por el escalafón sindical del hospital público en el que trabajaba desde adolescente, y de fregar baños inmundos había ascendido, por pura inercia, al puesto de archivista. Tenía un sueldo libre de inflación, seguro médico, plan de jubilación, un montón de días feriados y hasta una beca para la niña, todos esos beneficios que los patrones de la agencia aduanal donde Pachi trabajaba —un par de gallegos viejos, hermanos gemelos, que apestaban siempre a puro y a cebolla— le escamoteaban con argucias administrativas. Una vez Pamela, seguramente con mala leche disfrazada de buena fe, le ofreció a Pachi incluirlo en su plan de seguro médico, lo único que él tenía que hacer para completar el trámite era firmar un papel en donde aceptaba que Pamela era la que sostenía el hogar, la jefa de la familia. Aquello provocó en Pachi una rabieta infernal; se sintió tan humillado que procedió a injuriar a su mujer con todos los insultos que conocía, e incluso se inventó un par más, y ella, encabronada por su ingratitud, le respondió con idéntico escándalo. La cosa terminó con la policía aporreando la puerta del departamento, y mientras Pamela, con una panza ya notoria, los maldecía a gritos desde la sala, Pachi aprovechó para escapar por la ventana del baño y correr a refugiarse a casa de Vinicio.

Al final tuvo que rendirse y salir a la calle sin los lentes oscuros. Cerró con llave la puerta del departamento y cruzó el patio. Coco, el desmelenado schnauzer de la vecina, se acercó gruñendo con los dientecillos apretados, sus zarpas crecidas castañeando contra las baldosas del corredor. Pachi hubiera querido propinarle una buena patada al escuálido bicharraco, pero se contuvo cuando vio asomarse a su dueña. La mujer llevaba un viejo camisón que la claridad de las diez de la mañana volvía prácticamente transparente: cada loncha de grasa, cada pliegue de carne mullida era perfectamente visible para Pachi, incluso los agujeros en la ropa interior de la mujer y los enormes círculos oscuros de sus areolas. Bajó la vista, avergonzado, y se limitó a esquivar las dentelladas de la infeliz bestezuela en su camino hacia la reja.

Cuando se vio afuera, en la calle, no pudo reprimir una sonrisa. Hacía dos semanas que no caminaba por el barrio sin prisa ni responsabilidades, días enteros en los que no tenía permitido abandonarse al ocio. Sentía que había retrocedido a su infancia y que aquel era el primer día de vacaciones del verano: nada de tareas, ejercicios o uniformes, puro jugar al aire libre, puro retozar despreocupado.

Decidió dar una vuelta por la playa, sólo por el placer de mirar el mar desde la orilla y no a bordo de la motocicleta, siempre apresurado. La calle lucía lavada; aún quedaban algunos charcos que servían de espejos a un sol casi cenital. Inspiró profundamente el aire matutino: todavía no cruzaba la calle y ya podía sentir en las narices el aroma de la arena mojada, del salitre y las algas fermentadas del mar a la vuelta de la esquina.

Aquél iba a ser un viernes espléndido, vaticinó. Y caluroso: no llevaba ni media cuadra andando y ya sentía los vellos de las axilas empapados. Hilos de sudor limpio descendían por su mandíbula y se acumulaban en el cuello de la camiseta. El aire estaba cargado de humedad proveniente de la tierra mojada de las jardineras, de las gotas de lluvia atrapadas entre las hojas de las plantas. Se alzó la gorra para enjugarse la frente con la mano. No le molestaba el calor, al contrario: se regodeaba en él como si fuera un abrazo reconfortante.

Sobre el antepecho de una ventana, un gato negro dormitaba con las patas escondidas bajo el cuerpo, indiferente a la música que tronaba desde el interior de la casa. Era una de las canciones favoritas de Pachi. Canturreó junto al coro:

Pronto llegará
el día de mi suerte
Sé que antes de mi muerte
seguro que mi suerte cambiará

Una bocanada de viento salobre le alzó la gorra cuando llegó al final de la calle; puso la mano sobre la visera para que no saliera volando. El mar estaba cerca, a una estrecha cuadra de distancia. Quería bajar a la playa, aunque no era buena idea meterse al agua en aquel momento; el mar estaría fresquito, y él acababa de ducharse. Lo que deseaba era caminar por la arena, dar un paseo hasta la rompiente, ver si Pipen andaba por ahí, mirar los barcos un rato. Apretó el paso para alcanzar la avenida costera. Recordó vagamente una imagen de su sueño —el muro blanco hecho migas sobre la arena— pero lo olvidó tan pronto alcanzó el malecón: los ojos se le fueron hacia el mar azul plata, hacia el cielo despejado, teñido apenas por el humo violeta que exhalaban los buques del atracadero cercano. El malecón estaba vacío de turistas. Un único vendedor de helados se guarecía del sol bajo la exigua sombra del pedestal de una estatua verdosa que miraba el océano con ojos torvos. Ambos rostros, el del prócer desconocido y el del vendedor ambulante, tenían la misma expresión que el gato negro que Pachi había visto en la ventana. Trepó al muro bajo de la costera y permaneció ahí unos instantes. Un grupo de chicos jugaba futbol en la playa: usaban piedras en vez de porterías y una pelota de goma como balón. La arena estaba húmeda y saltaba en terrones a su alrededor, mientras se disputaban la pelota entre gritos y risas.

Pachi se colocó la gorra al revés y se descalzó antes de saltar a la playa. Le gustaba sentir la arena entre los dedos. El viento soplaba con fuerza; era una ráfaga continua, cálida, que aplastaba las olas en su camino a la costa. La apariencia del mar también le hizo pensar en el sueño. Debía buscar a Vinicio y contárselo todo, seguramente su amigo tendría una interpretación oscura y embrollada al respecto. Se acercó al agua; estaba fresca, lo bastante como para erizarle los vellos del cuerpo. Definitivamente sería mejor no bañarse en aquel momento sino por la tarde; el agua estaría más tibia y hundirse en ella sería como hacerlo en una gigantesca bañera. Sí, cada vez le gustaba más su plan: daría una vuelta por la rompiente y chance se toparía con Pipen, y cuando el calor apretara, por ahí de mediodía, iría a casa de Vinicio y lo convencería de bajar a la playa cuando el sol se calmara. Vinicio se haría del rogar, pero ya iba siendo hora de que su amigo saliera de su ridículo encierro de hipocondríaco. Ya no estaba enfermo, el médico se lo había confirmado. Lo que le hacía falta era un buen chapuzón de agua salada, una buena oreada en el tonificante viento marino. Pachi estaba dispuesto a arrastrarlo de las greñas si era necesario, con tal de que el infeliz güero escapara un rato del opresivo ambiente que se respiraba en su casa.

La rompiente era una muralla que se internaba en el mar, levantada a principios de siglo con enormes rocas lisas y matatenas de hormigón. En la punta relucía un faro verde que señalaba a los buques el camino correcto al puerto. Toda aquella zona estaba minada de arrecifes agónicos a los que nadie prestaba atención más que una banda de pescadores paupérrimos, hombres flacos y correosos que a menudo pernoctaban en la playa o en el pequeño muelle que habían levantado ellos mismos sobre la escollera, una cosa endeble hecha de pedacería de madera, con una andrajosa bandera pirata que Pipen había amarrado al palo más alto, y que Pachi ya alcanzaba a ver, ondeando a lo lejos.

Escaló las rocas descalzo, era más fácil hacerlo así que con las chanclas puestas. Sabía bien qué lajas pisar y cuáles evitar por su posición inestable, y conocía los sitios en donde anidaban las ratas y donde las tripas de fierro de las matatenas sobresalían, herrumbrosas y afiladas, prestas a herir la carne de los incautos. Ahí, en esa escollera, habían tenido lugar algunos de los mejores momentos de la infancia de Pachi en compañía de sus amigos del barrio, con quienes jugaba futbol sobre la arena o pasaba las tardes pescando con hilo tanza, tendidos sobre las rocas, contemplando el lento ingreso de los trasatlánticos a la dársena. Algunas veces Pipen pedía prestada una lancha o se la robaba por unas horas a algún pescador borracho que dormía la mona en la playa, y se llevaba a los chicos que cupieran a visitar los arrecifes cercanos. Ahí pataleaban entre los pastos marinos y aprendían de Pipen las mañas para atrapar peces coloridos que luego podían mercarse en tiendas de mascotas por un buen varo. Otra divertida —y también redituable— actividad era recolectar erizos comunes en los bajos que se formaban junto a la escollera y luego tratar de vendérselos a los turistas ignorantes, que se tragaban la cábula de que la repugnante baba amarga que brotaba del interior de los animales estimulaba la potencia sexual.

En compañía de Pipen había aprendido a bucear y a fumar, y con Pipen también vio por primera vez a una mujer desnuda, un Viernes Santo a principios de los años noventa, en esa misma playa, cuando Pachi tenía unos diez u once años. Era poco antes del ocaso y el lugar aún reventaba de turistas y locales cuando un círculo de gritos se aglomeró junto a la escollera. Dos muchachos salieron del agua cargando con dificultad el cuerpo de una mujer de piel sumamente blanca, de cabellos muy largos y oscuros que le cubrían la cara. Los rescatistas habían tenido que arrancar mechones de aquella cabellera para liberar a la pobre mujer, a quien el pelo se le había quedado atrapado entre las piedras de la rompiente, ocasionando su muerte por ahogamiento. Pachi no había querido acercarse, pero Pipen había insistido, y terminaron en primera fila, frente el cuerpo desnudo. Quién sabe dónde había terminado su traje de baño; tal vez la corriente se lo había arrancado, o tal vez los socorristas la desvistieron en sus maniobras para tratar de revivirla, pero, antes de que unas vendedoras la cubrieran con una lona, Pachi alcanzó a verle los senos, que colgaban pesados, aparentemente blandos y sin vida, y el sexo, que lo impresionó muchísimo, porque por un momento pensó que el sargazo había colonizado las partes íntimas de la ahogada, y se imaginó que en mar abierto, en alguna parte del océano, había un monstruo marino hecho todo de algas apelmazadas, con brazos larguísimos que recorrían las aguas buscando gente para atraparla, para colonizarla, metiéndosele dentro a las mujeres y ahogándolas para devorarlas, como seguro era el caso de esa pobre señora. Pipen se había burlado muchísimo de él cuando Pachi, asustado por la idea del monstruo, se atrevió a preguntarle qué era lo que la mujer tenía entre las piernas, y después de reírse y burlarse de él por media hora, arrojándole trozos secos de sargazo entre carcajadas, le había explicado que aquello que le brotaba a la mujer entre las piernas no era ninguna clase de alga asesina mutante, sino pelo, peluche, pelícanos en el muelle, el vello naturalmente tupido que cubría las verijas de todas las hembras de la tierra. Pachi asintió en silencio y decidió que nunca más volvería a preguntarle nada a Pipen, pues le había dado mucha vergüenza evidenciar que las únicas mujeres desnudas que conocía eran las que salían en los cómics obscenos que leía a escondidas, y ahí las mujeres dibujadas eran lisitas, *lisitas,* y no tenían aquel matojo de vello oscuro, tan largo y enmarañado. Jamás había visto siquiera a su madre desnuda; ella se cuidaba de mostrarle su cuerpo con un celo casi fanático. Varias veces Pachi había tratado de espiarla por una rendija en la puerta de su alcoba, y lo más que había alcanzado a verle era la espalda llena de lunares, surcada por las marcas rojas que le dejaban los tirantes del sostén, antes de que su madre se diera cuenta del acecho y lo tundiera a cuerazos por "cochino y depravado".

Sudaba copiosamente, a pesar del viento que soplaba contra su cara, cuando alcanzó el muelle de los pescadores. No había ninguna lancha atada a las patas, sólo remolinos de espuma y una gaviota acicalándose en el extremo más alejado de la estructura.

Pachi formó una visera con las manos y miró en dirección al arrecife: justo en ese punto, el sol, flamígero, incidía sobre el agua, convirtiéndola en un cono de plata fundida, tan luminoso que le hizo lagrimear. Alcanzó a ver la sombra de un bote ahí en medio, pero nadie a bordo. Podía ser el de Pipen; quizá su amigo buceaba en las cercanías.

Decidió sentarse un momento sobre las piedras. Guardó las chanclas en uno de los bolsillos de sus bermudas y se acomodó. Miró el mar con los ojos entrecerrados y, sin darse cuenta, abrió la boca y canturreó:

Un chasquido lo interrumpió. Primero pensó que era el chapoteo de las olas contra las piedras, o tal vez una rata trajinando bajo el muelle, pero luego oyó gruñidos, roncos y secos, como de un animal grande. Se asomó pensando en lo extraño que sería que un perro callejero se hubiera aventurado hasta esa parte de la escollera y se topó con la cara de un hombre —o lo que parecía que alguna vez había sido un hombre—, sentado en cuclillas sobre una laja húmeda bajo el embarcadero, mirándolo con los ojos desorbitados mientras mascaba algo, las manos curtidas, casi negras, rebuscando entre las grietas de las rocas.

—Buenas… —dijo Pachi, turbado por la visión de aquel pobre tipo que más bien parecía un troll de cuento de hadas.

—Gnas —gruñó el sujeto.

Se miraron un instante y luego el hombre bajó la cabeza y siguió mascando ruidosamente y chupándose los dedos, sin prestarle más atención a Pachi. El pobre diablo estaba en los huesos. Parecía un simio, ahí en cuclillas, un simio de melena crecida, quemada por el sol. Hurgaba entre las piedras con voracidad y ocasionalmente se llevaba la mano a la boca y comenzaba a masticar de nuevo.

"Está cazando cangrejos para comérselos crudos", pensó Pachi, con un estremecimiento de repugnancia. Esos cangrejillos de caparazón negro, diminutos como arañas, que abundan entre las piedras de la escollera. De ese tamaño debía ser el hambre del pobre diablo.

Volvió a sentarse sobre la roca y se dio cuenta de que la placidez antes experimentada lo había abandonado. Seguramente el pobre loco era inofensivo, pero uno nunca podía estar seguro de nada, era mejor permanecer a las vivas, especialmente en aquel sitio tan solitario, donde a veces rondaba gente de lo más siniestro: policías a la caza de meones y mariguanos, o incluso federales buscando indocumentados o traficantes de especies protegidas, o mirones que se internaban para espiar a las parejitas que cogían entre las piedras a falta de dinero para un hotel, o hasta borrachos delirantes, capaces de acuchillar a quien los volteara a ver. Justo unas semanas atrás, a principios de julio, habían hallado el cadáver de un muchacho flotando muy cerca de aquel mismo muelle. Pachi había comprado el periódico aquel día especialmente para leer esa noticia y mirar las fotos del crimen. En la imagen más grande salía el cuerpo del muerto sobre la arena, púrpura, con una raja terrible en el cuello. En la otra imagen, seguramente tomada en la comandancia de policía cercana, aparecía el supuesto homicida: un tipo macilento, desnudo de la cintura para arriba, la piel picoteada por los mosquitos, los ojos hinchados, cosidos por los putazos que seguramente le habían puesto los tiras.

Pachi tuvo ganas de asomarse de nuevo para observar lo que el vagabundo hacía, pero el bramido de una lancha lo distrajo. Pipen se acercaba, ahora podía verlo claramente. Sujetaba el timón con el brazo izquierdo y sonreía, sus dientes impolutos eran visibles a la distancia. Lo seguía una hilera de albatroses, manchas negras que planeaban muy cerca de la estela de espuma que dejaba la proa al partir el agua.

Pipen no llevaba encima más que unos pantaloncillos cortos, recortados de un pantalón de mezclilla, que sólo se mantenían en su sitio gracias a la prominencia de las crestas iliacas de su amigo. Sus miembros eran largos y correosos, y Pipen se sirvió de ellos para moverse de popa a proa en dos ágiles zancadas que evitaron que su lancha golpeara las patas del muelle. Pachi apenas estaba levantándose de la roca cuando el cabo lanzado por Pipen cayó a sus pies. Pachi lo ató al palo que le pareció menos endeble.

—Vaya, tío…

Pipen saludaba al vagabundo.

—Gnas —respondió aquél desde las entrañas del embarcadero.

—¿Lo conoces? —susurró Pachi.

Pipen no respondió, ocupado como estaba en remover los triques que atiborraban la pequeña lancha. Alzó dos viejas cubetas de plástico que alguna vez contuvieron pintura y las colocó sobre los tablones del muelle. Repitió la maniobra con dos cubetas más. Pachi se asomó y miró dentro: peces de distintos colores y tamaños aleteaban, aturdidos, en el agua salada que llenaba la mitad de los baldes.

Pipen trepó al embarcadero sin mayor esfuerzo.

—¿Ya viste lo que agarré?

Pachi mojó sus dedos en el agua de la cubeta más cercana para ver cómo los bichos se agitaban.

—Peces cebra —dijo, mirando tres pececillos de aletas largas, rojinegros—. Y éste de acá es, oh, un ángel francés, qué chido…

No más grande que su mano, el pez de color azul intenso giraba nervioso dentro de su prisión de plástico.

Pipen chasqueó la lengua.

—Pero chécate este otro animalazo…

Removió en su mochila y sacó un paquete rectangular envuelto en cinta canela. Tenía números escritos con marcador en cada una de sus caras.

—No mames —musitó Pachi.

El corazón se le aceleró mientras Pipen rajaba la envoltura del paquete con un cuchillo.

Olió la mariguana antes de verla. Debía haber ahí, por lo menos, un kilo prensado. Extendió la mano para tocar la yerba: una capa de polen amarillo, muy pegajoso, manchó sus dedos. Un hormigueo le recorrió el vientre y amenazó con aflojar sus intestinos. Siseó, frunciendo el esfínter.

¿Acaso tendría que correr a aliviarse entre las rocas?

—No mames, Pipen, es un chingo de mota.

—Te la vendo, primo. Me salió baratísima, allá en el rancho. Es de la chida, de la que fuma el Papa, dicen.

—Cabrón, es como un kilo.

—Llévatela, primo. Págame orita la mitad y la vas vendiendo de a poquito...

—Nada más traigo cien varos... —se quejó Pachi.

El billete estaba en el bolsillo monedero de sus bermudas, doblado en un apretado triángulo. Había sido un reto hacer que aquellos cien pesos llegaran al final de la quincena. Los había reservado para comprar cervezas y algo de mariguana. Pero a lo mucho un tubo de veinticinco, no aquel tambache digno de un narco.

—Júntate mil varos con el güero y se la llevan toda —lo animó Pipen.

Pachi rio: Vinicio era más pobre que una rata. Luego recordó que él mismo ya tenía gastada la quincena completa y frunció los labios en un puchero resignado.

—No tengo, cabrón. No me alcanza.

Pipen le puso el paquete en las manos.

—Bueno, de todos modos hay que probarla primero, a ver si no me cabulearon esos batos...

Había demasiado viento en el muelle para que la llama del encendedor se mantuviera encendida, así que Pachi, con el toque en la boca y la gorra vuelta sobre la cabeza, metió la cara por el cuello de su camiseta y lo prendió dentro. El humo de la yerba era muy picante; le costó un par de amagos de tos mantenerlo en los pulmones.

—¿Qué tal?

Pachi asintió con el rostro congestionado. Sacó el humo y jadeó:

—Está bien venenosa...

Apenas iba por el segundo jalón y ya sentía los párpados pesados.

Fumaron por turnos, sentados a orillas del muelle, con los pies colgando sobre el agua. Pachi miraba el mar: le parecía que las estrías luminosas que se formaban en la superficie se movían de forma extraña: demasiado perezosas, demasiado pesadas, como si el Golfo no contuviera líquido sino una especie de gelatina bullente, azul casi negra en el horizonte, verdimarrón al pie de la escollera.

En algún momento, sin que se dieran cuenta, el vagabundo comecangrejos se había marchado.

—Pipen…

—¿Eh?

—¿Quién era ese bato?

—¿Qué bato?

—El bato ése, el que estaba debajo del muelle…

—¡Ah! No sé, un loquito, un teporocho. Lleva días por ahí. La otra vez quise darle pescado y me lo despreció por andar comiendo basura, pinche lurias.

Un cangrejo negro asomó su reluciente caparazón por entre las piedras. Pachi le arrojó un trocito de vidrio roto; erró el blanco.

—Pipen…

—¿Eh?

—¿A poco no se parece al bato ése?

—¿Qué bato ése?

—Ah, tú sabes cuál. Ése que mató al chavo ése…

—Nah. Ése era otro bato; lo agarraron.

—Pero a poco no se parecen…

—Todos los pinches locos se parecen, primo…

Pipen propuso fumar un segundo toque, pero Pachi se negó. Le ardían los cachetes y la nuca por culpa del solazo. Mirar el mar a esa hora, sin lentes oscuros, resultaba doloroso: la estela luminosa que el sol proyectaba en el agua lo hacía lagrimear.

Pipen envolvió un poco de yerba en una hoja de periódico: un regalo, por ahora; la siguiente vez tendría que comprarle. Pachi guardó el envoltorio en uno de sus bolsillos y emprendió el camino de regreso. Ya no se atrevió a pisar las lajas de la escollera descalzo: no quería quemarse las plantas de los pies, y además su visión seguía afectada por la resolana. A donde quiera que miraba veía ante sí un caleidoscopio de máculas negras y violáceas.

No podía dejar la yerba en casa. Pamela embarazada tenía olfato de sabueso y terminaría por encontrarla y arrojarla, estúpida santurrona, al excusado. Tendría que guardarla en casa de Vinicio. Sonrió al imaginar la cara que el güero pondría al comprobar la calidad de la macoña.

Hacía ya rato que no fumaban juntos; primero porque Vinicio había estado muy enfermo, y luego porque el bato se negaba a salir de su deprimente y apestosa alcoba. Pachi no entendía cómo era posible pasar tanto tiempo ahí encerrado sin volverse loco, sin hacer nada más que llenar cuaderno tras cuaderno de garabatos y dibujitos, en vez de salir a la calle y echarse unas chelas, cotorrear con la banda o hacerles ojos a las morras. Vaya, hasta trabajar hubiera sido mejor que pasársela ahí metido, soportando los desmadres de Susana, rodeado de la presencia del padre muerto, del que el pobre güero no había podido ni despedirse: Vinicio deliraba en su cama, víctima del dengue, el día que el viejo perdió la batalla contra la cirrosis que llevaba años comiéndoselo vivo. Ni siquiera había podido estar en el funeral, y tal vez hasta fue lo mejor, porque así no tuvo que ver cómo a Susana le dio el ataque a mitad de los rezos y se le fue encima a la otra familia del don, y les gritó hasta de lo que se iban a morir, puras peladeces que ni al caso. Si hubiera estado ahí, el pobre cabrón habría tenido que sacarla del velatorio y calmarla y pedirle disculpas a la otra familia de su jefe por el desmadre. El dengue cabrón le había ahorrado la vergüenza, pero ahora estaba sano, curado, el médico se lo había dicho. Hacía quince días que lo habían dado de alta y no había motivo alguno para que siguiera ahí encerrado, picándose los ojos.

Cruzó la costera a paso vivo y buscó la sombra. Sudaba sin parar; cada pocos minutos tenía que alzarse la gorra para enjugarse la frente. Cinco cuadras después ya estaba en el parque, donde las copas de los arboles brindaban un leve consuelo. Los mismos vagos de siempre dormitaban bajo los jobos, sobre el pasto crecido de las jardineras. Los mismos ancianos de toda la vida calentaban sus músculos decrépitos con movimientos pomposos sobre las canchas de básquet, mirando sin disimulo a las muchachas y señoras que entraban al mercado. Sólo el área de juegos estaba vacía, pero a la una en punto se abrirían las puertas del jardín de niños cercano y se llenaría de chiquillos. Pensó con emoción que, en unos cuantos años, su hijo acudiría a esa misma escuela y se columpiaría en esos pequeños juegos, justo como Pachi lo había hecho de pequeño, con la misma alegría. El amor que sentía por su hijo le inflamó el pecho: quería darle todo lo que él había tenido; todo lo bueno, claro está. Y le ahorraría las cosas malas, las cosas dolorosas. Por ejemplo, le enseñaría a defenderse de los malandros que pululaban en el parque, le enseñaría a romperles su madre a todos los hijos de la chingada que quisieran aprovecharse de él.

Todavía no sabía cómo iba a llamarlo. Francisco, como él, seguro. Pero no Erubiel, un nombre que su madre había elegido y que él detestaba. No, algo machín, algo bien preciso. Francisco *Terminator* Barragán, Pachi Segundo para los cuates.

Soltó una risita: Pamela iba a odiarlo. Pamela odiaba todas sus propuestas. Los nombres que ella quería eran todos blandos y amanerados; incluso había elegido un par de nombres de mujer, ¡por si el niño resultaba ser *niña*! Según ella, a veces ocurría que los doctores se equivocaban al asignar el sexo, sobre todo cuando el chamaco se movía tanto que no se dejaba ver bien; eso decía Pamela que le había dicho la doctora, que nada era cien por ciento seguro. Puras ganas de hacerle a la mamada, pensaba Pachi, puras ganas de amargarle la existencia. Aquel feto juguetón e hiperactivo tenía que ser un niño. Nomás había que ver la guerra que le daba a la pobre Pamela.

Se imaginó a su mujer en el trabajo, sentada sobre ese glorioso pedorrón que tenía, sobándose el vientre inquieto, echando miradas al reloj checador. El niño le oprimía los órganos y la fatigaba; Pamela dormía mal y su digestión sufría, y aún así Pachi jamás la había escuchado renegar del embarazo. Quería a ese niño tanto como él, y eso lo llenaba de una emoción dulce y a la vez explosiva. Pensó que tal vez podría ceder un poco y hacer el esfuerzo de ir a recoger a la niña a la guardería. El lugar estaba muy cerca; el único problema era llevarla después hasta casa de la suegra, del otro lado de la ciudad, a una hora de trayecto en autobús. Tal vez Vinicio accedería a acompañarlo, así se le haría más llevadero el viaje. Y tal vez de regreso podrían parar un rato en la playa del norte, en la que Pachi no había estado desde Semana Santa.

Se detuvo a beber de la fuente, aunque bien sabía que no era prudente hacerlo: el agua del puerto era traicionera y podía ocasionar infecciones. Pero la mota le había secado la boca y no pudo resistir la visión del agua fresca. Hizo buches y escupió dentro de la fuente, luego se quitó la gorra y las chanclas y procedió a mojarse la cabeza, la nuca, los pies espolvoreados de arena, antes de proseguir su camino hacia el otro extremo del parque; ahí se alzaban los árboles más viejos, cuyas frondosas ramas se entrelazaban formando una bóveda de oscuridad bajo la cual los viciosos del barrio, Pachi y Vinicio incluidos, se reunían por las noches para beber cerveza y fumar mariguana, repartidos en dos viejas bancas de hierro corroídas por el salitre. Las farolas de aquel acogedor rincón estaban siempre fundidas, los chicos se turnaban para romper los focos que colocaba el ayuntamiento y así asegurar las tinieblas.

La casa de Vinicio estaba justo detrás de los árboles, del otro lado de la calle. Tenía dos pisos y estaba pintada de amarillo. La ventana de su habitación estaba abierta, como siempre. A Pachi incluso le pareció que podía ver la coronilla de su amigo, lo que significaba que estaba sentado ante el escritorio, la cabeza inclinada, la mano dibujando sandeces.

Recordó que al día siguiente se publicarían los resultados de ingreso a la universidad pública. Vinicio había presentado exámenes para dos carreras: Contaduría, como querían sus padres, y Arte, necedad suya. Vinicio dibujaba bien, claro. Dibujaba mejor que nadie que Pachi conociera, pero qué clase de escuela de artistas aceptaría creaciones tan lúgubres, tan retorcidas y deprimentes como las que el güero se la pasaba haciendo y pegando en las paredes de su cuarto. Además, la Facultad de Arte estaba muy lejos, en la capital del estado, a más de 100 kilómetros del puerto, y ahora con el padre muerto quién sabe si habría suficiente dinero para enviarlo allá, para pagarle la pensión, los materiales, los camiones. No, definitivamente sería mejor que al güero lo aceptaran en Contaduría y se dejara de sueños guajiros, como Pachi ya se había cansado de advertirle.

Canturreó mientras esperaba para cruzar la calle.

Pronto llegará
el día de mi suerte…

No se molestó en tocar el timbre: hacía meses que no servía. Chifló en dirección a la ventana abierta y abrió la verja con un chirrido. Ni Vinicio ni su madre se dignaban a barrer las hojas secas que llenaban el zaguán, ahora empapadas y medio podridas por las lluvias nocturnas. Se plantó frente a la puerta y esperó. Nada. Decidió tocar enérgicamente con los nudillos. La puerta se abrió sola al primer porrazo: otra vez Susana se había olvidado de ponerle llave a la casa antes de quedarse dormida.

El interior estaba en penumbras. Olía a comida descompuesta, a colillas y ceniza, a licor metabolizado. Cerró la puerta y atravesó la sala: conocía bien el camino. Cerca de la cocina, la peste se intensificaba. Junto al refrigerador había una pila de bolsas de basura, casi tan alta como el propio aparato. La puerta que daba al patio estaba entreabierta; las moscas se colaban dentro, atraídas por el aroma a desperdicio.

Alcanzó las escaleras y trepó los peldaños con prisa. No podía quitarse de encima la sensación de que *tenía* que mirar hacia el sofá, para comprobar que estuviera vacío, que el padre de Vinicio no seguía ahí sentado, mirándolo con su habitual inquina. Giró la cabeza, avergonzado porque ya sabía que no había nadie ahí, que los fantasmas no existían, que Susana estaba loca y que el alcohol la hacía ver visiones. Llegó al final de las escaleras con el corazón retumbándole en las sienes. La primera puerta, la del baño, estaba cerrada, pero no la segunda, la de la alcoba principal. Echó un vistazo mientras pasaba: sólo alcanzó a ver la espalda desnuda de Susana sobre la cama, sus cabellos esparcidos entre las sábanas revueltas.

Un chirrido lo sobresaltó. Vinicio abría la puerta de su cuarto. Ojeroso y flaco, con la barba crecida y los cabellos erizados como paja seca, su amigo se llevó el dedo a los labios para pedirle a Pachi que guardara silencio, los ojos apuntando con gravedad hacia la habitación de Susana.

—Dime por Dios santo —susurró Pachi, al entrar al cuarto— que tienes dinero para una caguama...

Vinicio bajó la vista al suelo y puso cara de desconsuelo. En seguida sonrió y, con una teatral reverencia, se giró para señalar el escritorio junto a su cama: en medio de papeles y garabatos, una botella de litro de cerveza, llena a tres cuartos, sudaba helada sobre la superficie de madera.

III

—Tengo sed —gimió la chica.

Zahir abrió los ojos. Se había quedado dormido, a pesar de las palpitaciones, del calor. La luz del día se colaba por el boquete del muro y caía directamente sobre sus pies.

—Por favor... —decía la chica.

Zahir la miró. Seguía tendida en la colchoneta, desnuda.

Trató de llamar a Tacho pero tenía los labios entumidos. Una de sus piernas estaba dormida, no era más que carne muerta del tobillo a la nalga, completamente insensible. Se ayudó con las manos para estirarla. El hormigueo de la sangre reanudando su camino por venas y tejidos terminó por despertarlo.

—Tacho —logró llamar.

La boca le sabía a ceniza.

—¡Tacho! —gritó.

Una sombra apareció en el boquete. La silueta desgarbada de Tacho.

—Tengo sed... —repitió la chica.

Zahir se volvió hacia ella. Se había sentado en la colchoneta y se pasaba los dedos por los cabellos, tal vez tratando de peinárselos. Su cuerpo era tan magro que resultaba infantil, y el pájaro negro tatuado sobre su omóplato izquierdo—un cuervo o alguna otra clase de ave funesta— contrastaba con la piel lechosa de su espalda, sin marcas. Estaba completamente desnuda y no parecía importarle en absoluto. Hacía demasiado calor en el cuarto.

Afuera, la música de los puestos del tianguis cercano llegó a su máxima intensidad. Tambores, trompetas, una voz melosa colándose como viento tibio por el boquete.

—Se está despertando —dijo Zahir.

Tacho soltó una risita. Su rostro no era visible a contraluz, pero sí el reloj en sus manos. Lo giraba lentamente entre sus dedos, como admirando su brillo.

—Tacho, la morra...

—¿Dónde están todos? —farfulló la chica.

Su voz pastosa arrastraba las sílabas. Tenía los ojos abiertos pero no parecía que pudiera ver nada, quizá por eso extendía las manos tratando de tocar cosas que no existían.

Tacho sacó la franela roja que siempre llevaba colgando del bolsillo. La usó para frotar la carátula y la correa del reloj dorado. El reloj de Zahir.

—¡Por qué se fueron! —gritó la muchacha. Aporreó el colchón con sus puñitos, levantando nubes de polvo a su alrededor. Una oleada de motas ingrávidas y pelusas vibrantes como organismos vivos flotaron hasta el rincón en donde Zahir reposaba. Trató de contener el aliento para no respirar aquella porquería, pero sus silbantes bronquios no pudieron soportar el esfuerzo y comenzó a toser. Había pasado la noche entera fumando y ahora sentía punzadas en el pecho cada vez que respiraba. El suelo a su alrededor estaba sembrado de colillas malolientes, de latas aplastadas.

Pensó que debía salir de aquel cuarto en ruinas. Ponerse de pie y atravesar el boquete hasta el patio, o mejor aún, volver a la calle y alejarse a toda prisa de esos dos dementes, pero no podía irse sin el reloj. Pensó en quitarse la playera sudada y usarla para abanicarse el rostro, pero no quería que Tacho viera su torso desnudo, sus tetas de gordo, la panza que le colgaba de la cintura.

La chica comenzó a gatear hacia la orilla del colchón, pero sus brazos no soportaron el peso de su propio cuerpo. Cayo de bruces y se quedó tendida ahí, gimiendo contra el tejido inmundo de la colchoneta.

—Tacho... —insistió Zahir.

—¡Ya cállate! —rugió aquél.

—Algo le pasa a la morra...

Tacho envolvió el reloj en la franela y se lo guardó en el bolsillo.

El corazón de Zahir palpitaba con angustia. Por más esfuerzos que hacía, no recordaba en qué momento le había entregado a Tacho el reloj y, lo peor de todo, tampoco se le ocurría cómo demonios pedírselo de vuelta.

Desde afuera, la música llegaba como un eco lejano:

En mi cama nadie es como tú
No he podido encontrar la mujer
que dibuje mi cuerpo en cada rincón
sin que sobre un pedazo de piel...

Tacho alzó una mano y movió sus pies siguiendo el ritmo. Avanzó hasta la colchoneta y miró a la chica un momento. Se giró, chasqueando la lengua.

—No le pasa nada, pinche Perro —gritó.

La tomó del pelo y tiró con fuerza para verle la cara.

—¿Ves? Se la está pasando a toda madre...

Zahir no estaba seguro si el rictus de la muchacha era de dolor o de gozo. Gemía con desesperación al mismo tiempo que manoteaba la bragueta de Tacho, la boca abierta, la lengua sedienta, extendida.

Tacho soltó una carcajada y se desabrochó los pantalones.

El reloj estaba ahí, pensó Zahir, en el bolsillo izquierdo del pantalón de Tacho. Y la navaja —una cruel 007 que había hecho legendario a Tacho en el barrio— estaba en el derecho. Si tan sólo el muy cabrón se dignara a quitarse la ropa para revolcarse a gusto con la muchacha, Zahir podría recuperar el reloj. Tendría que llevarse la navaja también, por supuesto, porque sin ella no tenía oportunidad alguna ante Tacho.

La chica lloriqueaba, presa de arcadas, mientras Tacho la sujetaba con fuerza, agitando las caderas. Zahir cerró los ojos y se llevó las manos a la cara, desesperado. Le dolía el cráneo, los músculos del rostro y del cuello, los hombros y los brazos, como si hubiera pasado la noche entera forcejeando con una fiera. El dolor en el pecho arreciaba por ratos: las punzadas frías se agudizaban hasta convertirse en salvajes estocadas que le hacían pensar en un infarto fulminante, y de pronto amainaban y se volvían de nuevo un rumor sordo en el fondo de sus pulmones.

Permaneció inmóvil un largo rato, hasta que Tacho lo llamó a su lado, canturreando:

—Perro, ven aquí…

Zahir no quería abrir los ojos. No quería levantarse de aquel rincón.

—Que vengas para acá, hijo de la chingada…

Hizo un gran esfuerzo para alzar su cuerpo del suelo. Cojeaba de la pierna dormida.

Tacho ya se había subido los pantalones.

—Te toca —le dijo, cuando Zahir llegó a la colchoneta.

Tacho encendió un cigarro y se alejó hacia el boquete.

Zahir no tuvo tiempo ni de abrir la boca. Cuando sintió las manos de la muchacha sobre sus genitales y trató de apartarse. La chica se aferró a sus bermudas y tiró para bajárselas.

La risa de Tacho retumbaba en las paredes.

—Órale, puto —se burlaba—. No muerde, te lo juro… O bueno, nomás poquito.

La chica tenía los ojos en blanco, la boca abierta, el pelo negro pegado a la cara. Zahir la pescó del cuello con una sola mano, pero no tuvo coraje para apartarla.

Aquellos habían sido días condenadamente largos, y el único momento de reposo fue la tarde que pasó en el cine Lux, justo después de escaparse de casa de la tía Idalia con el reloj dorado en el bolsillo.

No se le ocurrió nada mejor que encerrarse en la oscuridad del viejo teatro de barrio que apestaba a desinfectante de pisos y margarina rancia; de verdad le tenía aprecio a ese sitio. Cada vez que podía pagaba la entrada, se acomodaba en una de las butacas del fondo de la única sala y dormitaba durante horas, lejos del sol, de la desesperación, de la tía, de los otros chicos. No le importaba qué clase de películas proyectaran. Fijaba los ojos en la pantalla, sin embargo, apenas recordaba las imágenes, los rostros, las tramas. Simplemente le gustaba sentarse ahí en la oscuridad, en la frescura del aire acondicionado, sin apenas pensar en nada.

Ese viernes pasaban un maratón de películas de Bruce Lee. No había nadie en la sala además de él y un viejo de tos virulenta. Se echó casi completo el ciclo de permanencia voluntaria sin apenas moverse del asiento, abrazado a la mochila en donde había guardado sus pocas pertenencias. Los gritos y enfrentamientos se sucedían unos a otros en la pantalla, y *Karate a muerte en Bangkok* dio paso a *Furia Oriental* mientras Zahir trataba de maquinar un plan coherente, una estrategia que le permitiera resolver el dilema en el que estaba metido. Tenía que vender el reloj y obtener dinero, pero no podía acudir a los joyeros del mercado porque seguramente reconocerían la prenda: la maldita anciana había empeñado el reloj con ellos durante años. Y si acaso acudía a casas de empeño, los empleados lo mirarían como la rata que en verdad era y tratarían de estafarlo o chantajearlo, o tal vez incluso lo delatarían con la policía.

Cuando los tambores estridentes del inicio de *Operación Dragón* retumbaron en la sala casi desierta, se dio cuenta de que se había quedado dormido. Se levantó de la butaca y se dirigió a la salida, convencido de que su única opción era volver al parque y pedirle consejo a la banda que se dedicaba a asaltar transeúntes. Pertenecían a una liga distinta, superior, esos hombres correosos, ya no simples muchachos como él, un vulgar limpiavidrios, casi un mendigo a los ojos de quienes eran verdaderos delincuentes, verdaderos hombres. Pero conocía lo insaciable que era el hambre de admiración y de elogios de esos tipos, y lo suelta que tenían la lengua cuando se trataba de pavonearse de sus glorias y fechorías, de modo que tal vez podría sonsacarles el nombre de algún agiotista, de alguna casa de empeño en donde fuera posible vender el reloj sin demasiadas preguntas.

El resplandor del sol lo dejó deslumbrado cuando salió del cine con dirección al parque. Los autos detenidos en el tráfico del centro emanaban vapores ardientes que elevaban aún más la temperatura. Eran las primeras horas de la tarde y a Zahir le pareció que todo el mundo tenía prisa de llegar a algún lado.

Entre los almendros del parque buscó las siluetas de los malandros conocidos. Era viernes de quincena y, para su mala suerte, sólo encontró a dos de los moradores más miserables del lugar, la hez de la hez de aquella caterva: Pelón y Bembas, sentados sobre una banca, aspirando vapores de pegamento. A sus pies, un perro de mugroso pelaje devoraba los restos de fritangas que aquellos dos habían, al parecer, almorzado.

Zahir se sentó en medio de ellos con la mochila apretada contra el pecho. Hubiera querido meter la mano para tocar el reloj oculto entre la ropa, pero sabía que no era prudente, que debía de ser discreto. Invariablemente la oscuridad traería de vuelta a los bandidos de veras, de modo que debía tener paciencia. Mientras tanto, Bembas y Pelón atacaban sus bolsas de pegamento con el entusiasmo de una dupla de gaiteros: las masajeaban con pericia para calentar el pegoste amarillo mientras el plástico de las bolsas se hinchaba y se distendía, se hinchaba y se distendía, en una hipnótica sinfonía de jadeos y resuellos rítmicos.

En algún momento, cuando Zahir encendió un cigarro, Pelón apartó la boca de su bolsa y, con gestos mudos, le pidió unas fumadas.

Zahir le convidó de su cigarro.

—Vimos a tu hermano —dijo Pelón después de la primera calada.

Zahir lo miró con desconfianza; pensó que seguramente estaba alucinando.

Pelón fumó con lentitud, los ojos clavados en las volutas de humo que ascendían y se deshacían antes de alcanzar las ramas de los árboles.

Después de esperar varios minutos a que el otro agregara algo más, Zahir le preguntó con voz erizada de ansiedad:

—¿Viste a Andrik? ¿Cuándo?

Pelón inclinó la cabeza y cerró los ojos, embelesado por algo que sólo él escuchaba.

—Pelón, ¿cuándo viste a Andrik? —insistió Zahir.

Pelón siguió en la Babia. Una sonrisa repentina llenó su rostro enjuto.

—¡Contesta!

El zape silenció los resuellos de Bembas. Zahir alzó la mano enseguida, para repetir el golpe, pero Pelón se cubrió la cabeza con las manos, sin soltar la bolsa. Una vibración junto a su rodilla hizo que Zahir bajara la vista: el perro mugroso estaba junto a él y le gruñía con inquina; el único ojo que le quedaba —el otro era una cosa reventada, muerta, espolvoreada de tierra— brillaba furioso, los colmillos sarrosos al descubierto.

—¡Quítamelo! —gritó Zahir—. ¡O lo reviento a patadas!

Bembas tiró del cuello del animal.

—Tranquilo, Amigo, tranquilo —canturreó.

—Tranquilo, la verga —gritó Zahir.

El perro había vuelto a echarse sobre sus cuartos traseros y jadeaba, turbado. Pelón volvió a reírse quedito, escondido bajo sus brazos huesudos.

—Amigo es el perro —farfulló Bembas, con una sonrisa llena de huecos—. Amigo, El Perro. El Perro, Amigo... —dijo, señalándolos alternadamente.

Zahir se volvió hacia Pelón, que había vuelto a enterrar la cara en su bolsa de pegamento.

—Pelón —murmuró, haciendo un esfuerzo por resultar afable—. Ya dime, Pelón, ¿qué pasó con Andrik?

—Bien *acá*—graznó el chico, la voz ahogada por el plástico—. Pura ropa nueva...

—¿Dónde está? ¿Qué te dijo?

Pelón alzó el índice, como pidiendo un minuto. Inhaló y exhaló los vapores de su bolsa, la vista fija en el suelo, hasta que comenzó a dar cabezadas.

Zahir le arrancó la bolsa de un manotazo.

—¿Dónde está Andrik?

—¡Dámela! —lloriqueó Pelón.

—¡Dime dónde está o la aviento a la verga...!

—Está con el amarillo.

—¿Qué amarillo?

—El amarillo, pinche bato loco —insistió Pelón, manoteando en dirección a su bolsa—. ¡Pinche amarillo!

—Es un bato —agregó Bembas—. Anda en un carro amarillo.

"Le dije que no puteara, se lo dije", pensó Zahir con desolación.

—Tengo que encontrarlo, dime dónde encontrarlo, Pelón...

Sintió algo áspero en la pierna. Era Amigo, restregándole su ojo muerto contra la rodilla. Lo ahuyentó de un pisotón.

—No te pases de verga con el Amigo —masculló Bembas.

Zahir le pasó un brazo por los hombros. Habría podido retorcerle el cuello ahí mismo, a ese pobre diablo hediondo, de dientes podridos, pero hizo enorme el esfuerzo de contenerse. Por Andrik.

—No, no, jamás —le aseguró Zahir—. Mira, aquí todos somos amigos, ¿ves? Todos amigos...

Le dedicó una palmada conciliatoria al perro inmundo.

—¿Dónde vive, el del carro amarillo? ¿Te acuerdas?

—Una vez me trepé con ese bato —murmuró Bembas—. Me llevó a su casa, me dio comida, la cotorreamos. Yo pensé, un bato tranquilo...

—¿Dónde vive?

—... y de la nada se puso bien loco, casi me mata, el hijo de la chingada, mira...

Trató de alzarse la playera para mostrarle algo, tal vez alguna cicatriz, pero Zahir no estaba para juegos. Le apretó el hombro con más fuerza.

—¿Dónde vive, te acuerdas dónde vive?

—Claro que me acuerdo, pinche bato culero. Allá por la Suriana, mero atrás de la Suriana. Me dejó tirado, en un terreno baldío, me sacó hasta los...

—Atrás de la Suriana, carro amarillo —repitió Zahir, sin escuchar lo que Bembas seguía contando.

Sintió los dedos de Pelón sobre su mano: el maldito subnormal trataba de recuperar su dosis de pegamento. Zahir se apartó con asco, le hizo un nudo a la bolsa y la arrojó lo más lejos que pudo, hacia unos arriates.

Se marchó sin mirar atrás. El reloj ya no era problema; lo urgente ahora era encontrar a su hermano.

La chica seguramente no pesaba ni la mitad de lo que él pesaba, y Zahir pensó que la aplastaría, pero ella insistía, tirando de su playera, con los talones bien clavados en sus ijares.

—Ven —le suplicaba, el rostro casi oculto por los cabellos mojados—. Métemela, métemela...

Zahir tocó el sexo de la chica. Estaba húmedo, inflamado, en exceso caliente. Tal vez estaba enferma: había algo equívoco en su ardor, en su impaciencia, en la forma en que gemía y se retorcía cuando él le metió dos dedos en la vagina. Estaba viscosa ahí dentro, seguro llena del semen de Tacho. Sacó los dedos y se limpió en la playera. Se dio cuenta de que, en el colchón, bajo el trasero de la muchacha, había una mancha oscura que apestaba a amoniaco.

Intentó alejarse de nuevo; la chica se abrazó a él. Ella gimoteaba de frustración.

—¿No puedes, gordo? —gritó Tacho.

—¿Qué le diste? —preguntó Zahir, mirando los ojos en blanco de la chica.

Al final dejó que le bajara las bermudas, y con gran aprehensión la miró chupar su sexo arrugado. Estaba aterrado, jadeaba, en parte por la ansiedad, en parte por las sensaciones que la lengua de la muchacha le producía. Después de un rato, cuando ya estaba más tieso, decentemente erecto, dejó de sentir ganas de apartarla. Era realmente linda, si pasabas por alto los churretes de maquillaje que le escurrían por las mejillas y los cabellos empapados que se le pegaban a la cara, aunque no se parecía ya nada a la imagen que Zahir recordaba de ella, del primer momento en que la había visto: una misteriosa joven de cabellos oscuros y cejas espesas que bailaba sola en medio de la pista de aquel tugurio de mala muerte que habían visitado él y Tacho la noche anterior. Ella fue la de la idea de meterse en esa casa abandonada para protegerse de la lluvia; se había enterado de que Tacho llevaba consigo un par de piedras de cocaína y ya no se les había despegado. Quién sabe qué más porquerías llevaría en la sangre, a juzgar por el estado en que seguía: eufórica, excitada, como ciega y sorda a todo lo que no fuera verga. ¿Acaso Tacho le había dado algo más que piedra? ¿O tal vez sólo estaba loca, la conexión con la realidad perdida desde hacía quién sabe cuánto tiempo?

Posó sus manos sobre su espalda. Era tan delgada que podía contarle cada una de las vértebras, distinguir los puntiagudos bordes de los huesos de su pelvis. Tenía un trasero menudo, compacto como el de un chico, con un esfínter arrugado que florecía en medio, un capullo oscuro encima de aquel pringue de vellos empapados. Apenas había carne de dónde sujetarla, y por un momento pensó que no lo lograría, que no conseguiría penetrarla, en parte porque ella insistía en volverse hacia él para sonreírle con una mueca torcida, siniestra, en parte porque no lograba permanecer lo suficientemente duro, a pesar de la saliva en su mano, de los tirones exasperados. Tuvo que dejarse caer encima de ella, con todo su peso, aplastarla contra el colchón y taparle la boca con la mano para no escucharla, para no verla, para no sentir nada más que el temblor, los espasmos, el clímax que estalló cuando ella arqueó la espalda, luchando por no ahogarse bajo su cuerpo.

El corazón le latía en los oídos y en las sienes cuando se puso de pie, inmediatamente después de salirse de la chica. Su visión estaba infestada de manchas fosforescentes que se desenroscaban en la penumbra como amebas, ciempiés de pesadilla. Trastabilló con torpeza, acomodándose la ropa. Su sexo estaba manchado, tal vez de sangre, pero no se detuvo a mirarse.

Tacho había desaparecido.

—¡Hijo de puta! —bramó.

Lo había embaucado, de nuevo. Se había ido con el reloj.

—¡Tacho! —gritó, desesperado.

—¡Tacho! —lo arremedó la chica desde la colchoneta.

Se había dado la vuelta y, bocarriba, con las piernas abiertas, se frotaba el sexo con las dos manos, insaciable.

Zahir corrió hacia el boquete del muro y salió al patio. Entre las matas crecidas alcanzó a distinguir la espalda de Tacho. Orinaba en un rincón, la cabeza gacha, la mano abierta apoyada contra la pared de ladrillos.

—¡Tacho!

La cabeza de pelos alborotados se estremeció.

"Se quedó dormido", pensó Zahir.

Avanzó hacia él y la maleza crujió bajo sus tenis.

Tacho se sacudía con esmero.

—¿Ya se te quitó lo puto? —le preguntó a Zahir, para inmediatamente reírse de su propio chiste.

—Tú dijiste que me harías el paro con el reloj, para venderlo...

Tacho terminó de subirse el cierre y se volvió.

—Y lo voy a vender, de eso puedes estar seguro.

—Pero es mío...

—¡Pendejo! Ayer bien loco me lo vendiste.

—No es cierto, Tacho...

La voz se le quebró de puro coraje.

Tacho ya no sonreía.

—Me lo vendiste por unas piedras, cabrón. ¿Qué, no te acuerdas?

No, no se acordaba. No recordaba casi nada de las últimas horas. Recordaba la primera piedra, eso sí, cuando Tacho la sacó del envoltorio de papel aluminio, insignificante como un trozo de jabón viejo. Recordaba el olor del humo que Tacho fumó primero: dulzón, seguramente picante a juzgar por los gestos que hacía mientras inhalaba, la forma en que tronaba los dedos y apretaba los ojos y rechinaba los dientes. Cuando al fin le tocó su turno, Zahir mantuvo los ojos bien abiertos, fijos en la brasa crepitante.

El vapor espeso llenó sus pulmones y tuvo que contener las ganas de toserlo.

¿A poco no está mejor que la mota?

La voz de Tacho se doblaba, se retorcía como una tira de celofán, igual que su rostro, deforme ahora, la cara de un demonio, los pelos alborotados convertidos en cuernos. La risa de la muchacha era un estruendo metálico que permanecía vibrando en el aire, al parecer por horas, un eco amenazador. No se atrevió a mirarle la cara por miedo a lo que podría encontrar en sus ojos negros, traviesos.

¿A poco no está mejor que la mota?

Zahir quiso asentir pero no osaba mover la cabeza: la sentía inmensa, repleta de sangre vaporizada, a punto de desprenderse de su cuello. Las sombras de la casa abandonada se descolgaron de los rincones y los rodearon, danzando. Le tocaban la nuca, la espalda, con dedos fantasmales, eléctricos, y Zahir apretaba los párpados y los dientes para no verlas, aterrado. En cualquier momento, pensaba, sus pies se despegarían del suelo y ascendería, como un globo lleno de helio, hacia la noche silenciosa, y ese pensamiento lo horrorizaba y al mismo tiempo lo llenaba de una alegría insólita, jamás antes sentida en su cuerpo.

Cuando abrió los ojos de nuevo, pasado el efecto de la primera fumada, halló el cuarto sumido en la penumbra. Jaló aire con ansia: no se había dado cuenta de que seguía conteniendo la respiración. El aire común le supo insípido, falto de vida.

¿A poco no está mejor que la mota?, decía Tacho.

Quiero más, fue lo único que Zahir logró responder. Sentía que la lengua se le caería de la boca, si hablaba demasiado.

Dame más, le suplicó a Tacho.

¿Tienes dinero?, preguntó aquél.

¿De verdad había sacado entonces el reloj? ¿De verdad se lo había dado a cambio de más piedras? No, no, aquello no era cierto, no podía serlo. Tacho lo había embaucado; Tacho estaba mintiendo. No había manera de que Zahir se hubiera deshecho de lo único valioso que poseía a cambio de esa basura de la que ya nada más recordaba el ansia por fumar que producía.

—Tacho, es mío, tú dijiste... —insistió Zahir.

Tacho sacudió la mano. La hoja de la navaja apareció, brillante como una sonrisa.

—¿La estás haciendo de pedo, pendejo?

Estaban ya tan cerca que Zahir podía oler el aliento de Tacho: hígado cocido.

El reloj fue un regalo del primer marido de la tía, un político de tres al cuarto al que ella se refería como "el cabrón que me desgració la vida". Zahir jamás había tocado el reloj; la tía no se lo permitía, aunque a veces le dejaba verlo, las contadas ocasiones en que la anciana lo sacaba de su caja para limpiarlo, antes de llevarlo de nuevo al empeño.

Era de oro, oro macizo de dieciocho quilates, o eso era lo que presumía la tía. La correa de eslabones también era de oro, y en la carátula de madreperla había gemas incrustadas que formaban delicadas florecillas en torno a los números arábigos. La anciana lo limpiaba con un paño untado en una sustancia grisácea parecida al excremento de pájaro, le daba cuerda, lo guardaba de nuevo en su caja y se marchaba al Monte de Piedad. Cuando lograba recuperarlo, después de meses de zozobra, volvía a limpiarlo y a darle cuerda y lo guardaba bajo llave dentro del primer cajón de su cómoda.

La tía nunca se separaba de sus llaves. Las llevaba consigo en el bolsillo del vestido durante el día y las escondía bajo su almohada a la hora de dormir. Armaba un alboroto chocante cuando las perdía de vista, lo que comenzó a suceder más menudo mientras la tía se iba volviendo cada vez más vieja y cada vez más bruta. Llamaba a gritos a Zahir para que se las devolviera y lo acusaba de ladrón, de maleante asqueroso. El chico las hallaba pegadas a la cerradura de la puerta, o debajo de la mecedora en donde la tía había estado sentada toda la tarde, pero la anciana jamás se disculpaba: miraba con recelo a Zahir y se metía al cuarto a comprobar que no le faltara nada. Cada vez que hacía eso, Zahir la odiaba un poco más, al grado de prometerse a sí mismo que un día lograría robarle las malditas llaves y el reloj de mierda, sólo para darle a la vieja en donde más le dolía.

La oportunidad llegó cuando la tía Idalia quedó postrada en la cama, justo después de la fuga de Andrik. Zahir, lacerado por la culpa, había dejado de trabajar para cuidarla. La vieja se pasaba el día entero quejándose de dolores insoportables, mientras que las noches se le iban en lastimeras súplicas dirigidas a la imagen de Cristo, iluminada por veladoras, que tenía en su cuarto. Su cuerpo, de por sí reseco y arrugado, se fue encogiendo con el paso de los días, tornándose cada vez más escaso, como si debajo del camisón y las mantas —con las que la tía se empeñaba en cubrirse a pesar del agobiante calor— no quedara carne ya sino borra, retazos de trapos viejos como los que usaba para rellenar las muñecas que ahora yacían, grotescas y mochas, a medio terminar, junto a su almohada.

Pasaron los días, cada uno idéntico al otro, insoportables, llenos de reclamos, de quejidos, de alaridos demandantes y de golpes y pellizcos que la tía Idalia le propinaba cada vez que Zahir se inclinaba sobre ella para ponerle el orinal o para limpiarla. Estaba harto del olor a meados, de hacerse cargo de las secreciones de ese cuerpo flácido, de su voz chillona y las palabras con las que lo hería. Sobre todo, estaba harto de las palabras. La vieja culpaba a Andrik de todo y rogaba al Cristo de la cómoda que lo castigara, que le ocasionara los peores sufrimientos posibles y lo refundiera en la sima más honda del infierno, mientras Zahir rumiaba en silencio su propio odio, dirigido contra ella. Ella tenía la culpa de que Andrik hubiera terminado en la calle, perdido en aquella ciudad que apenas conocía, tal vez herido, tal vez preso, o incluso muerto. Ella había tenido la culpa de todo, ella lo había atacado sin dejarle explicar nada. Lo había obligado, machete en mano, a escapar por la azotea, a medias vestido, descalzo, aterrorizado. No era de extrañar que Andrik no hubiera vuelto en todo aquel tiempo: lo único que dejó atrás fueron tres goterones de sangre, que la lluvia se encargó muy pronto de lavar, en el piso del patio.

Por eso había robado el reloj y escapado él también: tenía que encontrar a su hermano y necesitaba dinero. La cuenta del servicio eléctrico había vencido y en cualquier momento los empleados de la compañía llegarían a cortarlo. Zahir pasaba las noches sin pegar el ojo, escuchando los bisbiseos insomnes de la tía, pensando qué hacer, a dónde huir, cómo. No sabía hacer nada más que lavar parabrisas, pero estaba seguro de que podría encontrar trabajo en otra ciudad: era grande, fuerte y pasaba por adulto. Podría buscar a su hermano, hacerse cargo de él, cuidarlo, aunque tuvieran que irse lejos, a donde nadie los conociera, qué importaba. Un lugar donde hiciera frío, eso sería lindo. Un lugar en el que no estuviera sudando profusamente a todas horas, por cada poro de su cuerpo. Y necesitaba dinero para poder hacerlo. Ni siquiera necesitaba mucho: algo con qué empezar, nomás, algo con qué comprar los boletos de autobús. Por eso había decidido robarse el reloj de la tía.

Todo habría sido más fácil de no ser por las vecinas, las malditas urracas entrometidas que se turnaban para visitar a la anciana durante el día, llevarle comida y de paso reprender a Zahir sin piedad por toda clase de faltas: lo acusaban de ser un inútil, un vago bueno para nada, un gordo aprovechado que se comía la comida que le llevaban a la vieja, una carga para la pobre que había dedicado su vejez a criarlo a pesar de que Zahir ni siquiera era nada suyo, recalcaban con crueldad. Zahir y ese otro muchachito desalmado tendrían que estar eternamente agradecidos por todo lo que la tía Idalia había hecho por ellos, por haberlos recogido de la calle y criado como gente de bien. Era una santa, decían las viejas ridículas, y la tía, desde su apestoso lecho, entrecerraba los ojos y sonreía con la dulzura de un lobo disfrazado de corderillo.

Zahir hubiera querido matarlas a todas, estrangular sus pellejudos cuellos con sus propias manos, machacar sus rostros a pisotones, hasta que no les quedase entero ni uno solo de sus despreciables huesos, con tal de callarlas y cegar para siempre esos ojillos negros de pajarraco perverso que lo examinaban de arriba abajo buscando lo malo, la mancha, el pecado. Había veces en que tocaba el cuerpo marchito de la tía y sentía el impulso casi irresistible de hacerle daño, y tenía que salir de la casa en ese instante, literalmente salir corriendo de la vecindad por miedo a no poder controlarse. Corría por las calles cercanas hasta que las bascas lo hacían doblarse y entonces pensaba, para calmarse, que uno de esos días robaría el maldito reloj y se largaría de aquella casa y escaparía para siempre del control de la anciana, y que ésa sería la mejor venganza.

Entonces había llegado aquel jueves fatídico. La tía había pasado una mala noche y Zahir no había podido pegar el ojo tampoco. Cuando trató de levantarla para que estirara las piernas enclenques, ella lo insultó y le escupió en la cara, y él, temblando de furia, dejó de sujetarla y la vieja azotó contra el suelo. El golpe fue duro y la anciana comenzó a quejarse a gritos; Zahir no atinaba a moverse. Se quedó aturdido, mirando cómo la tía pegaba de alaridos hasta que las vecinas metiches llegaron en tropel a rescatarla. A gritos y empujones apartaron a Zahir, levantaron a Idalia del suelo y procedieron a desnudarla para llevarla al baño, pues la vieja se había ensuciado del susto y el suelo estaba rociado de mierda y orines. Zahir no se lo pensó dos veces: fue hacia la cama de la tía, metió la mano bajo la almohada y tomó las llaves. Abrió la gaveta de la cómoda y hurgó en ella sin molestarse en disimular el ruido. Ahí estaba la caja de madera que la tía usaba como alhajero. Sacó el reloj y se lo metió al bolsillo, lo mismo que el monedero que encontró ahí, con un único billete dentro. Aquel dinero no le alcanzaría ni para pagarse una noche en la peor pensión de marineros del puerto, mucho menos para comprar un billete de autobús de segunda que lo alejara de la ciudad, pero se lo llevó de todas formas. Dejar a la vieja sin un sólo quinto le parecía lo más correcto.

—¿Qué tramas, desgraciado chamaco? —gritó una de las urracas al verlo salir de la recámara—. ¡Qué le hiciste a tu tía, infeliz...!

La mujer extendió las manos para sujetarlo de la playera y Zahir se la quitó de encima con el peso de su antebrazo. Otras dos le cayeron a golpes en el pasillo, pero no pudieron impedir que el muchacho avanzara hasta el cuarto que antiguamente compartía con Andrik. Le bastaron dos empellones para romper la bisagra que la vieja había hecho colocar para clausurar la habitación. Las vecinas chillaron al escuchar el tronido de la madera y corrieron a esconderse con la tía dentro del baño.

El diminuto cuarto apestaba a humedad. Fuera de eso permanecía idéntico a como los muchachos lo habían dejado, meses atrás: los muros verdes cubiertos con dibujos de tiza y calcomanías, el colchón desnudo sobre el suelo, las pesadas cortinas corridas.

Caminó hasta el armario. El piso estaba sucio, cubierto por una especie de pelusa gris que se le pegaba a las suelas de los tenis. En el primer cajón no había nada más que envolturas de caramelos y frituras y oscuros huevos de cucaracha. En el segundo estaba la ropa de Andrik: trusas, shorts, playeras. Tomó una prenda y se la llevó a la nariz, imaginando el perfume acre de las axilas de su hermano. En el tercer cajón halló el tesoro que Andrik guardaba con celo: la caja de zapatos en donde guardaba las fotografías de su otra vida. Tomó una pila de ellas. Su hermano le sonreía desde el papel, arrugando la naricilla de bola, los ojos de felino perezoso casi cerrados por la alegría. En la siguiente montaba un triciclo al pie de una carretera desolada. En otra, más antigua aún, aparecía vestido con un blanco ropón de muñeca, mirando ceñudo a la cámara, los pelos pegados contra la frente a causa del calor en la iglesia.

Fue pasándolas con rapidez. ¿Quién le había tomado todas aquellas imágenes? Costaba creer que había sido la misma madre que lo había abandonado. Andrik jugando en un charco, los pies enfundados en botitas de plástico para la lluvia; Andrik en los brazos de un hombre fornido con gorra de camionero; Andrik de uniforme escolar, los cabellos relamidos, los ojos inmensos, suspicaces; Andrik con la boca pintada de jarabe de frambuesa. Andrik de camisa a cuadros y el pelo levantado en picos: así lo había conocido Zahir, así había llegado a la casa de la tía Idalia, de la mano de su madre, aquella mujercita insignificante que no hablaba más que en susurros y que apenas permaneció el tiempo suficiente para darle la bendición a su hijo, todo ojos de espanto al verse entre extraños. La tía Idalia los presentó como hermanos y los dos se habían mirado con desconfianza.

El pelo liso de Andrik había crecido hasta llegarle a la línea de la mandíbula, pero fuera de eso, seguía siendo el mismo niño, el mismo muchachillo que en la foto.

La metió en su mochila y pensó en romper las demás. No quería que quedara nada de su hermano en esa casa, ningún rastro, pero desafortunadamente no había tiempo para esa clase de dramatismos. Rescató su propia ropa del último cajón de la cómoda, la poca que aún le venía. Había engordado mucho ese año, lo cuál era extraño, pues él sentía que apenas comía. Hubiera querido cegar las paredes, cubrir con pintura negra los dibujos que habían hecho, los mensajes que se habían mandado. Hubiera querido quemar el colchón en donde habían dormido juntos.

Recordó las primeras noches de Andrik en casa de la tía. Noches de viento, de Norte implacable. Andrik lloraba en sueños, presa de las pesadillas, y Zahir debía sacudirlo para que despertara.

—¿Quién grita? —susurraba Andrik al oír los gemidos del viento.

Y Zahir mentía:

—Es la bruja que nos está buscando...

Porque entonces Andrik se apretaba contra él y le pedía que lo estrechara fuerte entre sus brazos, que lo cubriera por completo, como si fuera una manta. Y Zahir obedecía, temblando de miedo, borracho del aroma de su hermano.

—¿La estás haciendo de pedo, pendejo?

La delgada hoja de la navaja relucía bajo el sol, mil veces afilada.

—Es mío —insistió Zahir.

Sabía que no debía retroceder, pero no pudo evitarlo: cuando Tacho se lanzó contra él, Zahir reculó por instinto; su pie se trabó en los hierbajos, perdió el equilibrio. Cayó de nalgas, su cuerpo enteró se cimbró. Alzó los brazos y apretó los párpados, anticipando la estocada de Tacho, pero éste sólo rio.

—Pinche gordo puto —escupió—, para eso me gustabas.

Muñequeó para cerrar la navaja y regresó sin prisa a la habitación.

Zahir hundió las manos entre las yerbas y la basura del patio. Lloraba de humillación, sin darse cuenta siquiera.

Tardó unos instantes en ponerse de pie; cuando al fin lo logró se lanzó a toda carrera, la ropa sucia de lodo y tierra, al interior del cuarto. Tacho no tuvo tiempo de volverse: Zahir lo embistió con los hombros y cayeron al suelo. El polvo los cegó mientras forcejeaban. Tacho, ágil como un gato, intentó escurrirse, pero Zahir lo aplastó bajo su peso. La mano libre de Tacho buscaba la navaja cuando Zahir, sujetándolo de los pelos, azotó su cara contra el suelo de cemento, una, dos, tres veces. A la cuarta, los brazos de Tacho se aflojaron y Zahir pudo golpearlo con los puños, con los codos, sorrajándolo una y otra vez, hasta que sus manos, resbalosas por la sangre, ya no pudieron sujetar más los cabellos empapados de Tacho.

Tardó varios minutos en recobrar la visión: lo veía todo desenfocado, legañoso, como envuelto en neblina. La muchacha no se había movido de la colchoneta: Zahir intuía su cuerpo pálido contra el tejido inmundo. Gritaba, seguramente, a juzgar por la forma en que abría la boca, pero él no podía oírla, no oía nada más que su corazón enloquecido. Deambuló por el cuarto en círculos de pánico, sin saber qué hacer. ¿Tenía que matar a la muchacha también? Se volvería loco si tuviera que perseguirla por todo el cuarto... ¿Debía marcharse así nada más? Tropezó con su mochila: había olvidado su existencia. Se inclinó para recogerla y recién descubrió que tenía las manos sucias de sangre y tierra, y que dos de las uñas de su mano derecha estaban rotas, aunque no sentía dolor alguno. Se pasó la lengua por los dientes y escupió. La boca también le sabía a sangre; seguramente se había mordido la lengua durante la pelea.

Se acercó a Tacho, bocabajo en el suelo. Le faltaba un zapato y las costuras de sus pantalones estaban desgarradas a la altura de la entrepierna. Su cabeza descansaba en un ángulo extraño, en medio de un charco de sangre. Uno de sus pies temblaba. Se preguntó si aún tendría los ojos abiertos, pero no tuvo coraje para agacharse, para tocarle la cara. No había tiempo, de todas formas, más que para vaciarle los bolsillos y sacar el reloj, envuelto en la franela roja. La desató con dificultad. El reloj había recibido un buen golpe: el vidrio de la carátula estaba rajado y las manecillas habían dejado de avanzar. Se mordió los labios para ahogar un sollozo. Se dijo a sí mismo, golpeándose la frente con el puño sucio, que todavía servía, todavía podía venderlo, el oro siempre era valioso. Se guardó el reloj en el bolsillo, junto con el paquete de cigarros y la 007.

Lo último que hizo, antes de huir de aquella maldita casa, fue tomar el vestido de la chica, tirado de cualquier modo sobre el colchón, y limpiarse con él las manos, la cara. Después salió al patio, arrojó la prenda hacia la azotea y se arrastró para atravesar el boquete en el muro por donde se habían colado.

No esperaba que la luz y el ruido del exterior fueran tan intensos, que los rayos del sol —flamígeros a las dos de la tarde— exhibieran flagrantemente las manchas de sangre y lodo sobre su ropa, ni que el estruendo que brotaba de las bocinas de los puestos callejeros fuera capaz de taladrarle las sienes de aquel modo. Se echó la mochila al hombro y se internó en el laberinto de lonas y tendidos de camisetas y pantalones porque pensó que sería mejor hundirse en la multitud anónima del tianguis que tratar de escapar de ella. La gente, sin embargo, empezó a apartarse de su camino, y las mujeres se le quedaban mirando con el ceño arrugado. Comenzó a sudar frío. No podía ver la salida, había demasiada gente, alguien le rozó la espalda y Zahir entró en pánico: tiró un codazo sin ver y pegó la carrera por un hueco que se abrió entre el gentío, como liebre perseguida por perros salvajes. A su espalda alguien gritaba pero él no se volvió a mirar: corrió varias cuadras hasta que las punzadas en el pecho lo hicieron detenerse y vomitar en la cuneta.

Iría andando otra vez hasta la Suriana, a confrontar de nuevo al imbécil del auto amarillo. Lo había hecho después de su conversación con Pelón y Bembas y volvería a hacerlo ahora, pero ya no hablaría. La furia le daba fuerzas. Aunque el tipo había amenazado con llamar a la policía, ahora Zahir estaba seguro de que no lo haría: tenía demasiado qué perder con Andrik ahí, secuestrado en su casa. Pensar en él también ayudaba: Andrik y su desmelenada cabeza asomando por entre los barrotes de la reja. Andrik acostado en el suelo, sonriéndole con sus ojos claros, a veces verdes, a veces amarillos, ojos de gato, grandes y límpidos, chisporroteantes. Andrik y su torso lampiño, su ombligo salido, sus pies siempre helados, propensos a las cosquillas, buscando a Zahir, jugueteando con él, provocándolo. Andrik y su risa descarada, ese gorjeo díscolo que Zahir debía sofocar tapándole la boca para no despertar a la tía, mientras se acariciaban.

No podía irse sin su hermano. No podía irse sin rescatarlo. Era su deber. Qué importaba que ningún lazo de sangre los uniera. Se había enfrentado a Tacho, el azote del barrio, y había ganado: no era algo de lo que muchos pudieran envanecerse. El tipo del auto amarillo no era nada en comparación; ya no le tenía miedo. Llevaba la navaja de Tacho en el bolsillo, como un trofeo, y cada pocos pasos la rozaba con sus dedos por encima de la tela de sus bermudas, para darse confianza.

IV

—¿Pero qué quieres que te cuente? —rezongó Pachi.

Fumaba sobre la cama, con la cabeza apoyada en la pared y el cenicero sobre el pecho desnudo.

Vinicio fingía no mirarlo.

—Lo que tú quieras.

Sobre el escritorio, la cartulina blanca resplandecía. De un soplido, para no manchar el papel, apartó una escama de ceniza que había caído en el centro. Eligió el lápiz azul, el más duro que poseía, y se puso a trazar rayas en el borde de la hoja; cubos translúcidos, espirales, círculos, hasta que los tendones de su mano y la punta del grafito se suavizaron.

Quería dibujar a Pachi pero necesitaba distraerlo. Y la mejor forma de hacerlo era ponerlo a contar algo, arrastrarlo al relato de alguna aventura, verdadera o ficticia, daba lo mismo. Porque entonces Pachi, cosa curiosa, se perdería en el recuento de la historia y se olvidaría por completo de que Vinicio lo estaba dibujando. Se metería tanto en sus propias fabulaciones que Vinicio podría entonces observarlo a sus anchas y traducir en trazos la forma de su cara y de su cuerpo, sin tener que soportar sus burlas o su retiro indignado del cuarto. Era, en buena medida, la misma técnica que usaba para estudiar zanates: les dejaba una generosa ración de croquetas de perro sobre el piso del patio y aguardaba bajo la bugambilia a que los pajarracos descendieran, recelosos primero, pavoneándose muy cerca de sus pies una vez que agarraban confianza. Vinicio los miraba y trabajaba hasta que la mano se le agarrotaba. Le interesaba, sobre todo, recrear con el grafito la solidez mate de aquellos picos ávidos, el reflejo del sol sobre las plumas azabache, la astucia reptiliana de sus ojos amarillos. Vinicio sudaba. El aire tibio que el ventilador soplaba entre chirridos no llegaba hasta él; Pachi lo acaparaba todo frente a la cama. El brazo se le pegaba a la hoja y al escritorio; la espalda, al respaldo de plástico de la silla. Soltó el lápiz para secarse las palmas en la tela a cuadros de sus bóxers. Sentía la boca tan seca que la saliva se le espesaba en grumos sobre la lengua. Quería beber más cerveza, pero Pachi se estaba empujando ya los últimos sorbos de la botella.

"Habrá que echar un volado para ver quién baja por la siguiente", pensó Vinicio.

Se asomó a la ventana. Un par de personas caminaban sin prisa del lado sombreado del parque. Las hojas más tiernas de los almendros refulgían, ramos de celofán claro, y a lo lejos, más allá de las canchas y la fuente, sobre el asfalto de la avenida, se formaban espejismos ondulantes, semejantes a charcos de agua caldeada. Hasta las nubes, etéreos retazos de tul mugriento, flotaban inmóviles, como si el viento hubiera muerto o el mar hubiera cesado de moverse.

Cerró los ojos y acercó el rostro a la ventana. No sintió nada, ni la más leve carantoña de una brisa. Nada.

Se volvió un segundo hacia su amigo.

—Cuéntame algo, anda...

—Cómo chingas, Vinicio.

—Y ya no fumes tanto, me hace daño...

Ni siquiera el humo encerrado dentro del cuarto parecía moverse. Volvió a mirar por la ventana. Allá en el cielo, la misma nube percudida flotaba en el mismo sitio, el exacto mismo sitio en el que la había visto hacía un momento, podía jurarlo, justo por encima de los cables telefónicos. Dejó caer la cabeza sobre el brazo. Se dio cuenta de que hacía rato que le dolía, que algo parecido a un punzón frío le atravesaba una de las sienes. Se llevó los dedos al sitio. ¿Y si era fiebre? Se enderezó en la silla y se pasó el dorso de la mano por la cara, por el costado del cuello; la metió después por debajo de la playera y se palpó el abdomen. Su piel estaba húmeda pero fresca; ni seca ni ardiente. Extendió los brazos frente al escritorio, cuidando de no ensuciar el papel: las marcas del dengue desaparecían, un poco más cada día. No había nuevos piquetes.

Quizás el médico tenía razón: ya no estaba enfermo.

Aunque yo que tú me hacía una limpia, había dicho, risueño, al concluir la consulta, apenas la semana anterior. *Mira que enfermarte dos veces de dengue el mismo verano...*

Vinicio no había reído; no lo habría hecho ni por cortesía. Y el doctor, quien seguramente no estaba al tanto de la muerte de su padre, o la había olvidado, le propinó una condescendiente palmada en el hombro antes de correrlo de la sala de consultas.

Vinicio no le guardaba rencor. Había demasiados muertos en el mundo: la tierra bajo sus pies estaba llena de ellos y juntos eran más numerosos que todos los vivos.

Volvió los ojos al escritorio. Tomó el lápiz y lo apoyó sobre el papel.

—Cuenta algo ya, coño —le pidió a Pachi.

—Neta que eres peor que mi vieja —gruñó aquél, la voz constreñida por el esfuerzo de aguantar el humo dentro de los pulmones.

Vinicio lo miró de reojo: acostado sobre la cama, Pachi contemplaba el techo pintado de azul oscuro y salpicado de puntos luminosos que pretendían representar estrellas y otros cuerpos celestes. Aquel diseño lo había copiado Vinicio de una de las enciclopedias de su padre y fue todo un reto reproducir la disposición de las constelaciones sobre el techo y, además, sin que la pintura goteara por todas partes. Había estado orgulloso de su obra hasta que Aurelia le hizo ver la magnitud de su ignorancia: en un exceso de entusiasmo había tomado como referencia la carta de constelaciones del hemisferio sur en vez de usar la del norte.

En ese entonces se había sentido más fascinado por Aurelia que avergonzado de su incompetencia. Ahora, cada vez que se acostaba para dormir, cada una de esas estúpidas manchas fluorescentes le recordaban a ella. Todas las noches se prometía a sí mismo que al día siguiente bajaría al centro a comprar pintura oscura para borrarlas, igual que hubiera querido borrarla a ella de su mente.

—Hace rato, te lo juro, había algo que tenía que contarte —decía Pachi—. Pero ya no me acuerdo qué era...

—Cuéntame una historia, no me cuentes chismes. No quiero chismes...

Pachi lo miró con insolencia y Vinicio bajó la mirada a su cuaderno. Estaba listo para comenzar el dibujo. En él, Pachi aparecería en la misma posición en la que estaba en aquel momento: sentado en la orilla de la cama, con la pantorrilla derecha, casi lampiña, apoyada sobre la rodilla izquierda, la espalda ligeramente encorvada, los brazos de músculos visibles colgando a los costados, el cigarro de mota olvidado entre sus dedos.

Si me cuenta lo de Aurelia, lo corro a la chingada, pensó Vinicio.

—Cuéntame lo del Capezzio —se apresuró a proponerle—. Cuéntame otra vez ese desmadre...

En el papel apareció la base de la cama, la silueta del cuerpo de su amigo: la cabeza, apenas insinuada, la melena rizada, el contorno de su torso blando, más infantil que femenino.

—Pfff. Eso ya te lo conté hace siglos...

—Pero ¿dónde estabas tú cuando mataron al bato?

—Loco… —la voz de Pachi se inflamó en seguida, como sucedía en las películas antiguas con los carretes de acetato de celulosa a los que les caía una chispa—. Yo estaba acá, perreando con la Rosi en la pista, cuando se armó el desvergue —se detuvo un momento para volver a encender el toque y aspirar con fuerza—. Y de repente toda la flota gritaba y empujaba y las viejas chillaban y yo dije "ya se están dando un tiro", y como fue: nada más veías volar los vasos y la gente nos apretaba contra el barandal. La gorda se puso histérica, yo no sé ni cómo le hice para treparla a donde están las mesas. Todo el mundo se abalanzó al mismo tiempo a la salida. Apagaron la música y nada más se oía la gritadera de las viejas, de la flota, de los policías; quién sabe cómo llegaron tan rápido, para mí que era una redada que ya tenía planeada. Los que querían salir del Capezzio se topaban con los tiras afuera, así en plan antimotines, cabrón, con escudos y cascos y macanas, y así como iban saliendo, ¡prau, prau!, los iban apañando. Adentro de volada prendieron las luces y fue cuando pude ver al bato ahí tirado, en el suelo, en medio de la pista. Todavía estaba vivo, creo, aunque no se movía. Todo a su alrededor estaba cubierto de sangre, algunos hasta la pisaban y se resbalaban y dejaban un batidillo. Yo no alcanzaba a distinguir quién era el caído. Pregunté si no era alguien de la banda, del parque, pero nadie me supo decir nada. Ya luego Cadenas nos contó que era un batillo de la 21 y que el Tacho fue quien se lo había chingado. Pinche Tacho. Me acuerdo de haberlo visto en la entrada, al principio, pero ya después, cuando estalló la bronca, no lo vi ya por ningún lado. Al único que trabaron fue a Pesina; tú lo conoces, ese prieto malandro…

—El Brazos de Chango… —dijo Vinicio, y Pachi soltó una risita.

—Ese cabrón parece como hecho adrede para repartir vergazos, con esas manos mazacotudas que tiene, ¿no? Se estaba dando un tiro con dos batos al mismo tiempo. No mames, Vinicio, mis respetos para ese cabrón. Se quitaba a uno de este lado y se descontaba al otro con esas pinches manazas que se carga, y le metía un patadón de revire al que volvía y luego remataba al otro de un cabezazo. ¡De huevos, pinche Vini, de película! Se estaba rifando como en *La Matrix*, el cabrón, pero luego entraron los granaderos y lo surtieron a macanazos, aunque su trabajo les costó a los culeros…

Una sombra negra se asomó por la ventana, cascabeleando, y los dos muchachos se sobresaltaron. Era un zanate macho —un ejemplar soberbio, pensó Vinicio, pasado el susto— que llegó a posarse altanero sobre el alféizar, y escrutaba el interior del cuarto con la cabeza inclinada.

—Hijo de tu puta madre —gritó Pachi.

Hizo el ademán de levantarse de la cama y el pájaro desapareció en medio de un revuelo de plumas oscuras.

Vinicio se asomó por la ventana y lo buscó. El zanate, posado ahora sobre el tendido eléctrico, un par de metros más lejos, le lanzó una mirada gélida.

—¡Lárgate! —aulló Pachi.

Había ido a asomarse a la ventana también. Dio un par de palmadas enérgicas para espantar al ave, pero ésta lo ignoró. Vinicio tuvo que enterrarle un codo en el costado para que se callara.

—Shhhh —lo reprendió en voz baja—. Vas a despertarla…

—¡Puto picho!

—Que no grites, cabrón.

Pachi volvió a la cama y se dejó caer, los labios apretados en un puchero: la misma cara que ponía cuando, de niño, fallaba el tiro con su resortera. Él mismo las confeccionaba: escogía las ramas, las lijaba y les daba forma con su navaja, y luego ataba con hilo blanco de cáñamo y tiras de cámara de bicicleta. Para fortuna de la vida silvestre del parque, Pachi era un tirador mediocre y las ardillas y los pájaros, blancos demasiado menudos para su puntería imperfecta, así que cuando se cansaba de fallar la emprendía a almendrazos contra las cabezas y las espaldas de los críos más chicos que jugaban en los columpios. Aquello fue divertido hasta que alguien le fue con el chisme al padre de Vinicio y éste los sorprendió con las manos en la masa. Les puso la nalguiza de sus vidas, a los dos: a Pachi por abusón, y a Vinicio por quedarse ahí nomás mirando sin hacer nada.

—Me cagan esos pajarracos —dijo Pachi.

—Sí, a mi papá también… —dijo Vinicio.

Tendría que haber dicho "a mi papá también *le cagaban*", ¡le costaba tanto hablar de su padre en pretérito! El peso de la ausencia del viejo lo hizo cerrar los labios y Pachi fue el primero en desviar la mirada. Cogió el paquete de cigarros de la cama, se llevó uno a los labios y hurgó en sus bolsillos en busca del encendedor. Su rostro estaba chapeado de vergüenza y Vinicio lo odió un poco por eso: prefería mil veces soportar las burlas de Pachi que su lástima.

Terminaría de decirlo, de aceptarlo. Su padre ya no existía.

—A mi papá también le cagaban —se obligó a decir.

Pachi asintió y apretó los labios en una mueca que pretendía ser una sonrisa. Vinicio tuvo ganas de levantarse de la silla y patearlo, pero se limitó a volver al cuaderno, arrancar la hoja sobre la que había estado dibujando y aplastarla en una pelota que terminó rebotando contra el suelo. Sobre una nueva hoja recomenzó el retrato de su amigo, en trazos bruscos, enfadados. Los ojos le escocían: un líquido más parecido al aceite ardiente que a las lágrimas mojaba sus pestañas y amenazaba con derramarse. Pensaba en su padre todos los días, a todas horas, en un intento de impedir que la casa se vaciara de su presencia, de sus ruidos, de la lógica sin sentido del orden que durante años impuso en la familia. Aquella misma mañana —justo después de convencer a su madre de que dejara de dar tumbos en la cocina y se fuera a dormir, y de ayudarla a subir las escaleras—, Vinicio salió al patio y pasó una hora mirando de cerca la bugambilia que crecía sobre el muro y el colchón de pétalos guinda acumulados en el suelo. Pensó en todas las veces que su padre lo había obligado a mutilar a machetazos las ramas de aquel pobre árbol tozudo hasta que no quedaba de él más que un tocón, un muñón seco del que año tras año brotaban de nuevo ramas verdes y flores color violeta a las que su padre denominaba, despectivamente, "basura".

Como Pachi seguía mirándolo con lástima, volvió al dibujo. Tamborileó sobre el papel, el lápiz preso bajo el pulgar, mientras evaluaba los trazos: sinceramente le parecía que su dibujo era una porquería, y que el muchacho en él no se asemejaba en nada a su amigo.

"Como tú y padre", pensó.

¿Y quién es el güerito?, preguntaban las mujeres en el mercado, los viejos en el café, toda esa gente que Vinicio jamás había visto pero que se detenían a saludar a su padre en la calle, llamándolo "licenciado".

Mi hijo el más chico, decía con orgullo.

Pero Vinicio se daba cuenta de que la gente sonreía con malicia y sus ojos brillantes, burlones, saltaban entonces del rostro prieto de uno a los cabellos rubios del otro; de los ojos negros, rodeados de arrugas y manchas de aquel hombretón cetrino, a las pupilas azules, bordeadas de pestañas albas, de Vinicio.

Azotó el lápiz contra la mesa. Arrancó también aquella hoja y la rasgó en cuatro pedazos que luego retorció entre sus dedos. Le ardían los ojos. Las lágrimas retenidas abrasaban sus retinas. "Los hombres no lloran", pensó. "Se aguantan." *Los hombres no lloran, tocayo*, decía su padre cada vez que lo veía llegar del parque con el cuello de la playera roto y los morros ensangrentados. *Los hombres no lloran, se aguantan*, y por eso Vinicio había aprendido a contener las lágrimas, primero sólo ante su padre, luego también ante su madre y las maestras de la escuela y los demás chicos. A menudo no podía evitar que los ojos se le aguaran; lo que sí podía hacer era que las lágrimas nacientes se congelaran en sus ojos, que no brotaran sino que fueran absorbidas por los tejidos oculares. El truco era mantener los ojos abiertos, la mirada fija, no pestañear, no pensar en nada, especialmente eso: no pensar en el dolor, no pensar en el significado de las palabras. Contenerlo todo en la garganta y luego tragárselo a buches dolorosos que le dejaban el vientre inflamado, el pecho oprimido pero los ojos secos, libres de las abyectas y cobardes lágrimas.

—Sígueme contando... —le dijo.

—Oye, Vini...

—Por favor...

—Toma, fuma un poco...

Pachi le ofrecía el cigarro de mota; Vinicio sacudió la cabeza.

—No seas puto, Vinicio...

—Me hace mal fumar...

—¡Qué te va a hacer mal, pinche mariguano! Siempre has fumado conmigo...

—No me quiero sentir mal...

—¿No que ya estás curado?

—No sé. Ya no sé nada.

—¡Tus mamadas de siempre! "No sé, no sé nada" —la boca de Pachi se torció en una mueca mientras lo imitaba, llevándose una mano lacia a la frente en un gesto melodramático—. ¡Ya, Vinicio! ¡Chingada madre, llevas semanas aquí encerrado!

Otra vez el barniz ardiente en los ojos de Vinicio.

—Sígueme contando... —insistió, apartando la mirada—. Por favor...

Pachi suspiró y se dejó caer de nuevo sobre la cama, sacudiendo la cabeza con incredulidad. Las patas de madera tronaron bajo su peso. Ajustó el pedestal del ventilador con su pie descalzo.

—Pues nada... —reanudó su discurso. Le dio una chupada al cigarro y soltó una bocanada azul. Ahora el sol entraba directo por la ventana e iluminaba las hebras de humo en su camino al exterior—. ¿En qué estaba?... Ah, la batalla campal, ¿no? Bueno, pues los putazos estaban en alta y todo el mundo se estaba tundiendo a vergazos, bien sabroso: la flota contra la flota, la flota contra los polis antimotines que entraban. De repente unos batos madrugaron a un tira y lo abarataron con su propio escudo, y por ahí se hizo un hueco y la banda comenzó a escapar hacia la calle. Yo agarré a la Rosi y quién sabe cómo la hice que se trepara a donde estaban las mesas, al día siguiente hasta me dolía la espalda. Había un chingo de polis afuera, un chingo de patrullas con las sirenas encendidas, apañaban a los que iban saliendo y los trepaban a las camionetas. Yo pensé: "Ya valimos verga", pero a la pinche gorda se le prendió el foco: se agarró la panza y se puso a dar de berridos como si estuviera pariendo, la cabrona... —los hombros de Pachi se sacudieron de risa—: y yo la agarré del brazo y me puse a gritar "¡Ábranse, que está embarazada!", y así pasamos junto a los tiras sin que ninguno se preguntara qué chingados hacía una vieja embarazada en el Capezzio, ¿verdad? Pero la verdad es que andaban bien ocupados pasándoles báscula a los batos que apañaban y ni nos fumaron. Total que cuando llegamos a la esquina nos soltamos a correr. No paramos, tendidos como bandidos, hasta que llegamos al parque. Neta pensé que a la Rosi le iba a dar un infarto.

Pachi se levantó y volvió a ofrecerle el cigarrillo. Vinicio realmente no quería fumar, aunque tampoco quería despreciar a su amigo: necesitaba que siguiera hablando.

Ahora dibujaría a Pachi de pie, lo cual sería mucho más fácil si el cabrón no se balanceara tanto mientras hablaba. No le dijo nada y aceptó el cigarro. Le dio un par de caladas apresuradas y volvió a tomar el lápiz.

—Y pues, ahí estuvimos un rato, en las bancas de acá mero abajo. La gorda se puso bella con unas caguamas, pa'l susto, dijo, y poco a poco la flota fue regresando. El Chagüis llegó madreado, contando que al Pepín, el sobrino de Briseño, el de la carnicería, lo apañaron los tiras y se lo llevaron a los separos. Lo mismo a Pesina. Todo el mundo se puso a contar cómo se había dado el tiro, menos yo, que no le entré por andar cuidando a la gorda, pero mejor. Al chile ya no estoy para campales. Ya tengo vieja, chamacos, ya no puedo andar haciendo pendejadas, ¿no? Pero de que me dieron ganas de entrarle, me dieron, no manches, Vini. Aunque fuera meterle un par de guantes a un bato, algo leve, y luego largarme a la chingada.

El abdomen de Pachi era lo más complicado: había que imitar la blandura de los tejidos y, a la vez, su solidez de mancebo sano. Su piel era lisa y lampiña, llena de pequeñas imperfecciones: aquel lunar con forma de óvalo sobre el pecho, aquella tira de piel más oscura, justo donde el cinto del uniforme le apretaba la carne. De su rostro se ocuparía al último: los ojos eran siempre lo más difícil; también la punta de la nariz. La nube de cabellos grifos, en cambio, era sencilla de dibujar, igual que las orejas, pequeñitas, un poco dobladas hacia adentro por el medio, y la barbilla: inexistente, cubierta de pelillos rizados, idénticos aunque más cortos, a los que crecían en torno a sus tetillas color bronce.

—Y pues ahí estuvimos un rato, hasta que llegó el Cadenas, todo de la verga, todo *mugroso* como si se hubiera revolcado en un establo. Llegó bien paniqueado a contarnos lo que le había pasado saliendo del antro. ¡No mames, Vini, de película! El bato venía hasta temblando; se empinó la caguama hasta el fondo y nos contó que se había ido a meter a la boca del lobo, de puro pendejo... Porque haz de cuenta de que cuando el bato salió del Capezzio se puso a correr como loco para que no lo agarrara la tira, pero así, tenso sin parar, *za-za-za*, como el malo de *Terminator*, vaya, sin voltear p'atrás. Y ya para cuando el pendejo se vino a dar cuenta, había corrido tanto que había atravesado todo Circunvalación y estaba bien metido en la 21 de abril, en esa parte de la colonia donde ya no hay luminarias y todo está oscuro, y el bato sintió la verga cuando vio que unas cuatro cuadras más arriba venía bajando un bandón como de quince malandros. No mames, Vinicio, el bato no sabía ni qué hacer. Se quedó en la esquina, paralizado, cuando de pronto vio que por la calle venía un camión y el pendejo pensó que ésa era su salvación, y todavía va y le hace la parada...

Pachi detuvo su narración para poder reírse a gusto. Vinicio cerró los ojos un momento. Otra vez sentía aquella punzada atravesándole el cráneo. Se tocó la frente con disimulo: estaba empapada de sudor, pero fresca.

—... Y el pendejo le hizo la parada, y el camión se paró, y Cadenas se subió corriendo, y hasta que no estuvo adentro no se dio cuenta de la burrada que había hecho, porque aquel camión lo traían secuestrado unos morros de la 21. Se lo habían chingado para bajar en bola al Capezzio porque se había corrido la voz de que habían matado a uno de los suyos. Puta, Cadenas vio a la bandota que había ahí dentro y tuvo que morderse un huevo y hacerse pendejo para que la flota ésa no descubriera que él no era de la 21. Y cuando le preguntaron qué quien era y que dónde vivía, les dijo lo primero que se le ocurrió: que era del Infonavit Las Vegas y que había subido a la 21 para quedarse el fin de semana con su jefa, y los batos lo querían calar y le decían: "Ah, eres de Las Vegas, entonces has de conocer a Fulano y a Zutano y a Perengano que viven ahí", y Cadenas, con los huevos en la garganta: "No, la neta es que yo casi no salgo, soy estudiante y mis jefes no me dan chance, nomás de la prepa a la casa, pero sí me gusta el desmadre". ¡Hazme el pinche favor! De pura cagada los batos le creyeron y hasta le invitaron caguama. El pinche Cadenas estaba que se cagaba y se hacía pendejo, nomás escuchando lo que contaba la flota ésa. Ahí estaba un morrito todo verguiado, que fue uno de los que lograron salir primero del Capezzio y que era primo del bato que picaron en la pista. El morrillo estaba trabado del coraje, casi ni podía hablar porque se ahogaba. Contaba cómo un bato había tratado de chingarle la esclava de oro al primo, pero éste no se había dejado y entonces el bato se le había ido encima, y ahí fue cuando se armaron los vergazos y la empujadera. El morro vio que el primo no se levantaba del piso y cuando se agachó y quiso ayudarlo se dio cuenta de que estaba sangrando. Date color de los pinches huevos de ese chamaco, Vini: en lugar de quedarse ahí como pendejo, salió corriendo en chinga a su colonia para avisarle a toda la banda y volver con refuerzos. Los batos del camión lo celebraban y le prometían que iban a masacrar entera a la flota de la Zaragoza, en venganza, porque ellos estaban seguros de que el bato que había picado al primo del chamaco era de esa colonia. Y el Cadenas nomás asentía y decía "Sí, a güevo" a todo lo que los batos le decían, "Sí, vamos a romperles su madre a esos culeros, pinches gandallas", para que no sospecharan nada, pero por adentro, se estaba *cagando*...

La puerta del cuarto lanzó un chasquido, como si alguien del otro lado intentara abrirla. Vinicio puso un dedo sobre los labios; Pachi calló. Vinicio se levantó con cuidado de la silla de plástico y se acercó a la puerta de su habitación: la había cerrado con llave y tapado con una playera sucia la rendija entre la madera y el suelo, para que su madre no oliera ni escuchara nada.

—¿Tu jefa? —susurró Pachi, los ojos saltones.

Vinicio volvió a pedirle silencio. Ambos contenían el aliento y podían escuchar los latidos de sus propios corazones por encima del ruido del tráfico y los graznidos de los zanates del otro lado de la ventana. Y de repente, ahí estaba, el ruido de nuevo: era sólo la madera dilatándose por el calor.

Los dos resoplaron, aliviados. Vinicio regresó a su escritorio.

—Bueno —Pachi hacía un esfuerzo para modular su voz—, ya para terminar… El caso es que el camión pasó frente al Capezzio, y la banda vio el desmadre que se había armado con los tiras, y entonces obligaron al conductor a que mejor se siguiera derecho, que se fuera para el Kabuki, el antro ése donde la flota gruesa de la Zaragoza se junta para hacer sus desmadres, y el Cadenas se bajó con ellos. N'hombre, Vinicio, el bato dice que eran como cincuenta, y que muchos de ellos llevaban bates y palos y chacos y cuanta madre y media. Y el Cadenas lo que hizo fue caminar más despacito, hasta que se fue quedando más y más atrás de la flota, y a la primera que pudo se les desapareció. Unos batos lo vieron y como que quisieron corretearlo, y por eso el pinche Cadenas tuvo que esconderse como rata vieja en unos contenedores de basura que había junto a un súper, y ya se vino en chinga al parque cuando pensó que los cabrones aquellos habían dejado de buscarlo.

Vinicio miró su dibujo: le pareció casi tan malo como los que ya había roto. No lograba hacer que sus trazos se parecieran a su amigo, en parte porque Pachi no dejaba de gesticular, en parte porque la mano que empuñaba el lápiz, su maldita mano, era demasiado torpe, incapaz de imitar la gracia de lo real. Ahí estaban, en el papel, todos los rasgos que conformaban el rostro de Pachi: los ojillos enrojecidos, la cara en forma de óvalo achatado, los mofletes de Pepito Grillo, los pelos dispersos de su barba, las cejas rectas, dos rectángulos oscuros en medio de la frente brillosa. Todo estaba ahí, menos su presencia, su magia: la esquiva chispa de la vida.

Pensó en rasgar también esa hoja, pero sintió pena por los bosques tropicales.

Comenzó a garabatear rayas y círculos en el borde del dibujo. Una flor, un ojo, una navaja.

—Cadenas estaba bien paniqueado. Quería que nos abriéramos del parque a la verga, no fuera a ser que los batos de la 21 cayeran. "No te claves, pendejo. Dijiste que iban sobre los de la Zaragoza", le decíamos; pero el Cadenas nomás volteaba para todos lados y hacía mil iris. "Es que, no manchen, fue Tacho." Y todos: "¿El Tacho? ¿Pero que no dijeron que fue un bato de la Zaragoza?". Y es que el Cadenas estaba seguro de que los chavos de la 21 se habían confundido, y que el que se había chingado al chavo había sido Tacho, y pues la neta ni cómo dudarlo. Ese pinche Tacho está bien loco, y desde que se mete piedra anda más dañado que nunca...

¿Podría dibujar el rostro de Tacho, de memoria? Vinicio lo conocía de vista solamente: un sujeto más bien bajo, fibroso al borde de lo escuálido, de cabello ensortijado, siempre grasoso. Un tipo por demás insignificante, a no ser por aquel vozarrón de mariscal colérico que se cargaba, estridente y cortante, que hacía temblar al que se le pusiera enfrente. Un tipo curtido, miembro de la vieja guardia del barrio. Quedaban ya pocos como él; la mayoría estaban muertos o en presidio. Vinicio no se hablaba con esa clase de gente: le habían enseñado a respetarlos y a darse la vuelta cuando los viera acercarse.

Garabateó algunas líneas, rostros fallidos. La tristeza lo hizo soltar el lápiz. ¿Cómo era posible que fuera tan torpe para lo único que, en los últimos años, le había proporcionado tanto placer y tanto sentido? Pensó que todos sus esfuerzos por conectarse con el mundo a través del dibujo habían resultado inútiles, que no tenía caso seguir intentándolo, que jamás llegaría a dibujar algo verdaderamente hermoso, algo que brillara con luz propia. Seguramente los miembros del comité de selección de la escuela de Arte verían sus dibujos y los arrojarían a la basura, horrorizados. O no, ni siquiera: seguramente se partirían de la risa al pensar en el pobre idiota que creyó que eran lo bastante buenos como para meterlos en un sobre y enviárselos. Quizá lo mejor que podría pasarle sería que lo aceptaran en la escuela de Contaduría, a la que también había presentado el examen, presionado por su padre.

Tienes que ser realista, tocayo, le había dicho el viejo a principios de aquel año, desde el umbral de esa misma puerta. Los ojos hundidos del hombre recorrieron las paredes del cuarto, colmadas de dibujos de pájaros porteños: palomas, zopilotes, cotorros salvajes, tórtolas y zanates, tecolotes, gaviotas, albatros, playeros. Faltaban algunas semanas todavía para el diagnóstico del cáncer y su ingreso al hospital, pero en su recuerdo Vinicio podía ver ya los indicios de la enfermedad de su padre en el tono apagado de su piel, en su súbito adelgazamiento, en el rictus de dolor que tiraba hacia abajo las comisuras de su boca.

—¿Qué tienes, güey? Te ves todo pálido... —dijo Pachi.

Vinicio arrastró la silla para levantarse. Ya no le importó hacer ruido. Caminó hasta la cama y se tumbó al lado de su amigo. Cerró los ojos. Las sábanas olían a sudor: al suyo, al de Pachi, indistinguibles.

—Pensé que te ibas a lanzar por otra caguama...

—El doctor dijo que no me asoleara —repeló Vinicio.

—Ah, yo no voy, yo voy a poner el varo, cabrón...

Vinicio cerró los ojos y trató de no pensar en nada: ni en el dengue, ni en la fiebre, ni en su padre, ni en la muerte. Su mente se fue al extremo contrario: Aurelia. Echaba en falta el olor de su cabello, esa mezcla de champú de flores, nicotina y melón dulcísimo que durante algún tiempo había impregnado todo en la vida de Vinicio, no sólo su almohada, y que ahora debía esforzarse por recordar.

—¿No quieres fumar más? —preguntó Pachi.

Vinicio sacudió la cabeza. Oyó cómo Pachi accionaba el encendedor. El humo que el muy cabrón le exhalaba adrede sobre la cara le produjo náuseas, de modo que se dio la vuelta. Por un momento pensó en volverse para arrebatarle a Pachi su única almohada, pero sabía que su amigo estaría dispuesto a pelear por ella y no quería gastar energía en tonteras, así que usó sus propios brazos para apoyar en ellos su cabeza. Un mosquito sobrevolaba la zona; Vinicio podía escuchar su impertinente zumbido. Debía levantarse y aplastarlo. Debía deshacerse de las macetas vacías del patio, para evitar que los insectos siguieran anidando. Debía comprar varitas de aserrín prensado para ahuyentarlos. Debía colocar tul en las ventanas de su cuarto, de toda la casa; eso era lo que su padre habría hecho.

¿Qué tal que ese mosquito que sobrevolaba tan cerca de su cabeza era el mismo que le había transmitido el dengue? ¿Cuánto duraba la vida de un mosco, en promedio? ¿Horas, días, semanas quizá? ¿Moriría esta vez, en caso de que se enfermara de nuevo? ¿Desarrollaría la forma grave de la enfermedad y el hígado se le haría puré, como le había advertido el médico? ¿Lo llevarían al hospital donde su padre había muerto y lo estudiarían como un caso insólito, una curiosidad científica? "He aquí ante ustedes, señoras y señores, al único tarado que se ha enfermado tres veces seguidas de dengue..."

—Oye, Vini...

—¿Qué?

—No sé si contarte algo...

—No quiero saber.

Pachi bajó la voz.

—Es sobre Aurelia...

—No me cuentes —dijo Vinicio.

No era una orden, más bien una súplica. Porque Vinicio ya lo sabía, sabía lo que Pachi iba a decirle: que Aurelia había regresado a la ciudad y que estaba peor que nunca.

La conoció en la dirección del colegio, el verano anterior, recién regresando de vacaciones. Vinicio empezaba el quinto semestre de la prepa, llevaba seis años en aquella escuela y no recordaba haberla visto nunca. La dureza del cuello de su camisa y el brillo de la tela oscura de la falda —demasiado larga, demasiado apegada al reglamento— la delataban como alumna de nuevo ingreso.

Lo que más le gustó fueron sus piernas, o más bien, lo que alcanzaba a intuir de ellas bajo el uniforme soso, casi monjil, del colegio. Lo segundo que le gustó más fue su cabello: oscuro y alborotado. Las demás chicas lo llevaban siempre atado pero a ella no parecía importarle el calor.

Pasó tanto tiempo mirándola, ahí sentados en extremos opuestos de la banca de madera en donde los alumnos reportados esperaban audiencia, que ella terminó por notarlo. Se cruzó entonces de piernas, teatralmente, y mientras fingía fumar un cigarro con boquilla, le preguntó con voz ronca y los ojos entornados, como una diva de otra época:

—¿Cuál es tu crimen, muchacho?

Tenía una boca pequeña, un piquito en forma de corazón que era todo malicia cuando sonreía. Sus ojos eran marrones con un dejo rojizo, como las hojas secas de los almendros.

—Me dormí en clase de Física —barboteó Vinicio.

"Pendejo", pensó en seguida. "Hubieras dicho algo más interesante."

Pero era cierto: el profesor lo había expulsado del salón por roncar sobre el pupitre. Era la segunda vez que le pasaba en la primera semana de clases, y todo por pasarse las noches mirando aquella roñosa enciclopedia de pájaros, llena de grabados antiguos, bellísimos, que había comprado por nada en un bazar del centro.

—¿Cómo te llamas?

—Vinicio.

—Qué nombre tan raro, Vinicio… Nadie se llama así.

—Mi papá se llama así.

"Mi papá se llama así", se remedó a sí mismo, y se propinó un zape mental. Estaba quedando como un idiota…

—¿Y te crees mucho por llamarte así?

Vinicio negó la cabeza.

—¿Y tú te llamas…? —preguntó.

— Aurelia.

—¿Aurelia? —se burló Vinicio—. Qué nombre tan raro, nadie se llama así.

—Los dos son nombres romanos, ¿sabías? —dijo ella, y luego, con un mohín afectado—: El mío significa "dorada, resplandeciente".

—¿Y el mío?

—Creo que tiene algo que ver con "vino". O sea que seguro eres bien pinche borracho…

Vinicio se encogió de hombros.

—Se hace lo que se puede.

Sabía que su rostro estaba totalmente rojo. No podía verse a sí mismo, pero eso era lo que le pasaba cuando estaba emocionado: la cara se le ponía colorada y las orejas comenzaban a arderle, llenas de sangre caliente. Estaba seguro de que ella lo notaba, porque sus ojos resplandecían, burlones, mientras se paseaban por la cara de Vinicio, coqueteándole.

Al final la secretaria la llamó primero. Vinicio no se aguantó las ganas de ir a sentarse en el lugar que ella había ocupado para sentir el calor que dejaron ahí sus hermosas piernas y toda esa carne que tan interesantemente tensaba la tela basta del uniforme. Sobre el brazo del mueble había una inscripción reciente. Aurelia había rajado la madera con su pluma de tinta azul para escribir:

SALVESATÁN

La habían mandado a llamar porque se rumoraba que ella era la autora de ese pequeño eslogan que había comenzado a aparecer por todas partes en el colegio: grabado sobre los pupitres, escrito en los pizarrones, en las paredes de los baños, incluso en la sala de maestros, para espanto de los escolapios que dirigían la institución. Aurelia no tenía mayor interés en las artes oscuras, sólo se había propuesto hacer que la expulsaran de ese colegio que aborrecía. Al final sus blasfemias decorativas resultaron inútiles, pues los directivos prefirieron cobrarle a su padre los daños ocasionados al mobiliario, y a ella simplemente la dejaron sin recreo por un mes.

Vinicio no podía dejar de pensarla. Rondaba su salón para ver si podía hablarle, aunque fueran unos minutos, antes de que sonara el timbre. Le propuso verse fuera de la escuela y ella había aceptado.

En ese entonces Vinicio todavía pensaba que Aurelia y él llegarían a ser novios algún día, aunque ella le había dejado bien claro lo que le interesaba desde el principio. Quería fumar mota y beber alcohol y probar cualquier otra droga que estuviera a su alcance. Quería montarlo toda la tarde y que él se viniera copiosamente sobre su vientre pálido o sobre sus nalgas, y poco más que eso. Le gustaba salir a caminar de noche con él por las calles que rodeaban el parque, y cada vez que él comenzaba a ponerse meloso desaparecía a bordo de un taxi climatizado que la llevaba de regreso a su casa. Vivía en un condominio al sur de la ciudad, en un fraccionamiento resguardado por bardas y vigilantes.

Susana, la madre de Vinicio, la había odiado desde el instante en que la conoció.

—Ah, mira —le dijo a su hijo enfrente de Aurelia, con toda la mala intención—, *ésta* tiene ojos de mora.

Se habían topado con Susana en la cocina, mientras Aurelia bebía un vaso de agua junto al refrigerador. Los dos iban descalzos y apenas vestidos; habían estado cogiendo en el cuarto de Vinicio y no había manera de disimular que apestaban a sexo.

Aurelia apuró el buche de agua que llenaba su boca, se secó los labios con el dorso de la mano y le dedicó a Susana la sonrisa más hipócrita y afectada que Vinicio había visto en su vida. Simplemente escalofriante.

—Gracias, señora —dijo Aurelia.

Y concluyó la farsa con una caravana.

—Esa niña te va a meter en problemas —vaticinó su madre—. Oye lo que te digo. No me gusta nada, *nadita*...

Decía lo mismo de *todas* las amigas de Vinicio.

—No, no, no, *ésta* es distinta. Ésta tiene algo malo, algo dañado...

Susana se enfurecía cuando llegaba a la casa y los descubría solos en el cuarto de Vinicio, aunque ni siquiera estuvieran besándose. Aurelia se negaba a responder a sus comentarios insultantes y casi siempre hacía como si la madre de Vinicio fuera invisible. La tensión entre las dos mujeres ponía los pelos de punta a Vinicio, especialmente porque le parecía que a Aurelia le excitaba más coger cuando su madre estaba en la casa.

Su padre, en cambio, la trataba con la fría cortesía con la que saludaba siempre a las mujeres, sin mostrar mayor encono o simpatía por la muchacha. Pero en algún momento buscó a Vinicio a solas y le pidió "de favor" —expresión que para su padre equivalía siempre a una orden tajante, incontestable— que ya no llevara a Aurelia a la casa, por *respeto a su madre*.

Aquello pasó hacia finales del año, cuando los días se iban volviendo más cortos y el calor en el puerto seguía siendo intolerable, aunque a veces, por ratos, sobre todo durante las mañanas, soplaba un viento fresco que traía consigo un peculiar olor a bosques distantes. Las tardes de noviembre las pasaron encerrados en un hotelucho tétrico a pocas cuadras del parque, el infame Motel Iberia, con sus cuartos diminutos alumbrados por luces negras, sus sábanas duras, apestosas a cloro, y sus patéticos murales que intentaban brindar un toque de fantasía a los encuentros clandestinos que tenían lugar entre las paredes de tabla roca. Aunque Vinicio había pensado que Aurelia se rehusaría a coger en un sitio tan sórdido y feo, en realidad era a él a quien atormentaba la impudicia de tener que entrar caminando al motel, a la vista de todo el barrio. Se había ofrecido a pagar la corrida del taxi, aunque fuera sólo de una cuadra, para que la gente que pasaba por la calle no se volviera a mirarlos con una sonrisa torcida en la boca, sabedores de lo que ocurriría entre ellos durante las próximas tres horas, pero Aurelia se reía de sus escrúpulos. Lo llamaba "machito anticuado".

Lo cierto es que le daban tantas ganas de protegerla, de cuidarla, justo porque hacía todo lo posible por fingir que no le hacía falta. Era una cosita de nada que apenas le llegaba a Vinicio al esternón, con una carita dulce que hubiera podido servir de modelo para una ardilla o un conejo de dibujos animados. Lo único maduro en ella era la mirada de hembra cabal y la boca llena y pequeña que, incluso sin maquillaje ni labiales escandalosos, mostraba una cualidad obscena. Una boca a menudo entreabierta, risueña pero también ávida, ansiosa, anhelante, siempre exigiendo cigarros o caramelos o el pico de una botella o los labios de Vinicio, siempre pronta a responder los lances con bromas cáusticas, con insultos chocantes, con murmullos o canturreos, todo con tal de no dejar que a su alrededor se hiciera el silencio, al que parecía detestar y temer al mismo tiempo.

Aurelia... Manos inquietas que se posaban ansiosas sobre Vinicio y lo acariciaban y pinchaban nerviosamente, o se paseaban sobre su propio cuerpo cuando le daba por bailar sin música, sola, en la penumbra de la playa desolada, iluminada por los faros de la camioneta de su padre, mientras Vinicio y Pachi la miraban, sentados en la cabina. Piernas delgadas pero bien torneadas por las clases de gimnasia que su padre la obligó a tomar durante años, y que aprisionaban las caderas de Vinicio cuando éste la penetraba. Piel suave, caliente y húmeda sobre su pecho, su mejilla tersa temblando en aquellos contadísimos momentos en que Aurelia hablaba de su familia: de su madre ausente, bellísima y genial, académica de las artes radicada en un país europeo —en Suiza, o en Suecia; Vinicio no lograba distinguir los dos países—, y de su padre, el imbécil gazmoño hijo de puta que la trataba con una severidad rayana en lo enfermizo.

Llegó el momento en el que ya sólo podían verse una o dos veces a la semana, porque Aurelia estaba siempre castigada: por reprobar materias, por insultar a los profesores, por escaparse para ir a una fiesta; por llegar tarde, de madrugada, o a veces de plano hasta el día siguiente; por sobornar a las sirvientas para que no le contaran al padre del estado en el que llegaba cuando éste se iba de viaje, o de las veces que se robaba las llaves de la camioneta para que Vinicio y Pachi la llevaran a pasear por la costera.

Aurelia tenía un solo enemigo en este mundo y era su padre. Lo describía como un tipo ruin y mezquino, un verdadero controlador, totalmente obsesionado en convertirla en alguien que ella no era ni quería ser. La madre de Aurelia, en cambio, era la única persona que la entendía en este mundo; una diosa de dulzura y agudeza que estaba en contra, por supuesto, del estúpido, mocho y provinciano convencionalismo de su exmarido, pero a quien Aurelia apenas había visto en un puñado de ocasiones en los últimos diez años por culpa de la pésima relación que sus padres sostenían aún después de divorciados, y por culpa también de los celos rabiosos que la presencia de Aurelia despertaba en la nueva pareja de su madre, un tipejo asqueroso que ni siquiera sabía hablar bien español, al que sólo le importaban los tres hijos igualmente insoportables que le había hecho a la madre de Aurelia, y que no toleraba que su mujer quisiera pasar más tiempo con su hija que con ellos, en las rarísimas ocasiones en que la chica los había visitado.

Vinicio tenía prohibido tocar el tema de los padres de Aurelia. Tampoco podía buscarla ni llamarla por teléfono al departamento en donde vivía. Era, claro, por su propia seguridad; quién sabe de lo que sería capaz el loco de su padre si se enteraba de la existencia del muchacho. Vinicio lo imaginaba como un hombre enorme y violento, un tipo brutal y malencarado que no dudaría en caerle encima a putazos si llegaba a hacer acto de presencia, y por eso se había sorprendido tanto el día en que finalmente se topó de frente con el don, una tarde en que Aurelia les había permitido a él y a Pachi a subir al departamento.

Supuestamente, el padre de Aurelia estaba de viaje y habían subido sólo a coger las llaves de la camioneta para pasar la tarde paseando por la costera, hasta que la mota o la gasolina se les acabara, lo que sucediera primero. Habían entrado al espacioso departamento por la puerta de servicio y soportado la mueca desdeñosa que una sirvienta de cofia y delantal les había dirigido, y se quedaron boquiabiertos, en medio de la inmensa sala adornada con muebles de colores claros y alfombras mullidas, frente a un enorme ventanal que daba al mar y desde el que podían verse los arrecifes que rodeaban la Isla de los Sacrificios. Aurelia fue a buscar las llaves y algo de dinero y ellos no se atrevieron a tomar asiento en aquellos sillones claros por miedo a mancharlos de sudor, de modo que estaban ahí, parados frente al ventanal, empañando el vidrio helado con sus alientos, cuando de pronto escucharon un ruido de llaves en la puerta principal y vieron con horror cómo el padre de Aurelia entraba a la sala. Al menos Vinicio supuso que se trataba del padre de Aurelia, porque en realidad el hombrecillo fatigado que entró y los miró desconcertado no se parecía nada a la imagen que se había hecho del don en su cabeza. Era alto, sí, pero de aspecto demacrado y medroso, de piel pálida y cabellos canosos y ralos. Llevaba su saco doblado sobre el antebrazo y arrastraba una pequeña maleta de ruedas que quedó abandonada junto a la entrada cuando el tipo finalmente salió de su sorpresa, les dedicó una mirada glaciar y luego desapareció dando zancadas por el pasillo, gritando el nombre de Aurelia. Vinicio se quedó de piedra, esperando oír las señales de una horrible trifulca, pero tal vez el apartamento era demasiado grande, o tal vez Aurelia había corrido a encerrarse, porque más allá de un portazo terminante que cimbró el apartamento ya no escucharon nada. Después de unos minutos de desconcierto la sirvienta de la cofia se les acercó para tomarlos del brazo y pedirles que *por favorcito* se fueran a la chingada.

Después de ese día dejó de frecuentarla por completo. Pachi había renunciado a terminar la prepa y encontró trabajo en la agencia aduanal, de modo que Vinicio estaba solo la mayor parte del tiempo. Se aburría sin ella, y no perdió nunca la esperanza de encontrarla de nuevo. Confiaba en que Aurelia hallaría la manera de escaparse para ir a verlo; tal vez un día bajaría al parque y la vería ahí, sentada en una banca, esperándolo. Sin embargo, las vacaciones terminaron sin que ella tratara de comunicarse con él, y cuando descubrió, a la vuelta de las clases, que su nombre y apellidos ya no figuraban en la lista de asistencia del nuevo semestre, se convenció de que el padre había cumplido aquella vieja amenaza de encerrarla en un internado para que se reformara, y se sintió culpable.

¿Tendría que haberse quedado en el departamento aquel día para interceder por ella, para defenderla, plantarse ante el don y encararlo, sacarla de ahí a la fuerza si era necesario, aunque ninguno de los dos tuviera aún edad legal para hacerse responsables, y aunque Vinicio no pudiera ofrecerle nada más que un lugar en su propia cama, en la casa de unos padres a los que Aurelia tampoco les caía muy en gracia? ¿Debió buscarla con más insistencia y no haberse rendido cuando la sirvienta colgaba el teléfono tan pronto Vinicio preguntaba por ella? Nadie en la escuela conocía su paradero. Tenía pocos amigos y ninguno de ellos la había visto durante las vacaciones. Los rumores decían que se había ido a vivir con su madre, a Suecia o a Suiza; o que estaba en un internado en Estados Unidos, o casada con un hombre mucho mayor que ella, y embarazada, puras especulaciones. De cualquier forma, Vinicio no entendía por qué Aurelia no había tratado de comunicarse con él; por qué no le habló por teléfono o le mandó una carta o un correo electrónico. Él le había escrito media docena de mensajes; le había dedicado un cuaderno entero con dibujos, pero nunca supo a dónde enviárselos.

Al padre volvió a verlo una vez más, el Domingo de Ramos siguiente, en la catedral de la ciudad, meses después del sorpresivo encuentro en el apartamento. Vinicio llevaba a Susana del brazo, como un novio a la antigua, para no perderla entre la multitud que llenaba la iglesia. Su madre se detenía cada tres pasos para entablar conversación con alguna conocida, y Vinicio, aburrido y sofocado por el gentío, se distraía mirando los oscuros cuadros que decoraban las paredes. Al pasar junto a la capilla de la Virgen de los Dolores —esa estatua vestida con hábito de monja penitente y lágrimas de resina congeladas sobre el rostro bellísimo y convulso—, Vinicio distinguió al padre de Aurelia, o más bien, la cabeza del padre de Aurelia, aún más calva y tristona, sobresaliendo por encima de la masa de fieles. Con el corazón vibrando de esperanza buscó el rostro de Aurelia en las cercanías. Era altamente improbable que la muchacha hubiera acompañado a su padre a la iglesia, pero en esos momentos su mente no razonaba, sólo se regodeaba en la ilusión de volver a verla.

No tardó en darse cuenta de que el don estaba solo. Rezaba con devoción ante la sombría imagen de la Virgen, las comisuras de sus labios colgando en idéntico gesto de amargura, como si estuviera a punto de estallar en sollozos. Vinicio sintió pánico cuando el hombre alzó la cabeza y lo miró. Trató de apresurar sus pasos para evitar que se le acercara, pero su madre lanzó un chillido indignado y se soltó de su brazo. ¿Qué carajos le pasaba? ¿Qué no veía que estaba hablando con doña Equis? Si tenía tanta prisa era mejor que se adelantara. El padre de Aurelia lo alcanzó en el vestíbulo: le puso una mano sobre el hombro y Vinicio, temeroso, se dio la vuelta para encararlo. Confiaba en que el don no se atrevería a atacarlo ahí, en el sagrado interior del recinto.

—Dime dónde está —murmuró el hombre—. De varón a varón: te lo suplico.

Se veía a leguas que le avergonzaba mostrarse así: indefenso, vulnerable, desesperado.

—No la he visto, señor. Se lo juro. Hace meses que...

—Sólo quiero saber que está bien...

El aliento del hombre era nauseabundo: masilla acumulada de días. La ropa le colgaba del cuerpo.

—No sé nada, desde el año pasado...

—Tuve que internarla —confesó el padre de Aurelia, muy cerca del oído de Vinicio—. Me arrepentí en seguida, no tenía otra opción. Estábamos de vuelta en la capital, yo pensé que si la sacaba de este ambiente ella cambiaría. Me prometió que se portaría bien, que ya no saldría de noche, pero me engañó. A la primera que pudo se escapó con unos tipos. Tardé casi un mes en encontrarla en un hotel de mala muerte, la tenían todo el tiempo *drogada* —en sus labios, la palabra era obscena—. Tuve que internarla en un centro que me recomendaron. Estaba muy mal, fuera de sí, totalmente agresiva; un brote psicótico, dijeron los médicos, irreversible. Me recomendaron operarla, o ponerle uno de esos dispositivos... —susurró el hombre; se mordió los labios por un segundo, la mirada perdida— para que al menos no terminara encinta, en la calle... Yo sólo quería ayudarla, quería que volviera a ser la misma, la de antes, mi chiquita... Pero a las tres semanas se escapó de ese lugar con ayuda de un celador. Tuve que ir con la policía, y cuando al fin me la devolvieron la encerré de nuevo, en otro centro, uno más estricto, cristiano, porque yo ya no sabía qué más hacer, hijo. Su madre no quería saber nada, dejó de responderme los correos; decía que el tema la dejaba muy mal, que no podía lidiar con eso, que Aurelia ponía en peligro su matrimonio, que no le era posible recibirla, de ningún modo, y mientras tanto Aurelia me rogaba que la mandara con ella, y yo no podía decirle que su propia madre se había rendido, que la daba por perdida. Me rogaba que la sacara del anexo, me rogaba de rodillas y me contaba que le daban arroz podrido de comer, que dormía en el suelo, que los guardias violaban a las chicas, y yo pensé que eran mentiras, hijo, yo pensé que estaba mintiendo de nuevo, para manipularme, como decían los líderes del anexo. La última vez que la vi estaba flaquísima, en los huesos casi, y yo pensé que lo hacía para chantajearme, para convencerme de que la sacara, y volver a las andadas, como siempre...

Al final Aurelia se había escapado durante una redada que hicieron en el centro. Se volvió amante de un expolicía que el padre había contratado para que la buscara, un judicial con licencia que luego trató de extorsionarlo con videos en donde su hija tenía sexo con varios hombres.

Cada pocas semanas le exigía más dinero para no difundir el material entre el círculo social de "la niña".

—Pagué, por supuesto —dijo el hombre—. ¿No hubieras tú hecho lo mismo?

Vinicio estaba pasmado, mudo.

—Lo último que supe es que había vuelto aquí. Que el tipo ése, el policía, se había desecho de ella, y que la había dejado aquí —el hombre se frotó la boca, asqueado—. Pensé que tú, a lo mejor, sabías dónde estaba, en qué *lugar* trabajaba...

Vinicio sacudió la cabeza con amargura.

—La vi —admitió después de un titubeo. Bajó los ojos porque la mirada intensa del hombre le incomodaba—. Pero fue hace mucho, a principios de este año, antes de todo esto que me cuenta...

El tipo suspiró. Se veía aún más triste cuando se marchó; las manos vacías cuando Vinicio le dijo que no, que no podía ayudarlo a buscarla.

En el fondo se alegraba de que el don no le hubiera pedido detalles. A decir verdad ya no estaba tan seguro de haberla visto aquella última vez en el *rave* junto al río. Los primeros días después del encuentro hubiera podido jurar que sí había pasado, y hasta se sintió culpable de no haberle preguntado nada a Aurelia, de no haberla sacado de ahí en ese momento y llevado a un sitio seguro. Pero conforme los días pasaron, poco a poco se fue convenciendo de que tal vez todo había sido un sueño, o más bien un alucine provocado por el trozo de papel que Pachi le había puesto sobre la lengua durante la fiesta, y que el encuentro con Aurelia sólo había tenido lugar en su mente, o que se había tratado de una chava igual de drogada que él que simplemente le había seguido el juego.

Era el mes de febrero, pleno carnaval, y estaban en una fiesta masiva al sur de la ciudad, un *rave* al que Vinicio no había querido asistir porque lo aburría la música electrónica y bailar lo hacía sentir ridículo. Se había pasado buena parte de la noche solo, sentado sobre el tronco de una palmera derrumbada, apurando a sorbos un vaso de *agua loca*, esperando a que el trocito de cartón que Pachi le había puesto en la lengua le hiciera algún efecto, los ojos fijos en el reflejo de las luces de los barcos sobre el agua del estero. Pasó una hora y apenas sintió algo: un leve revoloteo en el estómago, una ligera vibración en todo su cuerpo. El agua del estero cobró una densidad distinta; por ratos parecía hecha de ónice líquido; era un efecto muy tenue, casi decepcionante, y Vinicio estaba seguro de que sus ojos habrían podido conjurar visiones más elaboradas si los organizadores del *rave* no hubieran llevado a cabo la fiesta en esa quinta oscura y medio abandonada y, para colmo, en una noche sin luna.

Ni siquiera la vio llegar. Pegó un salto cuando sintió sus dedos en la nuca.

—Te estaba buscando —dijo ella.

Al principio no podía creerlo: Aurelia, ahí de pie frente a él, en un vestido sin mangas, descalza, los cabellos sueltos, despeinados como siempre, con pequeñas flores de ixora entre las mechas castañas. No tuvo corazón para reclamarle nada: la abrazó al instante y la estrujó contra su cuerpo y hundió la nariz en su pelo y aspiró su esencia mineral; pensó "por fin, por fin", con los ojos cerrados para no llorar. La apretó durante muchísimo tiempo, tenía miedo de soltarla, de mirarla, de decirle las cosas que había estado pensando todos esos meses, y tenía miedo de lo que ella pudiera contarle, confesarle, aunque de pronto se dio cuenta de que en realidad ella no quería hablar de nada. Aurelia, su cuerpo entero, era pura vibración nerviosa, puro movimiento, y sus bellos ojos, oscurecidos por las ojeras y el maquillaje corrido, no se estaban quietos ni le devolvían la mirada, revoloteaban por todas partes sin detenerse en nada realmente, las pupilas agitadas, reticentes, dilatadas. Tenía los dientes congelados en una sonrisa indiferente. Respondía con monosílabos a las pocas preguntas que Vinicio se atrevía a hacerle, y lo callaba con besos, con abrazos cariñosos pero mudos. Terminaron detrás de la caseta del embarcadero, sobre el suelo. No había casi gente ahí, apenas un puñado de adolescentes que bailaban sin parar, cada uno concentrado en su propio ritmo, su propio universo. Fue ella quien lo llevó hasta ese rincón, ella la que le metió las manos por debajo de la playera, la que le destrabó el cinturón y le bajó los pantalones. Su toque, la sensación de sus manos, la dulzura de su aliento eran los mismos de siempre, y tal vez eso debió hacerlo sospechar, pero es que la deseaba más que nunca, después de tanto tiempo y tanta ausencia. La deseaba con tanta ansia que fue casi doloroso deslizarse de vuelta en ella para llenar ese lugar que siempre le pareció que estaba hecho a su justa medida. Añoraba tanto estar ahí que terminó casi en seguida, sin salirse, y tan pronto abrió los ojos y la miró se sintió terriblemente abatido, culpable de haberlo arruinado todo. Quiso entonces retenerla entre sus brazos, apretarla y acunarla como solía hacerlo antes, en las tardes eternas del Motel Iberia; ella se resistió con firmeza y se apartó de él para acomodarse la ropa y sacudirse la falda y, sin siquiera sonreírle de vuelta, regresar a la fiesta, como si nada hubiera pasado.

Volvió a verla horas después, a lo lejos, cuando ya amanecía, bailando entre la multitud de cuerpos convulsos, sola, lejana, concentrada en sí misma. En algún momento sus ojos se encontraron y ella le dedicó una sonrisa ausente, abstraída; la sonrisa de alguien que camina felizmente por la calle y, al recordar una picardía pasada, se sonríe mientras sus ojos se topan al azar con los de un extraño.

No se lo había contado a nadie. Tuvo miedo de que Pachi se burlara de él: "Andabas tan loco que te cogiste a una palmera pensando que era tu ex". Habían pasado meses y todavía pensaba en ella a diario: en el calor de su cuerpo y el toque de sus dedos delicados y a la vez imperiosos; en el chispazo de sus carcajadas nihilistas, en su mente despierta e indómita y la frivolidad de los impulsos que a veces le acometían. Le gustaba asomarse desnuda por la ventana de Vinicio para saludar a los jardineros del parque o a las señoras que regresaban del mercado cargando pesadas bolsas. Le gustaba lanzarle besos a los hombres que la miraban desde los autobuses; los pobres diablos se torcían el cuello tratando de volverse para mirarle los muslos. Se burlaba cruelmente de Vinicio, de sí misma, de lo que existía entre los dos, llamándolo cursi y detestable, ridículo. Se tendía entre las almohadas de la cama con la camisa del colegio y el corpiño alzados, mostrándole socarrona sus tetas pequeñas de pezones áureos para que las dibujara, implicando que lo que existía entre ellos no era más que una parodia de tal famosa escena, de tal taquillera película.

Dibújame como a tus putas francesas, susurraba, y se mordía los labios para no reventar en carcajadas.

Y como al final Vinicio siempre terminaba lanzándose a la cama con ella, no guardaba ningún dibujo de su cuerpo, de su sonrisa.

Su madre le había contado que, en sus delirios, no hacía más que preguntar por ella, por Aurelia. Vinicio no se acordaba. A decir verdad, no guardaba muchos recuerdos del periodo más agudo de su enfermedad, pero en su memoria se había quedado grabada la extraña impresión de que todo el tiempo era de noche, porque cuando abría los ojos veía las estrellas del techo de su habitación, y entonces creía que estaba tendido a la intemperie y no en su cama, en su cuarto. Recordaba también el calor desesperante que se desprendía de su cuerpo y la humedad pesada de las sábanas mojadas de sudor. Cuando despertaba más lúcido podía distinguir el ruido del tráfico en la calle, el trajinar de las vecinas, el griterío de los niños en el parque al mediodía, el alborozo de los zanates al atardecer; podía incluso engullir unos bocados de algo y responder con monosílabos a las preguntas de su madre, pero tan pronto oscurecía, la fiebre se elevaba y transmutaba la sangre de su cabeza en plomo fundido y el dolor se tornaba martirizante. Con la noche cerrada llegaban los temblores, la parálisis alucinatoria, el pánico sagrado, la certeza de que se estaba muriendo, o peor aún, de que *ya estaba muerto* y el lecho en el que yacía no era la cama de su habitación de toda la vida sino el duro suelo de un desierto desconocido. Miraba el cielo salpicado de estrellas y se asombraba de no ser ya más que un esqueleto, un montón de huesos que muy pronto los animales salvajes se disputarían y desperdigarían en el monte. Cuando su conciencia estaba a punto de extinguirse, cuando empezaba a olvidar quién era y quién había sido, oía, a lo lejos, la voz de su padre llamándolo por su nombre desde un sitio lejano, una voz débil como hecha de hebras de viento, y aunque Vinicio ya no tenía oídos para escucharla, ni cerebro para entenderla y codificar las palabras, aunque Vinicio ya no era más que un montón de huesos apilados a la luz de astros distantes, indiferentes, la voz de su padre lo traía de vuelta; le hacía recordar que no todo estaba perdido.

Su madre, en cambio, no era sonido sino visión: un rostro pálido que flotaba ante sus ojos moribundos. Ella se había rehusado a contarle de la muerte de su padre mientras estuviera enfermo y, al verla de luto, Vinicio confirmaba las horribles sospechas de que estaba muerto. Quería hablarle a su madre, pedirle que no llorara; quería alzar una mano y tocar ese rostro compungido y suavizar las arrugas que cuarteaban las comisuras de la boca y los ojos, pero no tenía manos, ni voz, ni cuerpo. ¿Por qué insistía ella en ponerle compresas sobre la frente, en llenarle la boca de agua, en poner sobre su lengua guijarros pálidos que se deshacían amargos en su paladar?, se preguntaba. ¿Por qué no lo dejaba descansar en paz de una vez?

A la mañana siguiente, el ciclo se repetía: Vinicio despertaba al amanecer y se daba cuenta de que no estaba muerto, porque el cuerpo entero le dolía y su boca tenía un desagradable gusto metálico. Alzaba la cabeza con esfuerzo y miraba maravillado sus piernas, su torso cada vez más flaco y hundido, la fea urticaria de sus brazos, su carne débil pero viva.

—Traté varias veces de internarte en el hospital, pero te ponías frenético. Decías que todo era falso, que todo era mentira, así lo decías. Estabas como loco, y decías que yo era una bruja —le contó su madre cuando al fin la fiebre se detuvo—. Pachi vino dos veces a verte y ni siquiera lo fumaste. Te la pasabas hablando con *aquélla*, la llamabas… ¿De verdad no te acuerdas?

Le hubiera gustado recordar *esos* delirios. Al menos habría sido como verla de nuevo, a la Aurelia que él tanto extrañaba, la que había sido suya, no el espectro flaco, de pupilas eternamente dilatadas, que bailaba sola en los antros de mala muerte, según los rumores que había escuchado. Pero hasta ese ridículo consuelo le había sido negado. Y tal vez por eso, en el fondo, era que Vinicio se negaba a volver a la vida, a salir de nuevo a la calle, a volver a ser el vago que siempre había sido: no sólo estaba débil por el dengue y desolado por la pérdida de su padre, sino que sentía verdadero pánico de toparse con la Aurelia real y olvidar para siempre a la que él recordaba, a la que él había querido.

Abrió los ojos al escuchar el estrépito. Algo pasaba, alguien arrojaba cosas contra el suelo. Cosas que se quebraban y estallaban en pedazos.

Pachi se removió a su lado. También se había quedado dormido.

—¿Qué pasa? —dijo con el rostro arrugado.

Vinicio se sentó en el borde de la cama. Tocó su mejilla: la tenía más fresca que la mano. Se puso de pie y se acercó a la puerta. El estrépito provenía del cuarto de su madre. Recogió ropa del suelo, unos shorts, una playera. Se puso los shorts.

—No salgas —le dijo a Pachi.

El pasillo estaba oscuro. Carecía de ventanas y el único foco llevaba semanas fundido.

La puerta de la recámara de sus padres estaba entrecerrada. Había luz del otro lado; Susana debía tener las cortinas abiertas.

—¿Mamá? —llamó Vinicio.

Podía escuchar gruñidos. Seguramente estaba cruda y de malas, a juzgar por la manera en que había bebido la noche anterior.

Empujó la puerta y se asomó adentro.

La cama matrimonial estaba desnuda, las sábanas y las almohadas amontonadas en el suelo.

—¿Susana?

Cajones que se abrían y caían con estrépito. Bufidos y maldiciones. Apestaba a alcohol ahí: provenía de los frascos de colonia rotos en el piso y del cuerpo sudoroso de su madre, de pie junto a la cómoda, jadeando frenética. Vestida sólo con una playera larga, el cabello corto esponjado como pétalos al viento, vaciaba el contenido de las gavetas y luego las arrojaba al otro lado del cuarto, sin importar que se rompieran.

El suelo estaba sembrado de pañuelos, calcetines, camisetas, calzoncillos. La ropa de su padre.

—¿Qué estás haciendo? —le gritó Vinicio.

—Nada de esto sirve —dijo ella. Tiró bruscamente de otro cajón hasta sacarlo de la cómoda. Vació su contenido y lo arrojó sobre el colchón. El cajón cayó con tanta fuerza que rebotó y terminó en el suelo. La madera tronó—. Pura mierda, puras porquerías. ¿Quién chingados va a querer todo esto? Ya estoy harta de verlo…

—Mamá, no chingues…

Ella lo ignoró; abrió la segunda puerta del armario y comenzó a arrancar las camisas que colgaban. Las telas crujían y los ganchos tintineaban y salían despedidos mientras ella tiraba de las prendas —las camisas del diario, las de lino para las ocasiones especiales, la guayabera yucateca, y hasta la chaqueta de lana y ante que su padre había prometido regalarle— y las arrojaba al suelo, donde terminaba pisoteándolas.

—¡Estás loca! ¿Qué te pasa?

Se había acercado para agarrarla del hombro. Ella se lo quitó de encima y le mostró los dientes.

—¡Lárgate de aquí! —le gritó.

Vinicio alzó las manos por puro reflejo. Su madre había dado un paso adelante y estaba lista para írsele encima, con los brazos separados del cuerpo y la cabeza gacha. Abría y cerraba los puños, como una pantera alistando sus garras.

—Susana, cálmate, por favor…

—¡Estoy harta! ¡Harta, Vinicio! ¡Lo quiero fuera, ya, de una pinche vez!

Sus ojos recorrieron el cuarto con aprensión. Se detuvieron justo encima de la cabecera de la cama, sobre el retrato familiar que colgaba ahí desde que Vinicio tenía memoria.

—Cálmate, por favor… —suplicó Vinicio de nuevo, pero su madre ya se había trepado a la cama para coger la fotografía enmarcada. Uno de sus pies dejó una huella roja sobre las sábanas: seguramente había pisado un vidrio roto y se había cortado, y a causa de la adrenalina no sentía nada.

El cuadro estaba sujeto al muro con pijas de metal que salicron volando cuando su madrc lo arrancó dc la parcd. Vinicio pensó que lo arrojaría contra el suelo para romperlo y aguardó el estrépito con la cabeza encogida entre los hombros y la garganta cerrada por la angustia. De pronto la mujer perdió el impulso demencial que la animaba; las piernas se le doblaron y se derrumbó de rodillas sobre el colchón, donde finalmente estalló en sollozos.

Vinicio quería huir de aquel cuarto, huir de ella, de sus lágrimas y sus pelos erizados, de las lágrimas y de la situación. La punzada de la jaqueca estaba de vuelta: ya no era una fina aguja atravesando sus sienes de lado al lado sino una prensa fría que estrujaba la pulpa tierna de su pensamiento, desatando una suerte de alarma que gritaba, en su cabeza: "Alerta, peligro, huye, corre por tu vida".

Pero no podía irse. Él era todo lo que ella tenía ahora.

Se acercó a la cama y tocó el hombro de Susana.

—Ya, mamá... —murmuró.

Por un minuto pensó que su madre volvería a rechazarlo. Ella comenzó a llorar más ruidosamente.

—Ya no puedo más... —berreó Susana—. No puedo soportarlo... Me estoy volviendo loca...

—¿Otra vez lo viste?

Ella asintió. Extendió los brazos hacia Vinicio para que la abrazara. Éste la estrechó contra su pecho y cerró los ojos, luchando contra la repulsión. No era el tufo agrio de su madre, sudorosa y cruda, lo que le repugnaba, era la urgencia con la que parecía necesitarlo.

Se sintió culpable por sentir esas cosas y la abrazó con más fuerza, para compensar.

—¿Dónde lo viste?

Susana señaló el umbral de la puerta.

—Estaba ahí parado, mirándome. Con esa cara suya, juzgándome...

Rompió a llorar de nuevo y hundió la cabeza contra el pecho de Vinicio.

—¿Te dijo algo?

—No. No sé. Cerré los ojos y recé, y cuando volví a abrirlos ya se había ido.

Separó su rostro de la playera húmeda de su hijo, para mirarlo, implorante:

—No me va a dejar en paz, ¿verdad? No me va a dejar en paz nunca...

¿Qué podía decirle Vinicio? ¿Que él no creía que el fantasma de su padre estuviera rondando la casa? ¿Que él más bien se inclinaba a pensar en las apariciones como producto de las neurosis de Susana, de sus creencias supersticiosas y de la culpa que la mujer sentía por haber sobrevivido a su marido desahuciado? Su madre, desde que él podía recordarlo, presumía de poseer una sensibilidad especial para lo sobrenatural, un poder misterioso que supuestamente había heredado de sus antepasados, pescadores y vaqueros de un diminuto poblado de la llanura del Sotavento llamado La Víbora. Vinicio la había escuchado jactarse de sus dones en incontables ocasiones: podía ver el aura de las personas, predecir el futuro a través de los sueños y presentir las desgracias antes de que se presentaran. Conocía, además, bastante de hierbas y era capaz de distinguir cuál servía para sanar lo podrido y cuál podía usarse para enderezar lo chueco.

A Vinicio, de pequeño, estos poderes lo fascinaban y aterrorizaban al mismo tiempo. Y cuando las vecinas acudían a visitar a su madre y a consultar con ella sus cuitas y dilemas, se quedaba siempre rondando la sala para escuchar las historias que contaban las mujeres entre tragos de café soluble y el humo espeso de los cigarros mentolados: historias de chaneques que entraban a las casas para robarse a los recién nacidos y sustituirlos por criaturas grotescas que las madres amamantaban entre terribles dolores; historias de muchachas perdidas que entablaban, sin saberlo, comercio carnal con el diablo, Satanás en persona travestido de catrín de capa y moño, las patas de cabra ocultas bajo pantalones de seda; de borrachos incorregibles que al volver a sus casas de madrugada se topaban con las luces malas, esos entes diabólicos que perdían a las personas y fabricaban réplicas perfectas de ellas, idénticas pero sin alma.

Vinicio no tenía llenadera para esas historias de espanto y sangrerío. Se obsesionaba con los detalles truculentos y luego no podía dormir, la cabeza llena de imágenes de duendes pierde gente, de las marranas que caminaban en dos patas y echaban lumbre por la boca; de brujas que se transformaban en guajolote y succionaban la sangre de los niños con tentáculos largos como tripas. Se retorcía de miedo entre las sábanas y deseaba poder correr al cuarto de sus padres y meterse en medio de ellos, pero a su padre le fastidiaba que lo hiciera. Odiaba que Vinicio fuera miedoso. Odiaba esas reuniones de viejas argüenderas y que su mujer se las diera de bruja.

—¿Cómo es posible que creas en semejantes burradas? —le reclamaba a su hijo cuando lo encontraba leyendo revistas de fenómenos paranormales y alienígenas.

Y Vinicio, que para entonces ya tenía unos diez u once años, sentía el impulso de alzar su voz y defender su gusto por lo liminar, lo misterioso. *El Sol es sólo una entre millones de millones de millones de estrellas en el universo*, le explicaría a su padre. *¿Cómo sabes tú que no existe vida en otro lugar, que no existen otros seres humanos, seres parecidos o superiores a nosotros, más inteligentes o bondadosos de lo que podremos ser nunca?* En su imaginación, su padre asentiría y un nuevo entendimiento se establecería entre ellos, sus prejuicios positivistas derrumbados por la valiente intervención de su admirable hijo. En la realidad, las palabras se le morían a Vinicio en la boca, demasiado temeroso de decepcionar a su padre, de contradecirlo creyendo en cosas en las que éste no creía. Así que tiraba las revistas de ovnis y espantos a la basura y compraba otras más útiles y sensatas, de mecánica. Los motores de combustión interna lo aburrían, sin embargo su padre asentía satisfecho cuando pasaba frente a su cuarto y lo sorprendía acostado en el piso, tratando de descifrar los aburridos diagramas.

—Me respira encima, por la noche —gimió Susana—. Se me sube y siento su aliento helado...

—Son pesadillas, mamá...

Susana lo empujó con violencia.

—¡Tú qué sabes, pendejo! —espetó.

Vinicio la miró a los ojos, sin decir nada.

—Crees que estoy loca...

—No, Susana —suspiró Vinicio, sin demasiada convicción—. Te creo...

—¡Mentira! Eres igual a ese cabrón...

El rostro de Vinicio se endureció cuando Susana estalló de pronto en una carcajada seca, cínica. Su cara fluctuaba de la pena llorosa a la burla macabra.

—Igual a él —repetía, riendo histérica.

Vinicio se apartó de ella. Miró el retrato que yacía sobre el colchón. El vidrio estaba agrietado; aquello había ocurrido mucho tiempo atrás y no era culpa de Susana. La fisura atravesaba una de las esquinas y libraba a las tres figuras estelares de la fotografía: su madre en el centro, sentada sobre un sillón de mimbre, vestida de guinda, el cabello encrespado como se estilaba en los años ochenta, flanqueada por el padre, tieso en su camisola verde olivo, y por el propio Vinicio, de unos siete u ocho años, a medias sentado sobre el brazo de la silla, la cabeza rubia inclinada hasta casi tocar la de su madre. El fotógrafo del estudio, recordó Vinicio, un carcamal de chaleco y boina, había insistido en que posaran en esa precisa composición: así nadie notaría que Susana era unos centímetros más alta que su marido.

Tal vez por primera vez en su vida Vinicio se dio cuenta de que ninguno de los tres lucía realmente contento en la foto, aunque todos sonreían. Los ojos del padre eran sombríos y estaban hundidos en la piel amarillenta del rostro. Los de su madre apuntaban directamente a la lente, como desafiando con insolencia al fotógrafo, y los de Vinicio revelaban incomodidad y vergüenza: ni siquiera había terminado la primaria y ya era capaz de percibir lo afeminada que resultaba su pose, además de que los pantalones cortos que su madre le había obligado a usar le apretaban del tiro.

Examinó el rostro de su padre por enésima vez: la piel prieta, el cabello lacio, azabache, en aquel entonces casi sin canas, reluciente a causa de la crema especial que compraba en las boticas del centro. Miró luego su rostro infantil: las mejillas rosadas, las cejas y las pestañas blancas, casi invisibles, los ojos azules, el pelo del color de la paja.

"Igual a él", pensó Vinicio con amargura.

Idénticos.

Intentó tragar saliva; había un nudo en su garganta que se lo impedía. Y ahí estaba, de nuevo, el barniz ardiente en los ojos...

Su madre había dejado de reír. Miraba también la foto, con nostalgia. Pasó un dedo por el rostro de Vinicio niño.

—Precioso que eras, Vinicio, con tus ricitos... ¿Por qué ahora te pelas como delincuente?

Extendió su mano hacia él; Vinicio, por puro reflejo, la esquivó.

—¿De quién soy hijo? —dijo a bote pronto.

Ahí estaba, por fin. La pregunta que llevaba años en su cabeza, en la punta de su lengua.

Susana lo miró con desdén, el labio inferior de su boca sobresaliendo en un puchero indignado. Se paró de la cama y comenzó a recoger los vidrios.

—¿No me vas a decir? —insistió Vinicio.

—Después.

—No, ahora...

Con el rostro crispado, Susana le arrojó los trozos de vidrio al pecho.

—¡Después! —gritó—. ¡Te dije que después!

Cuando llegó al pasillo, Vinicio se dio cuenta de que estaba herido. El brazo que usó para cubrirse tenía una pequeña cortada. Era apenas un arañón. Ardía.

Pachi seguía sentado sobre la cama. Se había puesto la playera.

—¿Qué pasó? —dijo espantado.

Vinicio se encogió de hombros. Se había secado los ojos antes de entrar al cuarto, pero aún no estaba listo para hablar.

—¿Fue por la mota?

Vinicio negó en silencio. A su madre no le importaba que llegara borracho o drogado de las fiestas, o que fumara o bebiera en la casa. Era su padre el que se escandalizaba ante cualquier clase de vicio. Una vez, cuando Vinicio tenía unos trece años, su padre lo había sorprendido fumándose un cigarro de tabaco en el baño: el hombre se había puesto furioso y lo había zarandeado hasta provocarle náuseas. *Déjalo en paz, no tiene nada de malo, mejor que fume aquí a que fume a escondidas en la calle*, lo defendió Susana. El padre no estuvo de acuerdo: fumar era un hábito asqueroso y caro, nada saludable y moralmente reprochable, y Vinicio no debía volver a hacerlo nunca. *Es mi hijo*, le reviró ella. *MI HI-JO, y yo lo educo como se me da la chingada gana.*

Esa vez su padre se había marchado con un portazo y no había vuelto a casa hasta bien entrada la noche. Todavía habían seguido peleando, por su culpa, hasta la madrugada.

—Vini —insistió Pachi—, ¿qué pasó?

—Nada —no sabía cómo explicárselo a su amigo; no quería ni pensar en ello—. Es Susana. Está… limpiando las cosas de mi padre.

—Ah, bueno…

Vinicio se sentó sobre el escritorio. Se asomó por la ventana. El mundo exterior, iluminado y vivo, parecía mudo, como si el calor desvaneciera no sólo los contornos de las cosas, sino sus ruidos.

—¿Qué horas son? —se preguntó en voz alta.

—La hora de la quemazón —respondió Pachi.

Con una sonrisa malévola, encendió un nuevo cigarro de mota.

—¿Neta vas a fumar más?

—No, no *voy*. Vamos —dijo Pachi, y le ofreció el cigarro.

Vinicio lo tomó. No quería fumar, pero tampoco tenía energía para negarse.

—Cabrón, es mi día de descanso —se quejó Pachi—. ¿Por qué nadie entiende que tengo el derecho de ponerme hasta el fundillo si quiero, carajo?

Vinicio fumó largamente. Rebuscó en su caja de lápices y sacó un viejo cronómetro digital.

—Cuarto para las cuatro —murmuró.

Pachi soltó el humo con un rugido.

—¿Qué dices?

—Que son cuarto para las cuatro…

Un mohín de pesadumbre alteró el semblante de Pachi. Comenzó a toser con desesperación, la cara morada.

—¿Qué tienes? —preguntó Vinicio.

Sin dejar de toser, Pachi se puso de pie y se calzó con lo primero que encontró: los tenis de Vinicio.

—¿Qué haces, idiota?

—No mames, Vinicio… ¡la pinche chamaca!

V

No esperó a Vinicio: salió despedido de la alcoba y en tres sonoros saltos llegó al rellano de la escalera. Tampoco se molestó en cerrar la puerta de la casa. Se dio cuenta de que había olvidado la gorra cuando cruzaba las canchas de basquetbol vacías y el sol le hizo entornar los ojos. Sólo el gremio de los indigentes se encontraba presente en el parque a esa hora: una pareja de malvivientes dormía a la sombra de las bancas, el único lugar en donde aún persistía algo de frescura. Pasó corriendo junto a ellos; ninguno de aquellos dos despojos se molestó siquiera en alzar la cabeza para seguirle el paso.

Los zanates picoteaban los cestos de basura, ajenos al bochorno estival, incansables. Tampoco ellos se inmutaron cuando Pachi pasó galopando junto a los contenedores, sus pies resonando ruidosamente contra el concreto. Una de las aves tenía una pluma blanca en el ala, una pluma ligeramente más larga, totalmente alba, que parecía haber sido injertada en el cuerpo negro. Pachi jamás había visto un picho así pero no tenía tiempo para detenerse. No tenía tiempo tampoco para obedecer los letreros que prohibían pisar el césped: cruzó el parque en diagonal, ignorando los senderos, saltando entre arriates y aplastando macizos de flores en su enloquecida carrera.

Sentía cómo la panza le temblaba a cada zancada. "Como hecha de gelatina", pensó con amargura. No llevaba ni dos minutos corriendo y apenas podía con su alma: se estaba poniendo viejo. Y decrépito. Y panzón. Y fofo. Tendría que bajar de peso, dejar de fumar tanto, hacer acondicionamiento físico, volver a los partidos de futbol nocturnos en La Caletilla, aunque Pamela reventara de coraje. *Estúpida* Pamela, y *estúpida* mocosa de mierda. Ellas tenían la culpa de todo, hasta del calambre que ahora le rajaba la planta del pie y trepaba hasta adormecerle la ingle, y culpa también del ahogo que le hacía boquear como pez fuera del agua. Echó el cuerpo hacia adelante y se obligó a castigar sus piernas y brazos en un sprint que no duró ni medio minuto, pues sintió que el corazón le estallaría en el pecho. Se forzó a seguir trotando por el lado soleado de la acera: el sol villano calentaba su cabeza desnuda y hacía refulgir los cromados de las carrocerías, los vidrios de las ventanas. Incluso el cemento de la acera, seco ya, casi blanco, lo cegaba. Sólo a un loco o a un idiota se le ocurriría correr por las calles del puerto a esa hora infausta, meditó Pachi. La gente decente dormía la siesta frente al ventilador, o terminaba de digerir los sagrados alimentos luchando estoicamente contra el mal del puerco en una silla de oficina, pero él había olvidado pasar por su hijastra a la guardería y seguramente su mujer lo castraría con el borde de una lata oxidada cuando se enterara.

Volvió a maldecir a Pamela, a la escuincla, a la *estúpida* guardería, incluso a la vieja bruja de su suegra, de pasada. Él jamás fue a ningún jardín de niños: entró directo a la escuela primaria, como debía ser, sin "estimulación temprana" ni esas mamadas que Pamela sacaba de las revistas sobre crianza que compraba y que, insistía, supuestamente los niños necesitaban para "explotar todo su potencial".

—¿Potencial para qué? ¿Para hacer burbujas de mocos? Eso sí le sale bien —protestaba Pachi y señalaba el rostro sucio de la niña.

La elección de la *estúpida* guardería había supuesto, por lo menos, tres días de pleito exhaustivo: Pamela quería que su hija asistiera a un jardín de niños privado muy cerca de la casa, pero Pachi le hizo ver que estaba *demente* si esperaba que él pagara una pequeña fortuna por semejante gasto, más ahora que el niño, el hijo de ambos, estaba a punto de brotar de su panza. Había que pensar en el presupuesto; la niña bien podría asistir a un centro subvencionado por el que no habría que pagar ni un solo peso. Incluso se ofreció a acompañarla a visitar un par de establecimientos, que a Pamela por supuesto le parecieron horrorosos, tristes y mal ventilados, pero acabó por elegir la estancia infantil Pitufines, que al menos estaba en el mismo barrio que el departamento.

—En las otras parecía que los niños estaban drogados —le dijo a Pachi.

Éste había soltado una carcajada.

—¿Pero tú qué sabes, pinche Pamela? Tú jugabas de chica entre los marranos...

Pamela hizo una mueca y lo dejó hablando solo, y Pachi se anotó un glorioso punto a favor.

La guardería Pitufines tenía su sede en un caserón construido en los años cuarenta. Las virtudes arquitectónicas del lugar —dotado de amplias habitaciones de techos altos y ventanales que llegaban hasta el suelo— sólo eran perceptibles desde afuera, pues el interior había sido transformado en un laberinto de cubículos de tabla roca en donde medio centenar de chiquillos se repartían y apretujaban según su edad. El salón de la hija de Pamela era fresco, aunque carecía de ventanas e iluminación natural; había una reja de madera en el umbral para impedir que los mocosos escaparan. Un mural de grotescos duendes azules decoraba las paredes del salón, idéntico al que adornaba el portón de la entrada.

Había llegado, al fin. Aporreó el metal de la puerta, con el pecho silbante y la lengua de fuera. Los brazos y el rostro le chorreaban sudor. Algunas gotas caían hasta el suelo calcinante y se evaporaban de inmediato.

Nadie respondió a su llamado. Volvió a golpear el portón con el puño, justo sobre la f de Pitufines, esta vez con más brío.

Una cabeza de pelos canos y lentes de fondo de botella se asomó por la ventana de la casa contigua. Ceñuda, la vieja chistó en dirección a Pachi.

—Ya está cerrado —dijo con voz cascada, altanera.

Pachi chasqueó la lengua.

—Usted a lo suyo.

Odiaba a esa maldita vieja, la detestaba. Estaba siempre ahí la muy chismosa, parada detrás de la ventana, todos los días a primera hora de la mañana cuando iba a dejar a la niña, y también por la tarde cuando pasaba a recogerla, ahí nomás sin hacer nada, mirándolo todo con sus ojos de búho, infectando el aire con su fealdad, con su entrometimiento. Tenía una nariz ganchuda con pelos canosos, hirsutos, que sobresalían.

—¡Pelado! —replicó, indignada, la vieja.

Pachi aporreó aún más fuerte la puerta con el talón de la mano. Copos de óxido se desprendieron de la plancha de metal y cayeron sobre el riel interno.

—Ya van, ya van —dijo una vocecilla del otro lado.

"Verga, la directora", maldijo Pachi.

Aquel repiqueteo de tacones diminutos era inconfundible.

Pachi se aplacó los cabellos con las manos; se secó el sudor del rostro con la parte baja de la playera. La puerta se abrió con un chirrido, apenas lo suficiente para que asomara el rostro de la directora, flacucho y severo como el de una garza. Era muy baja, ni siquiera con zapatillas alcanzaba el metro cincuenta. Cuando hablaba con los padres de los niños alzaba la barbilla para poder mirarlos a los ojos, lo que le daba un aire petulante.

—¿Qué desea?

Su afilada naricilla apuntaba al rostro de Pachi. Las diminutas fosas nasales se expandían y contraían, olfateándolo descaradamente.

"Doña Pitufina", pensó.

Tuvo que cubrirse la sonrisa con la mano.

—Mire, este... Vengo por la niña Scarlett Melisa.

La mujer ni siquiera parpadeó.

—Señor, la hora de salida es de dos cuarenta y cinco a tres y cuarto de la tarde, sin excepción.

—Ya sé, lo que pasa es que... —no supo cómo continuar. ¿Qué podía decirle a la mujer? ¿Qué se había quedado dormido? ¿Que se había puesto tan mariguano que se le había olvidado? ¿Qué diría Vinicio, si estuviera en su lugar?—. Tuve un, em, contratiempo, y...

La mujer lo miraba, la boca ahora fruncida, las manos cruzadas sobre el pecho plano.

—La salida de los alumnos es a las...

—¡Sí, sí, ya lo sé! Nada más quiero saber si la niña...

—Tenemos prohibido proporcionar cualquier clase de información sobre nuestros alumnos.

Pachi bufó.

—Ay, no friegue. ¿Qué?, ¿no se acuerda de mí? Soy...

—¿Está tomado, *señor*?

El "señor", en sus labios arrugados, sonaba afrentoso, casi despectivo.

Pachi dejó caer los brazos. Aquella elfa marchita lo estaba exasperando. Dio un paso atrás, consciente ahora de la peste a cerveza rancia y mariguana que exhalaba. La vieja cara de búho seguía ahí parada, echándose el chisme, divertida, su horrible rostro pegado a los barrotes de la ventana de la casa vecina.

Pachi la ignoró.

—Mire, señora...

—*Señorita* —replicó la directora.

Aquello ya era demasiado.

Se llevó la mano a la frente.

Deténgase. No lo haga. Piense que con un golpe nada soluciona, dijo una voz en su cabeza.

Era la del locutor de los anuncios contra la violencia que trasmitían por televisión durante su infancia.

Respire profundo, aconsejaba la plácida voz del locutor. *Cuente hasta diez…*

—Mire, *señorita*, sólo quiero saber si Scarlett Me…

—Ya le dije que no puedo darle esa información. Comuníquese con…

—¡Nada más dígame dónde está la niña, carajo!

La mujer le cerró el portón en la cara.

La escuchó correr el pestillo y alejarse por el pasillo de baldosas hacia el interior de la casa.

—¡*Pinche* vieja *culera* mal cogida *pendeja* hija de toda su *puta* rechingada madre!

Alzó las manos, listo para aporrear el portón de nuevo, pero se contuvo. En su lugar, arrancó el letrero de madera que anunciaba el horario del establecimiento, sujeto con alambres, y lo aventó contra el suelo.

Respire profundo. Cuente hasta diez.

—Tu puta madre que cuente hasta diez… —murmuró.

—Ya le hablé a la patrulla —chilló la vieja de la casa vecina.

Pachi la fulminó con la mirada y la mujer retrocedió. Algo pequeño y sólido escapó de sus manos y rebotó contra el piso, repetidamente: un botón, tal vez, o una canica. La vieja se alejó de la ventana cuando Pachi se lanzó contra ella. Estaba oscuro ahí dentro; las paredes lucían roñosas a causa de la humedad. La vieja desapareció de prisa tras el umbral de una puerta y Pachi pudo ver la cama donde dormía, colocada justo al lado de la ventana. De las sábanas revueltas emanaba un hedor concentrado, a caldo recocido.

Se apartó, asqueado, y fue a plantarse otra vez frente al portón de la guardería. Miró los duendes azules: se abrazaban en alegre danza en torno a un hongo rojo con motas blancas. *Amanita muscaria*, había dicho Vinicio, con un guiño, un día que lo acompañó a recoger a la chamaca. Pachi no sabía qué significaban esas palabras, pero el nombre se le había grabado; sonaba lindo. El sudor se le metió en los ojos. Quemaba. Intentó limpiarse con la playera, pero ésta ya estaba calada. El estómago le ardía, de hambre y furia. La *estúpida* Pamela tenía la culpa de todo. La niña qué; era tan lerda la pobre que apenas se enteraba de nada, prácticamente era idiota. Pero Pamela era una aprovechada, una culera.

¿Por qué tenía que pasar él siempre a recogerla? ¿Por qué tenía que ser él quien se apartara de sus ocupaciones para irse a parar frente a ese *pinche* portón a esperar a que le entregaran a la escuincla? ¡Si ni siquiera era su hija! ¡Era hija de otro bato, un cabrón hijo de la chingada que no movía un dedo para hacer nada por ella, nada! ¿Por qué Pamela no le exigía dinero a ese cabrón para la manutención de la criatura? Se hacía la tonta cuando Pachi le reclamaba; decía que el padre se había esfumado, pero él estaba casi seguro de que era mentira. ¡En una de ésas a lo mejor hasta seguían frecuentándose! ¡A sus espaldas!

El pensamiento le hizo rechinar las muelas de puro coraje.

Deténgase, no lo haga, dijo el locutor en su cabeza. *Con violencia nada se arregla.*

"Ah, pero qué bien se siente uno", pensó.

Esta vez no se detuvo: golpeó el portón con el puño, con la misma fibra que hubiera empleado para romperle la nariz a alguien —al imbécil y desconocido progenitor de la niña, por ejemplo—, pero la única piel reventada fue la de sus propios nudillos. Siseó de dolor y se llevó el puño a los labios. Chupar la herida lo calmó un poco. Decidió que tenía que alejarse de ahí, no fuera a ser que la vieja metiche realmente le hubiera hablado a la policía.

Caminó de regreso al parque. ¡Qué día tan horrible! Su único día de descanso en dos semanas, estropeado por el egoísmo y la desconsideración de Pamela. ¿No podía pensar en nadie que no fuera ella misma? A estas alturas ya estaría saliendo del trabajo, dirigiéndose a casa de su chingada madre, hecha una furia y maquinando su roñosa venganza contra él. Lo esperaría despierta, toda la noche de ser necesario, con tal de poder echarle en cara su imprudencia y su cagazón, y de paso escupirle una letanía adicional de reproches y agravios, la mayor parte imaginarios, nomás para terminar de cagarle la existencia.

Quizá su madre tenía razón: había sido un error casarse con ella.

No serán felices, decretó, cuando Pachi les anunció, a ella y a su padre, que Pamela estaba embarazada y habían decidido casarse.

Pues quería coger; ahora se chinga, replicó el padre. *Tiene que cumplir, tiene que casarse.*

Había veces en que Pachi se despertaba de madrugada y permanecía largo rato mirando el rostro de Pamela en la oscuridad. Ponía sus manos sobre el vientre tenso para sentir la presencia del niño, que él imaginaba flotando en una especie de globo tibio, felizmente ignorante de la realidad. Pero muy pronto el chamaco estaría afuera, muy pronto tendría que enfrentarse al mundo, y esa certeza lo llenaba de angustia. Trataba de recordar alguna oración de las que tuvo que aprender de memoria para hacer la primera comunión; las palabras se arremolinaban sin sentido en su cabeza y terminaba susurrando una súplica sencilla, de corazón: *Dios mío, te lo ruego, que sea niño*. Un niño vivaracho, de pelos chinos como los suyos, un niño que se llamara Francisco, igual que él. Un compañero, un aliado para enfrentar el mundo. Una oportunidad para empezar de nuevo, partiendo de cero, pero mejorado.

Caminó hacia la caseta de teléfono más cercana, en la esquina de la cuadra. Quizá llamar a Pamela arreglaría las cosas. Podía pedirle disculpas, aunque no fuera sincero. A ella le fascinaba verlo contrito, arrepentido, humillado. Levantó el auricular y lo puso contra su oído. Marcó la mitad de los números y se detuvo un segundo.

"No, que se joda", pensó, "yo estaba dormido".

Colgó el aparato.

Vinicio apareció en la esquina. Llevaba puestas las chanclas de Pachi, que le venían pequeñas y lo obligaban a caminar con los talones al aire, las pantorrillas tensas, arqueadas hacia afuera. Parecía una quinceañera con su primer par de tacones, un verdadero mamarracho. Pachi soltó una carcajada.

—Cállate, pendejo —ladró Vinicio.

Los ojos le brillaban, coléricos.

—Qué chula te ves cuando te encabronas.

—¡Toma tus pinches chanclas!

Se las aventó a los pies y comenzó a brincotear de un lado a otro.

Pachi se sacó los tenis y se calzó sus viejas sandalias. Sus pies no tocaron el suelo más que unos segundos y eso bastó para hacerle sisear.

—Parece comal —se quejó.

—¿Y la niña?

—Pinche directora. No me quiso decir nada.

—Pero ya le hablaste a Pamela, ¿no?

Pachi sacudió la cabeza.

—Háblale, güey, para que te quedes tranquilo…

—Estoy tranquilo, no estés chingando.

Regresaron al parque por el lado sombreado de la avenida.

—Oye, Vini…

Tenía que contarle algo, estaba seguro. Pero, ¿qué era?

—Si es sobre Aurelia... —replicó Vinicio.

—Nadie está hablando de esa pinche vieja, coño. Ya déjala en paz...

—¿Y entonces?

—Deja hago memoria...

Era algo que tenía que ver con el pavimento ardiente, con el sol refulgiendo en los cristales, en el cabello de la gente...

—No —concluyó. No se acordaba. Malditas drogas—. Pero es hora del Plan B.

—¿Cuál es el Plan B?

—Fumar más mariguana.

Guardaron silencio al ingresar en la casa. Se respiraba una atmósfera inquietante. Estaba oscuro, y las pupilas de Pachi, habituadas al resplandor de la calle, se dilataron de golpe en la penumbra. Apenas podía reconocer los contornos de los muebles: el trinchador cargado de bibelots, recuerdos de bautizo y primera comunión, horribles figurillas de migajón y resina; el sillón de una plaza donde el padre de Vinicio solía pasar las tardes apoltronado, ahora sepultado bajo una montaña de ropa sucia.

Siguió a Vinicio hasta la cocina. Estaba aún más puerca que la de su propia casa: no había una sola superficie que no estuviera cubierta de mugre, cochambre, cacerolas pringadas o platos embarrados de salsa seca. Apestaba a basura y también al tufillo perfumado del insecticida con el que la madre de Vinicio trataba de mantener a raya a las moscas y las cucarachas. Y había algo más, otro olor, más punzante y al mismo tiempo más tenue, como el recuerdo de un olor nocivo, o su insinuación. La peste del plástico quemándose.

Vinicio abrió el refrigerador: ahí adentro no había más que frascos de condimentos, envases desechables con restos de comida momificada y dos limones duros y grises. En el congelador había una botella de vodka a medias.

Pachi jadeaba de sed. Estaba a punto de pegar la boca al grifo del fregadero cuando Vinicio le señaló un perol de agua hervida. El agua estaba fresca; tenía ese gusto recocido que le recordaba a las tazas de peltre de su infancia, a las mamaderas de hule de la niña. Hubiera preferido un buen vaso de cerveza fría pero no podía quejarse: el agua alivió su garganta reseca y disipó la sensación de que las células de su cuerpo se encogían y perecían.

Metió un dedo en el bolsillo monedero de sus bermudas. El billete de cien pesos había desaparecido. Metió dos dedos, frenético, hasta el fondo. Nada. Se le había caído. El corazón se le fue a los pies. ¿Cómo era posible, tantísima mala suerte en un solo día?, se preguntó aterrado. Se revisó todas las bolsas. Nada. El billete se le había caído, seguramente cuando salió corriendo. Estaban perdidos, sin dinero para comprar más chela, sin futuro. ¿Cómo chingados se lo iba a explicar a Vinicio?

Se dio cuenta de que Susana estaba afuera, en el patio: podía escucharla canturrear en voz baja, arrastrar cosas, rasgar papeles, del otro lado de la puerta entreabierta. Miró a Vinicio tomar agua. Aún se le notaban las erupciones del dengue en el cuello, manchas de color rosa pálido que habían sido granates en el paroxismo de la fiebre. Vinicio había estado a punto de morir, pensó. Sintió ganas de abrazarlo, pero en vez de eso le pegó un trancazo en el hombro derecho.

—Huele a quemado... —dijo Vinicio.

Pachi olisqueó el aire.

—Sí. Como a plástico quemado, ¿no?

Vinicio abrió la puerta y salió al patio. Pachi lo siguió.

Susana estaba ahí afuera, dándoles la espalda. Iba vestida apenas con una vieja playera de algodón azul cielo y su pelo áspero y desaliñado flotaba en todas direcciones. Frente a ella había una pila humeante de cajas con ropa, papeles, discos, objetos indistinguibles que ardían lentamente. Los ojos de Pachi recorrieron el montón hasta llegar a la cima, coronada por una reproducción a escala de una carabela española, las pequeñas velas blancas aún a salvo de las llamas.

—¡El barco pirata! —suspiró Pachi.

El mismo que don Vinicio pasó semanas enteras armando, pieza por pieza, con materiales que le llegaban por correo. Jamás dejó que los chicos le pusieran un dedo encima a la madera cuidadosamente aceitada del pequeño casco, ni mucho menos que juguetearan con los delicados cordeles del velamen. Pachi aún recordaba los rocambolescos planes que él y Vinicio maquinaban con la fantasía de robar el barco y ponerlo a navegar en la fuente del parque o en la playa más cercana.

—¡Susana! —ladró Vinicio.

Pero ella no le prestó atención. Sostenía algo entre sus manos: una botella con petróleo que vació sobre un costado de la pila. Las llamas que consumían el papel y los tejidos se avivaron con un soplido y un hedor repugnante a combustible llegó hasta las narices de Pachi.

Vinicio trató de rescatar el barco. Pachi, atónito, no alcanzó a impedírselo: se quedó viendo cómo el güero extendía los brazos por encima de las llamas para alcanzar el modelo. El fuego se había tornado demasiado agresivo, y Vinicio soltó un grito y retrocedió para no quemarse, tosiendo, tal vez consciente ahora de lo inútil que resultaba tratar de salvar cualquier cosa.

Susana ni siquiera los miraba. Permanecía de pie junto a la hoguera, los ojos clavados en las flamas. De tanto en tanto, usaba un palo de escoba para remover algún objeto y que ardiera mejor, canturreando entre dientes.

Vinicio trató de quitárselo de las manos.

—¡Susana! —gritó para que reaccionara.

—¡Déjame! —respondió ella, con un empujón.

—Mamá, por favor.

Susana miró a su hijo con ojos rabiosos y Pachi tuvo que bajar la mirada, entre avergonzado y asustado por lo que estaba ocurriendo. Jamás había visto a su amigo quebrarse de ese modo. Lo había visto lagrimear algunas veces, sobre todo cuando eran críos, pero aquello era demasiado lastimero, demasiado desesperante. Tuvo ganas de salir corriendo y dejar que se hicieran pedazos a solas. Pero no podía abandonarlo. Tenía que sacarlo de ahí antes de que ella lo empujara a hacer una locura.

—¡Que te largues! —gritaba Susana blandiendo el palo de la escoba—. ¡Lárguense los dos!

Pachi se interpuso y cogió del brazo a Vinicio, listo para tirar de él si la cosa se ponía peor. Con su otra mano trataba de contenerlo, la palma presionada contra el corazón desbocado del güero. Pero Vinicio no avanzó, ni Susana se lanzó contra ellos: se quedó ahí temblando, con el palo en las manos, las piernas tensas, abiertas, desnudas debajo de su mugrosa playera, lista para el combate que nunca llegó. La escena, que en cualquier otro momento le habría parecido ridícula —la madre de su mejor amigo, en paños menores, blandiendo un palo de escoba contra ellos, como si fuera un garrote—, le produjo una profunda tristeza.

Piense que con violencia nada se arregla, repitió el locutor en su cabeza.

—Déjala —le murmuró a Vinicio, y tiró de él para volver a la cocina—. Vámonos.

Los pies de Vinicio se resistían. No dejaba de mirar la fogata, el humo oscuro y maloliente cuya altura ya rebasaba las paredes del patio.

—Vámonos, Vini… —insistió Pachi.

—¡Estás loca! —le gritó el güero a Susana.

La mujer rompió su inmovilidad y les tiró un palazo, pero ya no pudo alcanzarlos.

De vuelta en la cocina, Vinicio luchaba por contener la pena. El rostro se le puso escarlata y su nariz comenzó a gotear, presagiando la llegada del llanto.

—Las cosas de mi papá —murmuraba tallándose la cara—. Deja tú la ropa. Las fotos, los discos...

Pachi le apoyó una mano en la espalda. Sus propios ojos comenzaban a humedecerse.

Vinicio se frotó la cara. Carraspeó ruidosamente y se acercó al refrigerador. Abrió la puerta del congelador, cogió la botella de vodka y la destapó. Pachi tuvo que arrancársela antes de que se la bebiera toda.

—Pérate, güey, déjame algo...

El alcohol helado le quemó los labios y la garganta.

—Hay que conseguir más —dijo Vinicio.

Pachi asintió.

—Vamos al parque —propuso.

Vinicio abandonó la cocina y Pachi lo siguió, no sin antes lanzar una última mirada al patio. Por la puerta abierta alcanzó a ver a Susana, inclinada sobre la maldita pira, con las manos en las rodillas y los ojos fijos en las llamas.

Esta vez sí se molestó en tirar de la puerta con fuerza, para cerrarla bien y que nadie pudiera ver lo que sucedía ahí dentro.

VI

Sobre la cama, bocarriba, Andrik soportaba la inspección del hombre.

—Te dije que te afeitaras.

—Pero me pica...

—No si lo haces bien.

Las manos del hombre recorrían su ingle en busca de erupciones. Lo pellizcaba hasta hacerlo gritar, cuando hallaba una.

—¡Duele!

—Aguántate...

El chico apretaba los dientes.

—Duele mucho...

—Ya, ya salió. Mira.

Le mostró un punto de pus sólida, algo verdosa, sobre la uña de su índice.

—Tiene que sangrar, para que no se infecte.

El hombre se limpió en las sábanas y prosiguió la inspección. Sus dedos se fueron acercando al sitio en donde la piel de Andrik se tornaba más oscura, más esquiva.

El chico cerró los ojos y esperó el siguiente pinchazo.

Aquello de afeitarse era nuevo para él. El hombre se lo hizo la segunda noche. Tampoco era que tuviera demasiado pelo ahí, claro, pero el hombre había insistido: la higiene primero. La sensación, al principio, resultó incluso agradable: el roce de la ropa interior contra la piel tersa, desamparada, lo mantuvo excitado por horas. Pero un par de días después, cuando el vello comenzó a brotar de nuevo, la comezón se volvió desquiciante. Se rascaba con tanta ansia, a dos manos, que los cañones de su ingle sangraban y luego se infectaban.

Aunque el hombre lo reñía constantemente por ello, no renunciaba a su manía. También le pasaba la cuchilla de afeitar por las axilas, e incluso se deshacía del senderillo de pelos que le trepaba del pubis al ombligo. Lo único que respetaba era la pelusa que crecía sobre sus labios y sus mejillas.

—Ya, por favor —gimoteó Andrik.

—Ya casi…

El hombre no llevaba camisa: su pecho y hombros estaban tapizados de pelos negros muy rizados que despedían un intenso olor a almizcle. Él sí que debía afeitarse el rostro todas las mañanas, pues cuando regresaba por la tarde su cara ya mostraba indicios de una sombra terca. Le gustaba frotarla contra la cara de Andrik, dejarle los labios escocidos por el roce de su bigote de lija. Su cabello, en cambio, era sumamente frágil y delicado, y en algunos puntos —la coronilla, sobre todo— no era más que una capa de pelusa rubia. La piel de esas zonas era tierna y suave como la de los niños, pero el hombre no dejaba que Andrik la acariciara.

"Todo lo que le falta en la cabeza le sobra en el culo", pensó Andrik, y se le escapó una risa tonta.

—¿Qué? ¿Qué pasa? —dijo el hombre.

Miró a Andrik con curiosidad. Como se había alzado los lentes por encima de la frente, sus ojos miopes lucían mansos, casi indefensos.

—Nada —dijo.

—Dime.

Andrik sacudió la cabeza. Al hombre tampoco le gustaba hablar de su calva. No se podía bromear con eso.

El hombre le picó los costados, juguetón.

—Anda, dime…

Andrik sonrió, ansioso.

Los dedos del hombre subieron por su vientre y se detuvieron en las picaduras de insecto que salpicaban el torso de Andrik.

—Pobre nene —dijo—, te comieron los bichos.

Besó cada una de las ronchas y fue subiendo hasta su cuello.

—Date la vuelta…

Andrik se giró en la cama. Apoyó la mejilla sobre el brazo, con mucho cuidado para que la herida de su boca no se agrietara. El hombre le había dado una pastilla que hacía que el dolor fuera una cosa lejana, de menor importancia. La cama crujió cuando el hombre se levantó y se alejó hacia el baño. El chico alzó la cabeza: lo miró quitarse los calzoncillos, orinar con la puerta abierta, y luego inclinarse para encender el aire acondicionado, antes de volver a la cama.

Cerró los ojos de nuevo. Las manos del hombre se posaron sobre sus piernas y fueron subiendo; frotaba y masajeaba la carne de sus nalgas con los pulgares, como si quisiera ablandarla, y suspiraba y murmuraba palabras que Andrik no alcanzaba a escuchar; palabras que ni siquiera estaban dirigidas a él.

Apretó los párpados cuando sintió la humedad esponjosa de su lengua.

Algo está mal, canturreó la voz.

"No, otra vez no", pensó el chico.

—¿Te gusta? —gruñó el hombre.

Algo está mal. Algo va a pasar.

"No va a pasar nada", se dijo Andrik. "Me perdonó."

—Te gusta, ¿verdad? —insistió, enterrándole un dedo.

Andrik suspiró.

No te va a perdonar jamás. Todos son iguales.

Un segundo dedo lo hizo jadear.

"Pero ya me castigó, ya estamos a mano."

Eso es lo que tú crees...

Los camioneros que le pegaban a su madre se quedaban más tiempo. A veces fines de semana enteros. Y también eran los que la hacían gemir más, en la cama. Gemir mucho la ponía contenta.

Los dedos del hombre alcanzaron ese sitio preciso que siempre lo perturbaba. Frotaron y ejercieron una presión deliciosa, casi insoportable. Alzó las caderas para acomodarse la erección. Estaba al punto, lo mismo que el hombre, presionado contra él.

—Mira cómo me pones —dijo, y Andrik quiso volverse para verlo, para tocarlo, pero no se lo permitió. Lo sujetó contra el colchón y aplastó su cara contra la almohada.

—¿A dónde va el nene?

—Chúpamela —suplicó Andrik.

Pero el hombre ya estaba encima de él, metiéndose con tenacidad en él, soplándole su aliento en la oreja. Olía a enjuague bucal, ese aliento, aunque debajo de la menta se percibía la misma nota oscura de siempre: pescado avinagrado.

"Todos son iguales", pensó Andrik.

—Eres mío —decía el hombre—. Mío.

Díselo.

La primera arremetida era siempre la más dolorosa. Gimoteó.

Díselo.

—Soy tuyo —dijo Andrik.

El hombre bramó. Se enterró hasta el fondo y buscó su boca. Le lamió la herida, le mordió el cuello, lo sujetó de los hombros, lo penetró con furia.

—Dilo —siseaba.

—Soy tuyo, tuyo, tuyo —gritaba el chico con cada embate.

Cuando el hombre no pudo más se arrodilló frente a la cara de Andrik y le pidió que abriera la boca.

Más tarde quiso abrazarlo. Siempre lo hacía: lo apretaba entre sus brazos y lo mecía, no tanto para arrullarlo, sino para confortarse él mismo. Le pasaba una pierna sobre las caderas y enroscaba su pantorrilla entre las suyas, y Andrik se sentía como un muñeco de trapo, algo hecho para ser apretujado y poseído, pero sin vida.

Cuando el hombre empezó a roncar contra su mejilla, el chico trató de moverse. La boca le punzaba apenas, pero le apetecía tomar otra de esas pastillas para ir a sentarse al borde de la cama y mirar la televisión, con el sonido apagado, disfrutando el efecto calmante del medicamento. El hombre no le permitió escabullirse; cuanto más lo sentía removerse, más lo apretaba. Aunque Andrik escuchaba el ronroneo del aire acondicionado, apenas podía sentir el fresco, envuelto como estaba en el calor de la piel del hombre. Los ojos se le humedecieron: aquello era tortura, el castigo del que la tía Idalia hablaba cuando le dejaba caer encima sus manos engañosamente flacas y retorcidas. El infierno.

La vieja lo ponía a rezar todos los días, de hinojos frente al Cristo que dominaba el altar de la cómoda. Andrik no sabía rezar y apenas lograba bisbisear las palabras que la tía recitaba de memoria, los ojos fijos en la imagen, las manos unidas bajo la barbilla. Los ojos del Cristo del cuadro eran tristes y hermosos, como los de Esteban, y su barba castaña lucía limpia y perfumada; debía oler a lo que huelen las cosas sagradas, a ese humo aromático con el que a veces inundaban la iglesia de Carrizales. ¿Cómo sería sentir aquella barba contra la piel de su pecho, de su vientre?, se preguntaba mientras rezaba, lo que confirmaba las sospechas de la anciana, lo que se pasaba todo el tiempo reclamándole: que había algo profundamente perverso en él, algo tocado por el diablo.

El hombre se estremeció en sueños. ¿Acaso se daba cuenta de que Andrik pensaba en otros hombres? Cerró los ojos e hizo la prueba. Trató de conjurar el rostro de algún cliente de la rotonda; el único que volvía una y otra vez a la pantalla de su mente era el rostro de Esteban, la piel pálida de Esteban ondulando en la oscuridad del huerto, refulgiendo entre las piernas alzadas de aquella horrible chica que no dejaba de gimotear. Él sí hubiera dejado que Esteban le hiciera lo que quisiera, sin poner un solo remilgo, sin pedirle nada a cambio, sin pensar siquiera en dinero.

Recordó también a Zahir, las veces en que había cerrado los ojos para no tener que verlo. Para imaginarse a Esteban en su lugar.

El hombre se estremeció nuevamente y lo apretó aún más contra su pecho.

Eres suyo, tú lo dijiste, dijo la voz.

Andrik le dio la razón.

"Me va a matar", pensó, con amargura. "Jamás confiará en mí."

No lograba recordar si el hombre había recogido la pistola la noche anterior. Todo era borroso en su memoria. Seguramente lo había hecho; seguramente la había buscado entre las dunas y ahora estaba oculta en algún lugar de aquella casa, esperando el momento de ser usada de nuevo.

Quizás incluso ya tenía otro chico en la mira. Alguien más guapo. O más joven.

Todos eran iguales.

Cerró los ojos y pensó en lo estupendo que sería poder dormir durante un año entero. O dormir lo que le quedaba de vida. O mejor aún, cerrar los ojos y dejarse arrastrar a la inconsciencia, y una vez ahí desaparecer sin dejar rastro, desvanecerse en el aire por completo.

—¿En serio no has ido nunca?

Andrik sacudió la cabeza.

Esteban, sus ojos tristes aún más hundidos tras la cuarta cerveza, hablaba de la feria de Carrizales, la que cada año se instalaba en el terreno junto al campo de beisbol.

—¿Quieres ir? ¿El sábado?

El sábado era cumpleaños de Andrik, pero Esteban no lo sabía.

—Sí —respondió el chico.

Apenas podía creerlo.

—¿En tu camioneta?

Esteban empinó la botella para vaciarla y luego eructó.

—A güevo —respondió—. En mi camioneta.

La suya era la *pick up* tejana más grande de los alrededores: un mastodonte fragoroso que corría a base de diésel y levantaba nubes de polvo sobre el asfalto cuarteado de la carretera.

Esteban alzó la botella vacía y Andrik la devolvió a una caja junto a la nevera. Tenía permiso para beber ahí, Esteban, todo lo que quisiera, siempre y cuando lo hiciera detrás del mostrador. Yolanda, la madre de Andrik, no estaba dispuesta a perder un cliente tan bueno, pero tampoco quería meterse otra vez en problemas con el padre del muchacho, de modo que si Esteban se daba una vuelta al salir del trabajo para echarse una cerveza tenía que hacerlo ahí, sentado en el suelo, sus largas piernas extendidas, donde nadie que pasara por la tienda pudiera verlo e irle con el chisme a su señor padre.

—¿Otra? —le preguntó Andrik.

Lo que en realidad quería preguntarle era por qué, por qué quería ir a la feria con él, pero le ganó la vergüenza. Se ponía muy nervioso cuando estaba cerca de Esteban. Porque entonces podía percibir claramente su olor, a medias leñoso, como a resina fresca, y a medias pestilente: sudor rancio, mezclilla sucia, lodo y bosta sobre las botas viejas. Una combinación que encontraba cautivante.

—Nah, ya me voy —dijo Esteban.

Se tambaleó hacia la puerta.

—Apúntamelas —le pidió—. Paso por ti mañana, como a las doce.

El chico tuvo que agacharse a fingir que acomodaba los cascos vacíos para disimular su sonrisa bobalicona.

Cuando Esteban arrancó la camioneta, Andrik corrió a la trastienda con la caja de botellas vacías apretada contra el pecho. El hervor del chile guajillo que su madre removía en la estufa le golpeó los pulmones y lo hizo estornudar un par de veces.

Le contó a su madre de la invitación de Esteban. Ella lo escuchó en silencio mientras removía el contenido de la olla con un cucharón de madera.

—No —respondió cuando Andrik le preguntó si le daba permiso de ir.

—¿Por qué no? —gritó el chico.

—Tú sabes por qué no.

Andrik ignoró la respuesta. Pasó a la súplica. La colada estaba hecha y el patio entero desbrozado de malezas, la nevera bien surtida. No le haría falta su ayuda: los sábados rara vez llegaba gente después del mediodía, y menos con la feria en el pueblo. Y ni siquiera tendría que darle dinero: Andrik había roto su alcancía, rebosante de pesos y centavos. Sólo quería subirse a los juegos mecánicos. Nunca había estado en la rueda de la fortuna, ni en el látigo, ni en las sillas volantes. Esteban pasaría por él y lo traería de vuelta.

—No me da buena espina —dijo ella.

Encendió un cigarro, sin dejar de remover el guiso.

—Por favor —lloriqueó Andrik.

La mujer se quedó fumando en silencio, los ojos extraviados en la nada.

—Por favorcito —suplicó el chico, después de unos minutos.

Yolanda sacudió la cabeza, como si despertara. Miró el cucharón en su mano y lo arrojó al fregadero, con coraje. Apagó el quemador de la estufa.

—Haz lo que quieras entonces —dijo, y sin voltear a verlo se fue a encerrar a la alcoba que compartían.

Andrik no se atrevió a entrar ahí hasta avanzada la noche.

Yolanda estaba completamente vestida, tendida de lado sobre la cama. Los rollos de grasa de su espalda se marcaban contra la delgada tela de la blusa. Hacía meses que engordaba sin parar, y a veces Andrik tenía ganas de echárselo en cara, de hacerle daño con sus palabras, sobre todo cuando estaba tan molesto con ella como ahora.

—Buenas noches, mami —murmuró cuando se metió en la cama a su lado.

Pero Yolanda no respondió.

Afuera, los grillos cantaban. Ni siquiera los rugidos de los camiones de carga que circulaban de noche conseguían silenciarlos.

Andrik le dio la espalda a su madre. Se sentía desolado. ¿Había hecho mal en pedirle permiso? ¿Acaso ella, por primera vez en su vida, había planeado algo especial para su cumpleaños? ¿La había ofendido su necesidad de amigos, de compañía? Sólo era un rato en la feria, una tarde con Esteban. Si tan sólo pudiera decirle lo mucho que lo entusiasmaba…

Se dio la vuelta cuando la escuchó sollozar. Trató de abrazarla, de hundir su nariz en su larga cabellera.

—Mami…

El cuerpo de su madre estaba tenso, duro como la piedra.

—No me toques —murmuró ella.

—Mami, perdóname.

—Lárgate, si eso es lo que quieres. Lárgate…

La congoja en la voz de su madre le estrujó el corazón.

—No digas eso…

—Pensé que tú sí me querías.

Sus sollozos sacudían la cama.

Andrik se acercó para besarle un hombro y ella, respingando de furia, se giró para golpearlo con los puños. Jadeaba, buscando su cara, su vientre, las partes menos duras de ese cuerpo que era todo ángulos, carne de niño sobre huesos que apenas comenzaban a crecer y engrosarse. En completo silencio también, el chico sólo atinó a cubrirse el rostro y protegerse ojos de las uñas de su madre, que solían dejarle surcos en la piel si se descuidaba. Todo terminaría pronto si permanecía quieto, en completo silencio. Si no ofrecía la menor resistencia.

Más tarde, cuando los camioneros llegaron a aporrear la puerta cerrada de la tienda, su madre no sólo les vendió las pastillas que querían, sino que los invitó a pasar y se emborrachó con ellos.

Andrik, ovillado en la cama, con el pulgar bien metido en la boca, la escuchó bromear con aquellos hombres, e incluso cantar acompañada de la radio encendida. Habían prendido las luces de la trastienda; podía ver el resplandor a través de las grietas de la puerta. Las sillas de plástico se arrastraron toda la noche, las botellas tintinearon al chocar unas con otras y las carcajadas de su madre retumbaron por encima de las tubas y las tarolas de la música.

En algún momento de la madrugada, cuando los gallos llenaban el aire tibio con su canto metálico, su madre volvió a la cama. Permaneció un rato fumando en la orilla, mirando el vacío, y luego se tumbó. Andrik esperó a que comenzara a roncar para levantarse y salir al patio.

El aire de la mañana olía a chamusquina. Todavía faltaban semanas para que la zafra concluyera. Miró el solar que se extendía detrás de la casa: el zacate que crecía del otro lado de la cerca lucía frágil, sediento. El dueño de aquel terreno no permitía que nadie entrara para chapear las matas agostadas; afortunadamente, aquel año no había ocurrido ningún incendio.

Se desnudó junto a la toma del agua para lavarse. La tierra junto a la pared del patio estaba mojada, lodosa a causa de los orines de los traileros. Tendría que verter un cubo de agua con cloro en el sitio antes de que el calor del día empujara la peste hacia el interior de la casa.

Su madre se removía inquieta en el lecho. Gemía, atrapada en el sueño superficial, resquebrajadizo, de la mezcla de narcóticos y cerveza. Con un ojo clavado en ella y otro en el espejo, Andrik eligió su atuendo: el único pantalón de mezclilla que poseía, una camisa a cuadros que ya le venía un poquitín justa de los hombros y los zapatos que Boris, el último novio de su madre, había olvidado antes de salir pitando para Reynosa; le venían un poco grandes, pero servirían. No podía ir a la feria en chanclas, y tampoco era probable que Boris regresara a reclamarle nada; el muy traidor había jurado que volvería con el siguiente flete, pero Andrik y su madre sabían que era más seguro que no volvieran a verlo nunca.

Pasada la una de la tarde, la camioneta roja de Esteban se estacionó en batería frente a la tienda cerrada. El crujido de la grava suelta bajo las llantas alertó a Andrik, que lo esperaba desde hacía una hora sentado en la sombra del patio, comiéndose las uñas de nervios. Antes de que sonara la bocina salió corriendo a su encuentro.

Esteban, con sus ojos somnolientos, obviamente trasnochados, y la cara limpia, recién afeitada, sostenía la puerta del conductor abierta.

—Trépate por aquí, la otra no sirve.

Andrik no quería mirar hacia la tienda. Tuvo miedo de ver a su madre asomada en la única ventana. Esteban, ajeno a su terror, no mostraba ninguna prisa por encender el vehículo, ni por echarse en reversa.

El interior de la cabina era muy amplio. La tapicería, roñosa y manchada, totalmente gastada en algunos sitios, olía a gasolina, a cuero viejo y a la colonia resinosa de Esteban.

—Cuando junte varo le pondré estéreo —gritó éste, por encima del rugido del aire que entró por las ventanillas abiertas, cuando al fin treparon a la carretera y pisó el acelerador.

Andrik, distraído por el paisaje, asentía a todo lo que le decía Esteban. Hacía meses, desde su expulsión de la escuela, que no salía nunca del paradero donde vivía con su madre, y que consistía en la tienda de ella, dos fondas paupérrimas atendidas por hermanas rivales, y una caseta de lámina visitada ocasionalmente por un anciano experto en talachas. Desde la ventanilla abierta contemplaba con sorpresa la cantidad de comercios nuevos que se levantaban al borde de la carretera. Una flamante gasolinera, con las bombas aún envueltas en plástico, anunciaba su inauguración la siguiente semana. El local incluía una tienda de conveniencia que ya estaba abierta; con razón el negocio de su madre recibía menos visitas que nunca.

—Ésa la acaba de poner mi tío Enrique —gritó Esteban.

—Qué padre… —respondió Andrik por decir algo.

Pasada la euforia del paisaje se dedicó a contemplar a Esteban de reojo. El muchacho fumaba mientras conducía, con la mano que sostenía el cigarro recargada en el borde de la ventanilla; para hacer los cambios soltaba la derecha del volante, y la camioneta se cargaba, por breves segundos, hacia la izquierda.

—¿De verdad nunca has ido a la feria?

—De verdad.

—¿Por qué?

Andrik se encogió de hombros. Ni su madre ni sus novios lo habían llevado nunca.

—Lleva como mil años esa feria, no puedo creer que nunca hayas ido. Se pone buena. ¿Te gustan los gallos?

Andrik tampoco había ido nunca a un palenque, pero asintió por vergüenza.

—Te vas a alucinar —dijo Esteban con una sonrisa.

Andrik se llevó una mano a la boca para disimular el hueco. No quería que Esteban viera que estaba chimuelo. Hacía unas semanas que había perdido un colmillo, el último de leche, y aún no le brotaba por completo el definitivo.

En algún momento, justo antes de la entrada a Carrizales, la camioneta abandonó la carretera y se internó en una brecha flanqueada por árboles de mango y aguacate. Las copas eran tan robustas que bloqueaban casi por completo la luz del día.

Al fondo de la brecha, un grupo de cuatro casas cerraba el camino de terracería. Una manada de perros grandes apareció de la nada, ladrando y gruñendo. Rodearon el vehículo, y Andrik tuvo que alejarse de la ventanilla abierta porque las bestias saltaban y hacían chasquear sus babeantes hocicos, tratando de morderlo.

Esteban hizo sonar la bocina. La puerta de una de las casas se abrió y los perros corrieron hacia allá. En el umbral apareció un muchacho gordo, vestido también de mezclilla y camisa de manga larga, sin sombrero. Sus cabellos rizados brillaron bajo el sol, rojizos, cuando cruzó el patio hacia la camioneta. Los perros retozaron como cachorros en torno al gordo; gemían mansamente y trataban de lamerle las manos, la cara pecosa. El muchacho les propinó varios rodillazos para que se calmaran y los envió corriendo de vuelta a la casa, con un largo silbido.

Esteban abrió la puerta del conductor y descendió para que el gordo trepara a la cabina. Su cuerpo pesado y fofo aprisionó a Andrik contra la ventana. Tosió secamente y sacó una cajetilla de cigarros del bolsillo de su camisa. Encendió uno mientras Esteban daba la vuelta para regresar a la carretera. Sólo cuando se inclinó para arrojar la cerilla consumida por la ventanilla abierta pareció percatarse de la existencia de Andrik.

—¿Y ahora traes chalán? —le preguntó a Esteban.

—Es el hijo de la Yola —respondió éste, y agregó con una amplia sonrisa—: Viene con nosotros.

—Ah, chingá —dijo el gordo, sorprendido.

Se volvió para examinar a Andrik. El gordo tenía ojos negros y pequeños, ruines. El rostro completamente salpicado de pecas marrones.

—¿Cuántos años tiene? No lo van a dejar entrar al palenque...

—¿Cuántos años tienes, morro? —le preguntó Esteban.

—Trece —gritó Andrik.

—No mames, Esteban...

—¿Qué? —dijo aquél—. Es un morro chido. Siempre me fía las chelas...

El gordo gruñó y continuó fumando. Cada vez que extendía el brazo para arrojar la ceniza por la ventana su codo rozaba el esternón de Andrik. Una pesada esclava de oro aderezaba su muñeca. Olía bien, hasta eso: a cáscara de limón, a flores de azahar.

—¿Y qué, es mudo?

Esteban lanzó una carcajada.

—A ver, aborigen, di algo... —ordenó el gordo.

Andrik se hundió en el asiento.

—Te pasas, Sáenz —le reclamó Esteban.

El codo de Sáenz se apoyó descaradamente contra las costillas de Andrik.

—Tú te pasas. ¿Qué van a decir cuando nos vean con éste? Mírale la cara, la facha...

De un capirotazo, Sáenz hizo volar la colilla fuera de la camioneta. Andrik la miró girar sobre el asfalto, en el espejo lateral, y luego se inclinó para ver su reflejo. El gel que se había puesto en el cabello no había resistido la acción del viento y las greñas lacias le azotaban el rostro. Su piel morena, comparada con la de Sáenz, le pareció casi negra. Lo único claro en Andrik eran sus ojos, dorados en la luz nítida de la tarde joven.

Esteban y Sáenz hablaban a gritos de gente que el chico no conocía. El nombre de una joven, Laura, salía a relucir constantemente. Era, al parecer, la novia de Esteban.

—¿Entonces no vamos a ir por ella?

—Que no. Que está en Córdoba, con sus primos.

—Te está viendo la cara de pendejo, güey —se mofó Sáenz.

—No, no, yo los conozco...

—La Rosina me dijo que iba a ir...

—¿La Porcina?

Soltaron una carcajada.

—Pinche Esteban, ya arréglale el escape a esta mierda. Suenas como repartidor de tortillas.

—Si no te gusta bájate, cabrón.

—Puto, si tuviera mi camioneta...

—¿No la has arreglado?

Sáenz resopló.

—El pendejo de mi papá no le quiere meter varo. Según que para darme una lección.

—Quién te manda ponerte hasta el culo siempre...

—¡Uy, el burro hablando de orejas...!

Entraron al corazón del pueblo. Guirnaldas de papel picado colgaban sobre la calle principal. Las puertas de los comercios estaban abiertas, las aceras bullían de gente. Una multitud de mujeres abarrotaba el atrio de la iglesia; llevaban en las manos ramilletes de flores, veladoras encendidas y estatuillas de santos que acunaban contra sus pechos. Un corrillo de indígenas arreaba una inmensa manada de borregos, retrasando el flujo del tráfico. Todos se dirigían al campo de beisbol de Carrizales, junto al cual se levantaba la feria. Andrik ya podía ver las carpas azules, las estructuras de los juegos mecánicos, sus nombres de fantasía formados por cientos, miles de focos multicolores que, apagados durante el día, lucían negros y opacos, pero que al caer la noche colorearían el cielo y competirían con el brillo de las estrellas.

Aparcaron la camioneta en un baldío que fungía como estacionamiento y caminaron hacia la entrada. Andrik se decepcionó al llegar al sitio en donde se alzaba la trama de tubos y rieles de los juegos mecánicos, pues todavía no estaban en funcionamiento. Pasearon por entre los puestos, la música tronando desde las bocinas. Vestidos con sus mejores galas, los hombres y las mujeres del pueblo bebían cerveza en vasos de plástico mientras sus hijos los seguían, las manos y las bocas chorreadas de golosinas y empalagosos refrescos.

El olor de las frituras les abrió el apetito. Andrik se llevó la mano al bolsillo para tantear su tesoro: ciento cincuenta y ocho pesos en pura morralla. Mientras Esteban y Sáenz pedían sendas órdenes de tacos en un puesto, Andrik se acercó al vendedor de algodón de dulce. Siempre había querido hundir su rostro en una de esas nubes de colores, y ahora no atinaba a decidir cuál prefería: el rosa le parecía el más apetitoso, pero tuvo miedo de que Sáenz lo tildara de marica, así que se inclinó por el azul claro. Mientras contaba las monedas sobre su palma lanzaba miradas nerviosas al puesto de tacos en donde Sáenz y Esteban comían de pie. Quitó emocionado la envoltura de plástico que cubría la nebulosa y le clavó los dientes con ansiedad. Las hebras de azúcar se deshicieron de inmediato en la humedad de su boca, y muy pronto se encontró masticando puro aire. Procedió entonces a lamer una sección de la golosina, hasta que los cristales de azúcar se fundieron en un grumo oscuro que fue chupando mientras caminaba. Sabía rico, pero en general la experiencia le resultó decepcionante.

Volvió al puesto de tacos; ni Esteban ni su amigo estaban ya ahí. Dio una vuelta por los pasillos cercanos y nada, no lograba distinguirlos entre la muchedumbre. La dulzura del algodón terminó por asquearlo, así que dejó que resbalara de su mano mientras deambulaba por los puestos. Fue a pararse junto a los sanitarios portátiles, pensando que tal vez habrían entrado; después de un rato se rindió, y con los ojos húmedos continuó caminando, la cabeza dándole vueltas en mil pensamientos desagradables. ¿Estaría finalmente pasando lo que tanto se resistía a admitir? ¿Que Esteban se había marchado, que lo había dejado botado a causa de la vergüenza que le ocasionaba su presencia, su compañía? *No me da buena espina*, repetía la voz de su madre, en su mente. *Te lo dije, te lo dije*, una y otra vez, sin pausa.

Cuando tropezó con uno de los cables de luz que atravesaban el piso de tierra, alguien lo sujetó a tiempo y evitó que se golpeara. Era una muchacha muy joven, disfrazada de gitana. Su sonrisa estaba llena de dientes muy largos y blancos, enclavados en encías oscuras que contrastaban con los labios untosos de carmín violeta.

—Ven —le dijo la chica, tirando de su brazo.

Andrik sacudió la cabeza.

—¿No quieres conocer a la Mujer Serpiente?

Los dedos de la muchacha se clavaban en su carne.

—Cinco pesos la entrada, y te dirá tu fortuna.

Andrik miró el cartel sobre el viejo remolque hacia donde la gitanilla lo estaba arrastrando: una boa gigante, enroscada sobre sí misma, con cabeza de mujer y una lengua bífida asomando entre afilados colmillos.

—No quiero —respondió.

—Tu futuro, niño. Te dirá lo que te espera.

Andrik tiró con fuerza para desprenderse de la muchacha y corrió de vuelta hacia los puestos. Pasó junto al hombre de los algodones de dulce, frente al puesto de tacos y bebidas frescas y llegó a una caseta de tiro al blanco. Esteban y Sáenz estaban a un lado, bebiendo cerveza y fumando.

—¿Dónde estabas? —le reclamó Esteban.

Caminaron hacia el palenque. Sáenz aprovechó que Esteban no miraba para propinarle una patada en el trasero a Andrik.

—Pedazo de imbécil —le dijo entre dientes.

El interior de la carpa era oscuro y fresco, aunque el aire hedía, cargado de gallinaza y del sudor de los espectadores, agrio por toda la adrenalina derrochada. Subieron a las gradas que rodeaban la arena, un círculo de tierra delimitado con pacas de forraje y salpicado de plumas sanguinolentas. Un hombre de barriga prominente y sombrero ranchero se acercó a preguntarles:

—¿Cuánto juegan?

—Quinientos al *jumper* de los Cárdenas —replicó Sáenz, extendiéndole un billete morado.

—¿El Alacrán?

—Ea.

Los amarradores saltaron a la arena. El árbitro, un tipo moreno de camisa abierta hasta el ombligo, revisó a los gallos concienzudamente antes de permitir que los toparan. A Andrik le decepcionó la fealdad de los animales: les habían cortado las crestas, las golillas, las plumas del lomo y de los muslos. Con las patas flacas y las cabezas desnudas parecían más bien zopilotes disfrazados.

—Quinientos varos a la chingadera ésa... —se burló Esteban—. Qué pendejo eres, Sáenz. Mejor hubieras sacado las chelas...

—Cállate y aprende, chamaco —reviró aquél, los ojos clavados en el ruedo.

Andrik se inclinó hacia Esteban y le preguntó en susurros:

—¿Qué es un yomper?

—El más colorado, creo —respondió el muchacho.

Su rostro estaba tan cerca de la cara de Andrik que éste habría podido plantarle un veloz beso con sólo volverse un poco y fruncir los labios.

El grito de Sáenz lo sacó del ensueño.

Volvió la vista a la arena: sobre el suelo apisonado alcanzó a ver al gallo más claro desangrándose a chisguetes. Su amarrador se acercó y, tomándolo de cualquier manera del pescuezo, le arrancó las navajas de las patas aún trémulas y lo arrojó fuera del ruedo, hacia un montículo de cadáveres emplumados que se mosqueaban al pie de las gradas.

Esteban y Sáenz festejaron de pie, abrazándose de los hombros. A grito pelado ordenaron cervezas.

—¡Eres bien verga, pinche Sáenz! —gritó Esteban cuando le sirvieron un vaso familiar rebosante de bebida.

—¡Salud por el Alacrán! —brindó el otro.

Chocaron sus vasos y Andrik se esforzó por no hacer muecas cuando dio el primer trago. La cerveza estaba quemada y tenía demasiada espuma, pero al menos estaba fría, y lo mejor era que no le había costado nada. Se obligó a engullir la mitad cuando Esteban se volvió hacia él y, sonriente, lo miró a los ojos y chocó de nuevo su vaso contra el suyo.

Un grito femenino se escuchó desde la base de las gradas:

—¡Borrachos!

Era la famosa Rosina, acompañada de una amiga. Las dos chicas trepaban las gradas para alcanzarlos. Esteban y Sáenz se pusieron de pie para recibirlas. Rosina era más bien baja y corpulenta, de busto notorio. Sáenz no le quitaba los ojos del escote, y a ella no parecía importarle demasiado. La otra chica —Andrik nunca escuchó su nombre— iba de minifalda y llevaba los cabellos teñidos y peinados en rulos rubios que contrastaban con sus espesas cejas renegridas. Puso una mano de largas uñas sobre el hombro de Andrik, y fingiendo que lo saludaba, lo apartó para meterse entre él y Esteban.

Los hombres de las gradas inferiores se volvían a cada rato a mirar a las chicas. Esteban abrazaba a la falsa rubia por la cintura, mientras Sáenz pedía más cerveza a gritos.

—Salud, por las mujeres tan hermosas que nos acompañan —balbuceó penosamente Esteban, con la lengua trabada y los ojos aún más entornados por el alcohol y la calentura.

Andrik alzó su vaso y nadie lo chocó con él. La chica a su lado le daba la espalda, totalmente concentrada en Esteban. Comenzaba a sentir el mareo del alcohol; no acababa por decidir si era agradable o no. Sentía el vientre plácidamente lleno de espuma y el aliento dulzón y amargo al mismo tiempo. Se llevó una mano a la oreja, como había visto hacer a su madre, y se pellizcó el lóbulo. Apenas sintió algo, como si hubiera pinchado la carne de un desconocido. Soltó una risilla. Todo era ridículo y grotesco.

—Ya está bien pedo ese chamaco —se burló Rosina, que lo había estado mirando.

—Nah, qué va —dijo Esteban.

—Chúpale más, cabrón —le ordenó Sáenz, poniéndole otro vaso en la mano, y Andrik obedeció.

Se lo bebió entero. Luego bebió otro vaso más, y después un tercero, un poco más despacio. Cada vez que la mano de Esteban se posaba sobre las piernas desnudas de la falsa rubia y trepaba hasta la orilla de su minifalda, o cada vez que la chica se inclinaba para susurrarle algo y arrimarle las tetas, el chico bebía otro trago.

Se hacía de noche cuando salieron del palenque. Las coloridas luces de los juegos mecánicos deslumbraron los ojos de Andrik, de por sí borrosos y desorientados. Avanzó a trompicones por los pasillos, a la zaga de Esteban y los demás. Luchaba por caminar erguido, por no tropezarse con los cables y la basura. Sentía que la gente lo miraba con burla, pitorreándose de él. Tenía la vejiga dolorosamente llena pero no se atrevía a alejarse del grupo.

—¿Cómo vas, morro? —le preguntó Esteban.

Se había detenido para esperarlo.

—A toda madre —mintió Andrik.

—Eso, chingados.

El brazo tosco de Esteban cayó sobre sus hombros y lo atrajo contra sí, y por un segundo Andrik pudo sentir la mejilla del muchacho contra su frente.

Finalmente los juegos mecánicos estaban encendidos y operaban en medio de una muchedumbre enardecida por las luces parpadeantes, por el estrépito de tantas melodías tronando al mismo tiempo y por los gritos de aquellos que ya estaban siendo zarandeados en las alturas. Hicieron fila junto a las tazas girantes y Sáenz, a regañadientes, pagó los boletos de todos. Tuvieron que ayudar a Andrik a subir al armatoste, pues después de una urgente escala en los baños públicos, el chico se había quedado sin fuerzas, como si sólo la necesidad de mear lo hubiera estado manteniendo despierto hasta entonces. Desde su asiento alcanzaba a ver el carromato de la Mujer Serpiente, el horrible dibujo disimulado por las sombras. La testaruda gitanilla no estaba a la vista; Andrik se la imaginó dentro del remolque, mirando la televisión mientras comía en compañía de la monstruosa Mujer Serpiente. Pensó en su madre haciendo lo mismo, sentada en la mesa de la trastienda, fumando un cigarro tras otro, y en ese instante la plataforma se sacudió con un chirrido.

Los primeros segundos fueron emocionantes; luego, al sujetar la barra de protección con las manos sudorosas, Andrik se dio cuenta de que ésta quedaba demasiado alta como para sujetar su esmirriado cuerpo contra el asiento, y al segundo coletazo acabó aplastado contra la mullida humanidad de Sáenz.

—Quítate de encima, pinche joto —protestó el muchacho, apartándolo.

Andrik no podía moverse. Las tazas giraban sobre sí mismas y la plataforma que las sostenía giraba en sentido contrario. Su culo se deslizó por el asiento y tuvo que abrazarse a las caderas de Sáenz para no salir volando. Aguantó los golpes que éste le propinaba y las sacudidas brutales del juego, y después de lo que le parecieron horas de horrible tortura la música finalmente se detuvo. Bajó a tumbos de la plataforma. Justo cuando sus pies pisaron el suelo firme, el vértigo lo acometió y se dobló para vomitar una ola de espuma azulada. Un coro de gritos y risas lo rodeó; alguien trataba de sujetarlo por debajo de los sobacos, otro tiraba del cinto de su pantalón. Se revolvió como animal rabioso para defenderse, propinó patadas a ciegas. No distinguía ninguno de los rostros que se arremolinaban en torno a él, a causa de las lágrimas y el mareo.

Sólo la voz de Esteban logró apaciguarlo:

—Tranquilo, morro… ¿Puedes caminar?

Andrik extendió los brazos hacia la voz, pero no pudo tocar a Esteban. No había nadie frente a él, no había nadie en quien apoyarse, sólo risas pérfidas y una oscuridad creciente. Ni siquiera alcanzó a quejarse cuando cayó al suelo. Su quijada fue lo primero que hizo contacto con la tierra y el trancazo lo dejó fuera de combate.

Despertó cuando Sáenz y Esteban lo arrastraban a través del solar que servía de estacionamiento. Los zapatos de Boris dejaban surcos en la grava suelta. Quiso hablar y se dio cuenta de que tenía pasto seco en la boca. Los muchachos lo recargaron contra una de las llantas de la camioneta. La carrocería estaba grasienta y se ensució la cara cuando apoyó la cabeza contra ella.

—Está todo guacareado —dijo una de las chicas.

—Échenlo en la batea —sugirió la otra entre risas tontas, agudas.

Andrik se llevó las manos a los oídos para no escuchar aquellos graznidos que taladraban su cerebro. Tuvo ganas de insultar a las dos chicas, burlarse de sus carnes flojas, de sus greñas decoloradas; cuando abrió la boca para ofenderlas no logró articular ningún sonido inteligible, sólo balbuceos que los chicos celebraron a carcajadas.

—A ver, a la de tres lo subimos…

—¡Esperen, esperen! ¡Va a vomitar otra vez!

Una catarata agria salió despedida de su boca. Las chicas pegaron de alaridos.

Cuando las arcadas cesaron, Esteban le palmeó la espalda.

—Mejor, ¿no? —le dijo.

Andrik asintió. Con el estómago vacío la náusea fue desvaneciéndose poco a poco; él mismo, sin ayuda, después de unos minutos, logró subirse a la batea y sentarse en un rincón. La garganta le ardía, y por mucho que escupía no lograba eliminar el resabio de vómito en su boca, en el fondo de su lengua.

Abandonaron el estacionamiento y tomaron la carretera hacia la salida del pueblo. El vehículo vibraba bajo el cuerpo de Andrik y, cada vez que una llanta pisaba un bache, el chico debía sujetarse con todas sus fuerzas para no salir despedido del cajón. Cerró los ojos al sentir el viento tibio contra su cara. Su estómago se contraía dolorosamente con cada volantazo; ya no había nada dentro que pudiera devolver.

Los muchachos reían en el interior de la cabina. Andrik apenas podía entender lo que decían a causa del rugido del viento. En algún momento, la camioneta bajó la velocidad para internarse en un sendero solitario. La oscuridad fue haciéndose cada vez más densa conforme penetraban en la enramada de lo que parecía ser un vergel a la orilla del río. Andrik no alcanzaba a oír la corriente, pero podía olerla en la brisa que trepaba por el camino: el aroma del fango y el frágil perfume de los jacintos acuáticos.

La camioneta se detuvo con una sacudida y segundos después los faros se apagaron. El chico aguzó los oídos. Esteban y los demás cuchicheaban en la cabina. El clamor de las cigarras y de los grillos escondidos entre las pútridas capas de humus era ensordecedor. Se frotó los brazos. La frente le chorreaba sudor; comenzaba a sentir algo de frío.

—Pues vas y chingas a la tuya —bramó Sáenz de pronto.

Fue lo único que logró distinguir con claridad. Eso y la risotada de Esteban como respuesta.

La puerta del conductor se abrió con un chirrido. Los muchachos descendieron de la camioneta y volvieron a subirse y cerraron la portezuela, a juzgar por los ruidos. Andrik no podía ver nada en la oscuridad; el crujido de las hojas secas le indicó que al menos dos de ellos se habían quedado afuera y se acercaban a la batea.

—Pon el pie ahí —dijo la voz de Sáenz.

Los muelles de la camioneta rechinaron cuando un busto enfundado en una blusa blanca apareció sobre el borde: Rosina.

Andrik se apartó para que la chica no lo pisara al subir.

—¡Sáenz! ¿Qué es eso que está ahí?

Los amortiguadores gimieron lastimosamente cuando el gordo se trepó también.

—¿Qué?

—¡Hay algo ahí!

—Soy yo —dijo Andrik.

—Es el pendejo ése —resopló Sáenz impaciente.

—¡Ay! Se me había olvidado —dijo la chica.

Los tacones de sus zapatillas resonaban contra el metal de la batea.

—Lárgate —dijo Sáenz de pronto.

Andrik se encogió en su lugar.

—Que te largues, ¿no escuchas?

—Pero…

—¿También vas a mamármela, entonces?

—¡Ay, Sáenz! —resopló Rosina.

—Esteban… —llamó Andrik.

La bota de Sáenz le pateó la pierna.

—¡Que te bajes, carajo!

—Ya, ya voy —lloriqueó Andrik.

—Pinche joto feo…

Como pudo se escurrió fuera de la batea. Sus pies tropezaron con una rama seca; uno de los puntiagudos brazos le pinchó la pantorrilla. Sin quitar las manos de la carrocería, húmeda por el salitre nocturno, fue avanzando en silencio hacia la cabina. Tenía la impresión de que se perdería en la oscuridad si dejaba de tocar la camioneta. El suelo se hundía bajo sus pies; aquello no era tierra sino una especie de fango reblandecido formado por capas y capas de hojas y frutos podridos.

Sus dedos tocaron el borde de la ventanilla. Se asomó a la cabina y tardó varios segundos en procesar lo que ocurría adentro: recostado a lo largo del asiento, la silueta fantasmal de Esteban montaba lo que parecía ser el cuerpo patiabierto de la falsa rubia.

Andrik se apartó con un respingo. El corazón comenzó a retumbarle con fuerza en el pecho. En la batea, Sáenz y Rosina se besaban; podía escuchar el chapoteo de sus labios, de sus lenguas, el susurro de caricias y frotamientos por encima de la ropa. Tragó saliva varias veces y esperó a que sus latidos se calmaran un poco; entonces volvió a asomarse a la cabina.

Esteban se había quitado la camisa y bajado los pantalones hasta las rodillas. La piel de su espalda y de sus nalgas era pálida y lisa, resplandecía en la oscuridad de la noche. Los músculos de su cuerpo se tensaban y ondulaban, maquinales, despiadados, embistiendo a la chica que yacía debajo, con las piernas abiertas y separadas, suspendidas en el aire, recibiéndolo.

¿Cómo era, cómo sería tener a Esteban encima? ¿A qué le sabría la boca, el sudor que seguramente le resbalaba por la cara y el pecho? ¿Le habría complacido a la muchacha el olor intenso que seguramente despedía el vello de su entrepierna? ¿Habría tenido tiempo de verlo, de ver su sexo, de probarlo? ¿Lo habría sujetado con ambas manos, grueso y jugoso, o, por el contrario, pequeño, flácido, decepcionante?

Había visto muy pocos penes en su vida; ninguno pertenecía a un hombre real, de carne y hueso. Sólo conocía los miembros caballunos de los actores porno de esa película que Boris le había mostrado una vez, y las pequeñas salchichas arrugadas —la suya incluida— de los niños a los que espiaba cuando orinaba junto a ellos, y no tenía la menor idea de cómo se pasaba de una categoría a otra. Su propia verga no le proporcionaba demasiadas pistas, de modo que se había visto obligado a sobornar a otro niño para que se dejara examinar entre la maleza del terreno baldío detrás de la escuela. El niño era un año menor que Andrik y no había tenido reparos en que éste lo tocara, siempre que le entregara los veinte tazos que había prometido.

¿Cómo se llamaba aquel niño? Tenía un nombre sacado de la Biblia: Isaac o Isaías, algo grave y ceremonioso que nada tenía que ver con su pinta de renacuajo marrullero. El chamaco le había cobrado sus buenos tazos y luego había tenido el descaro de exigirle dinero para no contárselo a nadie. Andrik se había visto obligado a robar de la caja de la tienda para pagarle, y el muy cabrón de todas formas se lo había contado todo al señor Chelius, que mandó a llamar a la madre de Andrik a la escuela.

Lo escuchó todo desde el pasillo. Ella era una mujer de pocas palabras, pero cuando finalmente abría la boca solía ser soez e imbatible.

—¡No puede correr a mi hijo por esa pendejada!

—Señora, nadie lo está corriendo, le estamos dando la oportunidad de...

—¿Y yo de dónde carajos saco a un psicólogo, eh? ¿Usted cree que yo cago el dinero?

—Señora, por favor...

—¿No ve lo jodido que está todo? ¿No se tienta el corazón?

—Su hijo necesita orientación, no es normal que...

—¿Y usted cree que yo no lo sé, que no es normal? ¡Pendejo, infeliz!

—Señora, no le permito…

El renacuajo había gozado con sus caricias, a pesar de la cara de mustio que seguramente había puesto al delatarlo ante el señor Chelius. Se le había puesto completamente tiesa, y hasta había gruñido al ritmo de la mano de Andrik.

El cuerpo de Esteban ondulaba y el chico se tocaba por encima de la ropa, los ojos fijos en aquella espalda, en las caderas, en el brazo musculoso que sujetaba una de las piernas de la chica. Pero algo no estaba bien; pasaba algo que Andrik no acababa de comprender. Esteban arremetía, imparable, y de pronto los gemidos roncos de la chica cobraron un dejo de angustia, más parecidos a sollozos que a suspiros. Esteban, desconcertado, lo notó también, y terminó por apartarse de aquel cuerpo quejumbroso para sentarse detrás del volante. Cuando encendió un cigarro, Andrik pudo ver claramente su rostro. Los ojos somnolientos de Esteban se volvieron hacia la oscuridad, hacia el lugar desde donde Andrik lo espiaba, la mano en la bragueta abierta.

El chico se alejó a toda prisa, presa del pánico. En cualquier momento escucharía el chirrido de la puerta al abrirse, los insultos indignados de Esteban. Se acomodó la ropa a toda prisa y corrió a internarse en el huerto, a ciegas. No le pasó por la cabeza el peligro de toparse con una cerca de púas o con la trama de una viuda negra. Sus pies patinaban en el fango del vergel, en el chasquido de las pieles de los mangos podridos reventándose bajo sus suelas. Una nube de mosquitos lo rodeó, dispuesta a alimentarse de su sangre, del sudor que empapaba su cuerpo. Rozó algo áspero con los dedos de las manos, extendidas frente a él: el tronco rugoso de un árbol, al que se abrazó como si se estuviera ahogando en una corriente. Permaneció unos minutos ahí, jadeando de pavor, respirando el aroma de la resina amarga que escurría por la corteza, los oídos aguzados para escuchar su nombre pronunciado con odio, con asco. Sintió cosquillas en la nuca y luego un ardiente pinchazo. Metió la mano por el cuello de la camisa y apresó entre sus dedos el cuerpo de su atacante, una hormiga arriera. La estrujó entre los dedos hasta convertirla en una gota de humedad ácida.

A lo lejos alcanzó a escuchar los insultos. No iban dirigidos a él.

—¡Eres un imbécil, Esteban! —chillaba la falsa rubia.

—Y tú, ¡quítame las manos de encima! —gritaba la otra.

La puerta del conductor estaba abierta y la pequeña luz en el techo de la cabina refulgía en medio de la oscuridad casi absoluta.

—¡A la verga entonces, pinches perras! —ladró Sáenz.

Los muelles de la camioneta gimieron cuando los chicos volvieron a la cabina. Una colilla de cigarro rebotó contra el suelo, mientras el motor arrancaba y los faros iluminaban a las dos muchachas paradas frente al cofre del vehículo, envueltas en una nube de insectos.

—¡Eres un hijo de la chingada, Esteban! —berreaba Rosina.

La falsa rubia lloraba con las manos en el rostro y los cabellos enmarañados.

Rosina se agachó, tomó algo del suelo y lo arrojó contra el parabrisas: un mango podrido que reventó contra el vidrio.

—¡Se van a arrepentir, poco hombres, infelices!

Andrik tuvo que correr con todas sus fuerzas para alcanzar a subir a la batea.

—¡Par de PUTAS! —aulló Sáenz, con medio cuerpo afuera de la ventanilla, mientras retrocedían hasta el sendero—. ¡A ver cómo se regresan, pendejas!

Cuando volvieron al pueblo, las luces de la feria aún refulgían contra el firmamento y las calles no se vaciaban totalmente: pequeños grupos de adolescentes borrachos se correteaban afuera de las casas, lanzándose cohetes. La iglesia estaba cerrada y las flores del arco sobre su fachada lucían ya algo marchitas. Una multitud de campesinos, algunos envueltos en cobijas, la mayor parte mujeres, proseguían sus interminables rezos en el atrio.

Esteban se detuvo en la única tienda abierta. Quería comprar más cerveza, pero ya sólo quedaba alcohol fuerte y cigarros sin filtro.

—Son una pinche bola de huevones, todos en este pueblo —maldecía Saenz, entre beso y beso a la botella de pésimo tequila—. En lugar de hacer negocio, cierran las tiendas y se emborrachan. Por eso valen verga. Y luego quieren que el gobierno les regale todo. Pinche bola de jodidos.

Habían vuelto al solar que fungía como estacionamiento de la feria. Bebían en la parte trasera del vehículo, pegando por turnos la boca a la botella. Sáenz se había sentado sobre la puerta abatida de la batea. Tenía la camisa calada de sudor y su tripa distendida asomaba por entre los ojales. Esteban, repantigado sobre el cofre de un auto vecino, llevaba los cabellos húmedos y pegados sobre la frente. Su rostro era una máscara de sombrío resentimiento.

—Bueno, ¿y al menos se la metiste? —espetó Sáenz.

Esteban alzó la mano y ahuyentó las palabras de su amigo como si fueran molestas moscas.

—¿Se la metiste, o no? Pendejo si no...

Andrik no podía más. Los ojos se le cerraban de cansancio. Los muchachos ya ni siquiera se molestaban en invitarle tragos de la botella. Como se había vuelto invisible decidió irse a sentar a la cabina, desde donde alcanzaba a escuchar sus quejas.

—Yo ni pude hacer nada —gruñó Sáenz—. Cuando metí la mano le sentí el puto caballo, qué pinche asco. Pinche Rosina asquerosa...

—Ya estábamos con todo, pero de repente se enojó… —explicó Esteban.

—¡Vales verga!

—Primero quería que me pusiera un condón y la convencí de que no, pero luego se empezó a poner bien rara. Me dijo que me quería…

—Le hubieras dicho que tú igual.

—Y luego se puso a chillar…

—¡Vales verga!

La voz de Esteban se adelgazó hasta convertirse en un hilo doliente, al borde del sollozo:

—Le van a ir con el chisme a Laura…

—¿Y qué? Son unas pirujas, nadie va a creerles.

Andrik perdió la batalla. Sus párpados se negaron a alzarse más. La música de los juegos mecánicos sonaba sólo en el interior de su cabeza. Se recostó contra el respaldo. No supo en qué momento se quedó dormido ni a qué hora su cuerpo se deslizó hasta acabar tendido sobre el asiento; despertó cuando sintió que le desabrochaban el cinturón. Se golpeó con el volante al tratar de incorporarse. Sáenz, trepado encima de él, ya se había bajado los pantalones. La piel de sus muslos era tan pálida como el vientre de una salamanquesa. Su miembro apuntaba hacia abajo, gordo y rosado como él, a medias erecto.

—Ven, chúpamela —le dijo a Andrik, tirando de su ropa.

—Esteban… —balbuceó Andrik.

Tenía la voz quebrada por el sereno. Aún no amanecía.

—Anda, no te hagas del rogar, bien que te gusta…

—¡Esteban!

Sáenz lo jaló del pelo.

Olía mal, a orines y sudor concentrado en los vellos castaños de su entrepierna. Andrik se negó a abrir la boca incluso cuando el gordo lo golpeó en la cara, o cuando le enterró los dedos en los ojos. El sexo húmedo de Sáenz se frotaba blandamente contra su rostro, pero Andrik no se rindió. No abrió la boca ni siquiera cuando Sáenz le sacó el aire a puñetazos.

—Pinche joto, me la vas a mamar... —mascullaba.

En algún momento, aprovechando la torpeza de su atacante, Andrik logró patearlo y volverse para escapar. Lo primero que vio, cuando asomó la cabeza de la cabina, fue a Esteban dormido sobre el cofre del auto vecino, las manos cruzadas sobre el pecho, la cabeza inclinada, el semblante dulce y sereno como el de un chiquillo. Entonces Sáenz lo atrapó por las caderas.

Andrik gritó su nombre con todas sus fuerzas, pero Esteban jamás despertó, ni siquiera cuando Sáenz lo hirió con la rasgante dureza de la botella.

Tres días después lo perdieron todo.

Era de noche cuando el terreno del fondo se incendió y las llamas, azuzadas por la surada, alcanzaron las láminas de cartón del techo de la tienda y las consumieron. No pudieron salvar nada: ni la ropa, ni los muebles de la casa, ni el paquete de anfetaminas que su madre escondía en el viejo gallinero del patio, nada. Hasta las bolsas de frituras de los exhibidores se fundieron con todo y sus empaques coloridos.

Había un olor extraño en el patio. *Sospechoso*, dijeron los policías ejidales que llegaron a inspeccionar el siniestro. Les habían avisado que había gente muerta y parecían decepcionados de que no fuera así. *Gasolina*, dijo un trailero amigo de su madre. *Huele cañón a gasolina. Alguien ya quería que te fueras...*

El tipo les había ofrecido ayuda. Tenía planeado cruzar el país con destino a la frontera norte. Ahí Yolanda podría encontrar trabajo fácilmente, en las fábricas textiles. El tipo se veía convencido, demasiado optimista; le sonreía a Andrik todo el tiempo y eso ponía nervioso al chico. Su madre, en cambio, había dejado de dirigirle la palabra. Ni siquiera le preguntó que había pasado, cuando finalmente Andrik regresó el domingo de la feria, después de caminar medio día hasta el parador.

Las últimas palabras que le dirigió a su hijo fueron en aquella casa oscura a donde lo llevaron cuando hicieron una parada en el puerto, el primer día del viaje al norte.

—Obedeces a la señora —le dijo su madre, enfrente de Zahir y de la tía Idalia.

Le puso los labios muertos sobre la frente y se marchó sin más con el trailero, sin decirle lo mucho que lo extrañaría ni cuándo pensaba volver por él.

El estruendo de la alarma lo despertó.

Soñaba con el señor Chelius, el director de la escuela, un viejo gentil que solía detenerse para hablar con él a la hora del recreo, y que a veces le palmeaba la cabeza con dulzura. Obeso, de baja estatura, caminaba campechanamente por los pasillos de la escuela, luciendo muy pulcro en sus guayaberas de colores pastel y sus paliacates a juego, con los que se enjugaba el sudor de la cara. Era el único hombre que Andrik conocía que no usaba sombrero vaquero o gorra de beisbolista, sino que se cubría la calva del sol infame con un panamá color crema; por eso, aunque estaba casado, se murmuraba que el señor Chelius era marica.

En el sueño, ambos viajaban a bordo de la camioneta de Esteban, el señor Chelius al volante. Era de noche y la carretera estaba vacía. Por las ventanillas penetraba un viento fresco, fragante: yerba recién segada, bosta seca, musgo, ni un solo rastro de humo o chamusquina.

A lo lejos, las luces de la feria refulgían contra el cielo negro; Andrik no tenía miedo. Su cabeza descansaba sobre el rollizo hombro del director, sobre la suave manga de su guayabera rosa. La hermosa y varonil voz del señor Chelius —la misma que dirigía las ceremonias de homenaje a la bandera todos los lunes, con dicción perfecta— lo arrullaba, aunque el chico no alcanzara a comprender qué era lo que el hombre le decía.

Un clamor repetitivo atravesó los muros exteriores del sueño. Los contornos de la cabina y del paisaje nocturno comenzaron a diluirse. Incluso el mullido hombro del señor Chelius fue volviéndose cada vez más etéreo y Andrik despertó con la sensación de caer al vacío.

Abrió los ojos de golpe. Yacía sobre la cama del hombre, pero éste no estaba. El cuarto permanecía en penumbras y un solo rayo de luz anaranjada penetraba a través de la rendija entre las cortinas.

Una alarma chillaba, imparable, en la calle.

Una voz gritaba su nombre.

—¡Andrik!

Era el hombre, en el piso de abajo.

—¡Andrik!

El alarido le puso los pelos de punta.

—¡Andrik! ¡Andrik!

Algo caía con estrépito. Platos, muebles, cuerpos.

No era el hombre quien gritaba, era alguien distinto, más joven. Aquella voz…

—¡ANDRIK!

Mudo de espanto, bajó de la cama. Como no tenía ropa a la mano, tiró de la sábana sobre el colchón y se protegió con ella. Salió al pasillo. La ventana junto a la escalera estaba cerrada, los barrotes en su sitio.

La voz gritó de nuevo, preñada de urgencia.

Andrik se obligó a caminar hasta el hueco de la escalera. Se agachó hasta que su mejilla tocó el suelo y se asomó. La puerta principal estaba abierta. El cofre del auto amarillo resplandecía junto a la acera, bajo la luz azulada del ocaso. Los faros delanteros se encendían y apagaban al ritmo del clamor de la alarma; alguien había destrozado el parabrisas y detonado aquel pandemónium.

Descendió escalón tras escalón, las manos unidas bajo la barbilla, los dedos sujetando la sábana. La sala estaba vacía; en el comedor sólo la mesa parecía fuera de lugar, arrimada hacia la pared. La voz que seguía gritando su nombre parecía provenir de la cocina.

Permaneció inmóvil unos segundos en el rellano de la escalera, respirando. Cuando estuvo seguro de que las piernas no le fallarían, avanzó hacia el recodo.

Estaban en el suelo de la cocina: Zahir a horcajadas sobre el pecho del hombre, sus manazas prietas forcejeando con las muñecas de éste. Había sangre en el piso, en el pecho desnudo del hombre, en la playera gris de Zahir y en su rostro chato, crispado por la furia.

El hombre volvió la cabeza y miró a Andrik con sus ojillos indefensos. Zahir aprovechó para soltar una de sus manos y golpearlo, mientras gritaba:

—¡La puerta! ¡Cierra la puerta!

Al parecer llevaba un rato gritando eso, pero Andrik no conseguía moverse. Miró hacia la sala. La puerta estaba abierta, el umbral vacío, y la calle del otro lado, desierta. La caja de un trailer ocultaba el andén de carga de la Suriana. El cielo encima no tenía ningún color; una banda de zanates, meros puntos negros, lo atravesaron en aquel momento.

—¡Cierra la puerta!

Finalmente Andrik comprendió y caminó hasta la sala. Cerró la puerta con suavidad y corrió el pasador, como el hombre le había enseñado.

—Dame algo —dijo Zahir—, algo con que... ¡Algo, lo que sea!

Los ojos del hombre, más pequeños y ciegos que nunca, en medio de su rostro hinchado y sangrante, le rogaban en silencio. Le imploraban. Andrik no podía dejar de mirarlos. El hombre había dejado de forcejear y Zahir le asestaba golpes en la cabeza y lo sujetaba del cuello, y la cara del sujeto se congestionaba y cobraba un fulgor solferino.

—¡Rápido, todavía está vivo!

Andrik tuvo que pasar por encima de las piernas del hombre para entrar a la cocina. Abrió todos los cajones, todas las gavetas, una por una. No lograba concentrarse, no sabía qué buscaba. Sus manos resbalaban por las superficies, tocando trapos, platos, cubiertos, latas de alimento, recipientes de plástico. A su alrededor las cosas caían al suelo y rebotaban o se partían en mil trozos, se le caían de las manos. Pasó la vista por los cuchillos y sacudió la cabeza. Recordó la lima bajo el fregadero; en aquel lugar también había una caja de herramientas. Tal vez ahí estaba lo que Zahir necesitaba. Metió la mitad del cuerpo en la gaveta y entonces la vio: una extensión enrollada de cable eléctrico.

Todo comenzó a vibrar, todo. Las cosas trepidaban, las paredes palpitaban, los sonidos parecían a punto de estallar, incluso la voz de su hermano y los ruidos que producían sus manos ensangrentadas.

Por eso se soltó a llorar cuando todo terminó y Zahir corrió a estrujarlo entre sus brazos: no de alivio por verse salvado, como su hermano pensó, sino a causa del pavor que sintió al mirar el cuerpo del hombre. El pobre tipo había dejado de moverse. La extensión que rodeaba su cuello ya no era un cable eléctrico sino una víbora, una cosa viva, malévola, a punto de saltar sobre él y clavarle los dientes.

VII

Pachi había perdido su dinero, el billete de cien pesos que reservó para comprar cerveza. Se había puesto a buscarlo entre los arriates del parque, pero luego desapareció sin avisarle a su amigo. Vinicio se dio cuenta de que le daba igual. Si había ido a la caseta a marcarle a Pamela, o si de plano se había largado a otra parte, dejándolo solo en aquella banca asoleada y sin planes de volver, sería exactamente lo mismo. Seguiría sintiéndose de la verga.

Frente a él, dos chiquillos —niño y niña, tan parecidos que juzgó que debían ser hermanos— ocupaban dos extremos de un columpio doble. Como ninguno de los dos se mecía, la estructura en forma de canoa permanecía inmóvil. Vinicio comenzó a sentirse incómodo: los enanos aquellos no le quitaban los ojos de encima. Con los pies colgando sin tocar el suelo y las manitas agarradas a las cadenas, lo miraban con gravedad, como si su presencia les estorbara para llevar a cabo sus solemnes juegos, las caritas fruncidas por la resolana, o por el desprecio.

Les dio la espalda y pensó que había cometido un error al sentarse en esa banca. Lo engañó la visión del frondoso palo mulato que crecía a un lado: el follaje del árbol era denso, pero sus hojas finas, casi traslúcidas, como hechas de papel de china, se estremecían a la menor brisa, mientras los rayos del sol las atravesaban y caldeaban el metal de la banca, los hombros agitados de Vinicio, su aturdida coronilla.

Sombra de mentiras, pura pantalla, pensó, malhumorado, mientras se enjugaba una y otra vez el sudor de la cara.

No sabía qué hacer con las manos: las ponía sobre las rodillas, las metía en los bolsillos de sus bermudas, las entrelazaba detrás de su nuca, las dejaba caer a los lados para rozar con las yemas de los dedos el metal oxidado de la banca. Tampoco sabía qué hacer con las piernas: la izquierda le temblaba. Hizo un esfuerzo consciente para detener el brincoteo y a los pocos segundos ya estaba de nuevo sacudiéndose sola, de arriba a abajo, de un lado a otro. Cerró los ojos y dejó que los sonidos del parque lo atravesaran: el reclamo de los zanates sobre los almendros, el zumbido de los autos que circulaban hacia la avenida, los gritos de los chicos que jugaban basquetbol en las canchas, el monótono rebotar del balón sobre el concreto. Inhaló y exhaló despacio para aquietar su taquicardia; el olor a plástico quemado le perseguía.

Abrió los ojos. Del otro lado de la calle, las ventanas de su casa, con las polvorientas cortinas corridas para no dejar pasar la luz, le parecieron los párpados marchitos de un cadáver. Por ningún lado se veía el humo de la hoguera de Susana, pero el hedor persistía. Después de un rato de olisquear a su alrededor se dio cuenta de que era su playera la que apestaba.

Necesitaba un trago. Necesitaba alcohol para adormecer su mente. Las sienes le palpitaban bajo la acción de una prensa invisible. Necesitaba un trago como nunca antes en toda su vida. Unos buenos buches de aguardiente, directo de la botella, aunque fuera. Se relamió, buscando restos del vodka sobre sus labios, en sus encías, pero no halló nada, sólo saliva insípida, pastosa por la mariguana.

Vio que Pachi se aproximaba, cojeando ligeramente. Cuando logró verle la cara se dio cuenta de que estaba furioso. Sólo una persona en el mundo tenía el poder de ponerlo morado de rabia.

—¿Qué te dijo Pamela? —le preguntó cuando lo tuvo al lado.

Pachi tronó la boca.

—Pamela qué, coño. El *puto* dinero...

Tenía la voz ronca. "Estuvo gritando", pensó Vinicio.

—Pero hablaste con ella, ¿no?

—Que se vaya a la verga.

Vinicio bufó con escepticismo.

—No, neta. Que se vaya a chingar a toda su puta madre.

Se dejó caer en la banca, pero no aguantó sentado ni dos segundos. El metal ardiente lo hizo saltar.

—No mames, está ardiendo.

Vinicio se encogió de hombros.

—¿Por qué estás aquí, pendejo? Te van a salir almorranas. Vamos para allá, para la sombra.

Le mostró una gruesa colilla de mota.

—No quiero fumar, quiero un trago —dijo Vinicio.

Pero Pachi no le hizo caso. Caminó hacia el rincón habitual, el mismo donde los chicos del barrio solían congregarse todas las noches, y Vinicio lo siguió. No quería fumar. Necesitaba dejar de pensar, y la mariguana sólo lo haría sentirse peor: más triste, más desamparado. El mundo se volvería, después de unas cuantas fumadas, una cosa viva y avasallante que podría abrirse a sus pies en cualquier instante y tragárselo de un solo bocado.

Se sentó junto a Pachi y giró su cuerpo hacia él para no tener que ver la fachada de su casa. Seguía oliendo a quemado. Llevaba el olor pegado a las narices, y aunque Pachi se negara a comentar nada, seguramente también podía sentirlo en el aire. Pensó en las cosas de su padre, la vida entera de su padre deshaciéndose en cenizas del otro lado de la calle, sin que su único hijo hubiera hecho nada para evitarlo. Ni siquiera había podido salvar el barco pirata, o la chaqueta de ante, o la colección de acetatos que su padre veneraba. Se frotó la cara con vigor para ocultar un poco su tristeza.

—¿Te quieres calmar? —lo regañó Pachi, desdeñoso.

El rostro de su amigo estaba cubierto de sudor grasiento. La colilla encendida entre sus labios despedía un aroma ocre, agresivo.

—Necesito un trago —repitió Vinicio.

Su propia voz le parecía extraña.

—Órale, fuma, no seas puto —dijo Pachi conteniendo el aliento.

—Puto tú —respondió Vinicio, desganado.

Se llevó la colilla a la boca. El gusto pesado de la mota le recordó a la pira infame. No se aguantó las ganas de echarle un vistazo a su casa. Esta vez le parecía que sí alcanzaba a ver un rastro de humo flotando sobre la barda del patio, aunque ninguna de las vecinas se había asomado aún a ver qué pasaba. Muy pocas se atreverían a reclamarle a Susana por la humazón y la peste, la mayor parte de las doñas del barrio le temían. Por las buenas, la boca de Susana, pintada siempre de alegres colores, era toda simpatía y lisonjas, pero por las malas se transformaba en el hocico llameante de un energúmeno: desnudaba los dientes y profería sapos y culebras que, acompañados de manotazos y jalones de cabello, doblegaban a cualquier enemiga que se atreviera a ponérsele enfrente.

Pachi le arrancó la colilla de los labios congelados y volvió a encenderla.

—¿Qué horas serán? —se preguntó.

El sol era una bola bermellón que comenzaba a hundirse tras las copas de los árboles.

—Como las seis —dijo Vinicio.

—Noooo —renegó Pachi, incrédulo.

—Sí, como las seis y media, incluso.

—Pero todavía hay un chingo de sol.

—Es por el horario de verano.

—Ya sé, pendejo.

—Necesito un trago —gimió Vinicio.

Un trago lo mejoraría todo. Con un buen trago su amigo dejaría de ser tan cagante. Con dos o tres hasta podría hacerse a la idea de que en algún momento en el futuro tendría que regresar a casa y darle la cara a su madre.

Pachi lo miraba con ojillos vidriosos y altaneros.

—Ya, Vinicio, no estés mamando. Las chelas ya están en camino.

Le alargó la colilla humeante, manchada de resina.

Vinicio sacudió la cabeza.

—Pero no tenemos dinero —se lamentó.

—Tú confía en mí. Sé exactamente lo que hago —dijo Pachi.

Vinicio suspiró. Cogió la colilla y fumó sin ganas.

Aquella iba a ser una tarde larguísima.

Las manos de Vinicio dejaron de temblar cuando al fin pudo colocarlas alrededor de una caguama. El líquido, deliciosamente frío y burbujeante, le quemó la garganta al descender por ella en tragos desesperados. Una de sus muelas lanzó un agudo reclamo y Vinicio la ignoró. De una sola sentada se bebió, por lo menos, la mitad de la botella antes de que Pachi se la arrancara de las manos.

El nudo en su estómago se aflojó. Incluso fue capaz de sentir la punzada del hambre atrasada. Se dio cuenta de que casi no había comido nada en todo el día, apenas dos paquetes de galletas saladas que encontró sobre el refrigerador, cuando registró la cocina en busca de algo comestible esa mañana. El dolor de cabeza seguía presente; tarde o temprano se desvanecería, estaba seguro. Y era más fácil confiar en Pachi ahora que el sabor de la cerveza le alegraba la boca y el espíritu. Él se encargaría de engatusar a las chicas para que compraran más, para que el flujo de alcohol no se detuviera. Él se encargaría de todo, su mejor amigo, y Vinicio podría, finalmente, ausentarse un rato de sí mismo.

Sentado entre Rosicler y su amiga, miraba con ansia la botella que Pachi sostenía en las manos. El muy cabrón tenía la boca ocupada en el recuento de una de sus infumables cábulas, y ni siquiera notaba que el precioso líquido ambarino se espumaba por el zangoloteo de sus muecas de mono cilindrero. Era quizá la octava vez que Vinicio escuchaba aquel cuento. Porque eso es lo que era: una ficción que Pachi ampliaba y adornaba a su gusto y según las circunstancias de su audiencia. En la presente versión, Pachi era el héroe que lograba conducir la lancha de Pipen de regreso al muelle de la escollera, después de haberse enfrentado a puñetazo limpio en las arenas blancas de arrecife Cancuncito con una panda de guardacostas abusivos. Vinicio sabía que lo que en realidad había pasado era que los guardacostas, después de madrearse a Pachi y a Pipen y a los otros dos desgraciados que los acompañaban, los obligaron a regresar nadando hasta el puerto a mitad de la noche: un bonito paseo de dos kilómetros a la luz de la luna en plano mar abierto, pero no quiso arruinar la gloriosa mentira que su amigo tejía para las chicas. Extendió la mano para reclamar la botella y Pachi lo ignoró, aunque se dignó a suspender un segundo su narración para darle un sorbo a la caguama. Las chicas lo escuchaban atentas y reían de las estupideces con las que Pachi aderezaba sus deslenguadas mentiras, mientras una segunda botella yacía olvidada en el suelo, entre los tobillos de Rosicler, apenas tocada. Vinicio se armó de valor y con una sonrisa metió las manos entre los muslos rotundos de Rosicler para rescatar la botella y llevársela a la boca.

Trató de beber con parsimonia. Por Dios que se esforzó en beber más lentamente, pero cuando se detuvo para respirar se dio cuenta de que otra vez se había empujado la mitad de la caguama por el gañote.

La amiga de Rosicler le sonrió con todos sus dientes. Vinicio, con gran sacrificio, le pasó la botella, pero ella ni siquiera se la llevó a los labios. La apoyó sobre la tela de su falda y le preguntó, juguetona:

—¿Por qué tienes las pestañas tan güeras?

La mirada de Vinicio soltó por un instante la botella y subió hasta alcanzar el rostro de la muchacha. Se dio cuenta de que ya la conocía: había incluso hablado con ella un par de veces, en esa misma banca, en alguna reunión improvisada, aunque no lograba recordar cómo se llamaba. Era algo raro, su nombre; algo severo, tradicional, y al mismo tiempo diferente, algo que lo había hecho sonreír y asombrarse la primera vez que lo escuchó. Hizo memoria mientras contemplaba sus lindos ojos almendrados, su naricita chata, su frente amplia casi cubierta por un flequillo lacio del color del chocolate.

—No sé —respondió Vinicio, por decir algo.

—Son muy bonitas —dijo la chica.

Los ojos le brillaban, límpidos y coquetos.

"María", recordó Vinicio de repente. "Se llama María del Rayo."

—Gracias, María —le dijo.

—¿Puedo tocarlas?

—Gobiérnate, pinche Rayo —la reprendió Rosicler, rescatando la botella del regazo de la chica.

Pachi lo miró con bribona elocuencia: las cejas arqueadas, la sonrisa de pillo.

"Me está gozando", pensó Vinicio. Pero no pudo odiarlo. Las emociones habían comenzado a resbalársele y el alivio relajó sus hombros tensos.

El sol estaba a punto de desaparecer detrás de los edificios. El área de juegos ya no lucía abandonada: una horda de niños gritones correteaba entre los fierros retorcidos.

Sobre las bancas, las madres los vigilaban de reojo mientras chismorreaban. Los neveros recorrían lentamente los senderos del parque y hacían tintinear las campanillas de sus triciclos. Grupos de chicos más grandes, adolescentes casi, se disputaban la cancha de concreto. Unos querían jugar baloncesto y otros pretendían usar el espacio para echar una cáscara de futbol. Ganaron los últimos, más malandros y déspotas.

Rosicler le dio dinero a Pachi para otras dos caguamas. Éste aún no terminaba de cruzar la cancha con los cascos vacíos contra el pecho, cuando otros dos muchachos llegaron a sentarse en la banca: Pesina y el Tuza. Saludaron a las chicas, ignoraron a Vinicio y comenzaron a forjar sendos cigarrillos de mariguana mientras lanzaban miradas furtivas hacia los senderos, por si asomaba algún policía.

A Pachi no le gustó nada verlos ahí fumando cuando regresó. El rostro se le descompuso un instante, aunque logró contener su indignación y chocó su puño con el de los muchachos. Pesina aprovechó el intercambio para tomar una de las botellas que Pachi sostenía y destaparla con su encendedor. Pachi abrió la otra con el mismo método; le dio un par de tragos apresurados y se la pasó a Vinicio.

—Pinches gorrones, déjenme a mí —reclamó la gorda.

Vinicio apuró la mayor cantidad de líquido antes de ofrecerle la botella a Rosicler, que ya lo esperaba con la mano extendida. No sabía en qué momento la chica se había pegado tanto a su cuerpo, de modo que se levantó, incómodo por la cercanía de su voz estentórea. El Tuza trató de ocupar su lugar y meterse entre las dos chicas, pero Pachi fue más veloz. Se dejó caer sobre la mole de Rosicler, e incluso la abrazó para reposar su cabeza contra el mullido tetamen de la gorda.

—Ora tú —replicó ella entre risas.

—Rosi, es que estás bien rica y sabrosota —dijo Pachi, enterrando su rostro en el inmenso escote.

Pesina soltó la carcajada. El Tuza también, aunque su risa era asmática y contenida, como la de Pulgoso, el perro de las caricaturas.

—Hazte para allá, Francisco —gritó Rosicler, falsamente indignada—. Yo no ando con hombres casados...

—¡Me divorcio, gordis divina! ¡Ahorita mismo boto a la chingada a mi vieja, con tal de estar contigo!

Las cervezas se acabaron más rápido esta vez. Vinicio, que no quería que las chicas se dieran cuenta de que no llevaba un solo peso, se internó entre los árboles para orinar cuando llegó la hora de hacer la colecta. Cuando volvió a la banca, El Tuza ya se había marchado con los cascos vacíos. Pachi seguía apoltronado sobre Rosicler y había subido las piernas al regazo de María del Rayo. Chacoteaban alegremente, como tres risueñas comadres.

Por primera vez en toda la tarde Pesina le dirigió la palabra:

—Tú qué onda, güero.

Con la barbilla alzada, erizada de pelos hirsutos, sus ojos lucían fieros bajo la visera de la gorra: dos rayas negras y espesas, idénticas a sus cejas.

—¿Dónde te habías metido? —le preguntó.

—Andaba enfermo —contestó Vinicio.

Luchó para sostenerle la mirada. Así había que actuar ante Pesina. Vinicio le sacaba una cabeza, inútilmente, porque la estatura era una pobre ventaja frente a la musculatura henchida de esteroides de Pesina y los diez años de peleas callejeras que se cargaba. Vinicio aún jugaba a las escondidas entre los árboles del parque cuando El Brazos de Chango ya fumaba mota en esa misma banca y se bronqueaba con cualquiera que fuera lo bastante estúpido como para provocarlo. Era rijoso y mala entraña, en aquel entonces, y Vinicio lo detestaba, no al grado de desearle la muerte, pero sí de cambiar de acera si llegaba a avistarlo en la calle, debido a la ojeriza que el gánster le tenía. Nunca le había puesto la mano encima, sin embargo, le gritaba insultos, a veces de un extremo a otro del parque: *¿A dónde vas, güerita?*, tronaba para el que quisiera oírlo. *¿A dónde vas, pipistrilo, lagartija, Gasparín, ojos de charco, güero de rancho, descolorido...?*

En aquel entonces Pachi le profesaba a Pesina una admiración rayana en lo enfermizo, y era capaz de someterse a cualquier indignidad que los mayores idearan para divertirse, con tal de que aceptaran su presencia en las bancas del parque. Vinicio, en cambio, les rehuía a todos. A veces debía darle una vuelta entera a la manzana para no pasar frente al Brazos de Chango, y de todas formas sus insultos terminaban por alcanzarlo. Cruzaba la calle a toda prisa, abría la puerta de su casa, y justo cuando se sentía a salvo escuchaba el silbido obsceno de Pesina, seguido de un beso sonoro y el alarido: *¿A dónde, güerita?*

Vinicio fingía no escuchar nada. Entraba a su casa con el rostro colorado del coraje.

—¿Te pegaron? —le preguntaba su madre al verlo.

—Si le pegaron, que se defienda —gritaba su padre, desde la sala.

—¡Tú cállate! —respondía ella—. Dime quién fue, quién te pego, y ahorita voy y le rompo toda su pinche madre al abusón...

Vinicio negaba con la cabeza y se frotaba los ojos para disimular las lágrimas.

—Mañana vamos a que te pelen, tocayo —proponía el padre, cerrando el periódico.

Vinicio asentía, agradecido, y se apartaba la cortinilla de pelos rubios que le caían sobre la cara con un ademán que siempre hacía que su padre sacudiera la cabeza con desaprobación. La misma cara que ponía cuando Susana lo sentaba en sus piernas y procedía a pellizcarle con fuerza las mejillas para que se le sonrojaran, o cuando lo llenaba de besos y achuchones y le dejaba la cara y la boca pintadas de saliva y lápiz de labios.

—No es bueno para el muchacho —le reclamaba el padre a Susana—, con esas greñas, a su edad, la gente va a pensar que es rarito. Y cuando entre a la secundaria tendrá que pelarse de todas formas...

—¡Es mi hijo! —gritaba ella—. ¡MI-HI-JO! ¡Déjale en paz su cabello y métete en tus asuntos, sólo estás celoso!

Por un instante olvidó que estaba en el parque, hablando con Pesina. Se había dado la vuelta y miraba la fachada sombría de su casa, imaginándose a su madre ahí adentro, hasta que oyó la risa ronca.

—¿Qué pasó, güero?

Pesina le sonreía con la mitad de la boca. Uno de sus dientes delanteros era más oscuro que el resto. Tal vez estaba muerto, o podrido.

—Ya andamos bien pendejos, ¿verdad?

—Leve —dijo Vinicio, y en ese momento supo que mentía. Estaba borracho y no sabía cuánto tiempo se había quedado mirando el vacío.

Las luces del parque se encendieron.

—¡Oigan! —gritó alguien.

Todos se volvieron hacia el sendero. Incluso Pachi, apoltronado sobre la tripa de Rosicler. Era el Tuza. Su cuerpo chaparro y regordete se bamboleaba de un lado a otro al tratar de caminar apresurado sin agitar demasiado las dos bolsas llenas de botellas de cerveza que llevaba en las manos.

—Parece un pingüino —dijo María.

—¿Qué te pasa, idiota? —gritó Rosicler.

Vinicio echó un vistazo hacia las canchas. Nadie parecía perseguirlo.

—¡Ay, Diosito! —exclamó el Tuza, sin aliento, al penetrar al círculo de luz que alumbraba la banca. Dejó caer las bolsas de plástico al suelo. Los envases llenos resonaron contra el cemento y uno de ellos cayó de lado, aunque el vidrio no se rompió.

—Fíjate, pendejo —lo reprendió Pesina, rescatando la caguama del suelo.

—¿Qué traes, loco? —preguntó Pachi.

Todos se habían puesto de pie, menos María.

El Tuza miró a Pesina, jadeando.

—Cuenta ya, güey —corearon todos.

El Tuza tragó saliva:

—Mataron a Tacho.

Pesina se le fue encima. Golpeó a Vinicio en el hombro al alzar el brazo para sujetar al tembloroso roedor.

—¿Qué dices? —gritó.

—Lo mataron, al Tacho —repitió el Tuza. Los cachetes sucios le temblaban—. Llegué a la tienda y ahí estaba la mamá del Tacho con doña Bere. Chillaba refeo, la doña...

—Pero, ¿cómo? ¿Cómo lo mataron? —quiso saber Rosi.

—¿Quién fue? —exigió Pesina.

—No sé, no pregunté...

—¡Me lleva la chingada! —gritó Rosicler, elevando los ojos al cielo.

Pesina tenía al Tuza cogido del cuello de la playera. Lo zarandeó un poco y los hilos de la prenda crujieron.

—Cuenta bien, pendejo... ¿Estás seguro?

—No sé —balbuceó el Tuza. De repente parecía aún más joven de lo que era, con aquellos dos incisivos prominentes y sus mejillas temblorosas—. Llegué por las chelas y no había nadie en el mostrador. Me asomé pa'dentro de la casa y vi que doña Bere estaba con la señora, las dos chille que chille. Me dio pena interrumpirlas y me quedé ahí esperando, hasta que salió el hijo de doña Bere que me pasó las caguamas y me dijo lo que había pasado, que acababan de avisarle a la señora que su hijo estaba en el forense, que al parecer lo encontraron muerto en la casa del ahorcado...

—Se murió de un pasón, a güevo —dijo Pachi.

—Tú cállate el hocico —le gritó Pesina.

—Lo madrearon —dijo el Tuza—. Lo reventaron a putazos y lo dejaron ahí tirado.

—Pinche Tacho... —suspiró la gorda.

—Que en paz descanse —dijo María.

Fue la única que se persignó; todos callaron por unos segundos.

Pesina apretó los labios y sacudió la cabeza.

—No, ni madres —dijo, indignado—. No hay manera de que alguien le haya ganado el brinco al pinche Tacho.

Abría y cerraba los puños mientras caminaba en círculos. Todos lo seguían con la mirada, sobre todo el Tuza.

Pesina lo señaló con el brazo extendido.

—Si me estás cabuleando regreso y te mato, pinche chamaco puto...

El Tuza casi se arrodilla ante Pesina.

—Te lo juro que no, por Diosito santo...

Pero Pesina ya se estaba alejando. Caminó unos metros por el sendero y desapareció en la oscuridad que envolvía los árboles.

Un chasquido hizo que todos se volvieran hacia la banca. Pachi, el rostro serio, sostenía en alto una caguama recién destapada.

—Hay que brindar por Tacho —dijo. Elevó los ojos al cielo índigo—. Guerrero de mil batallas.

Dio un trago y pasó la botella a Vinicio, quien repitió el gesto de alzarla y beber. Jamás en su vida había cruzado palabra con Tacho, así que no dijo nada. ¿Qué podía contar de él? ¿Que le temía? ¿Que de alguna cruel pero sincera forma lo tranquilizaba más saberlo tendido sobre la plancha de concreto de la morgue, que llenando el aire del parque con su voz aguda, siempre galvanizada? Vinicio conocía el lugar en donde lo habían encontrado, la casa del ahorcado, el refugio favorito de los lavacarros y los indigentes de la zona en días de mal tiempo. Una vez, hacía muchos años, Pachi y otros chicos se retaron a entrar a las ruinas para comprobar si era cierto que en ese lugar había un fantasma: el del hombre que se había ahorcado ahí dentro y cuya sombra oscilante aún podía verse proyectada sobre la pared del último de los cuartos. Aquella vez habían caminado en bola hasta las calles donde se pone el tianguis, risueños y envalentonados hasta que llegaron al callejón sin salida y se asomaron a la entrada de la casa: un hueco abierto a marrazos en la pared, mal cubierto por una tabla, y nada más. Estaba oscuro, y el olor que emanaba de aquel agujero les recordaba al de las bolsas de basura con perros muertos que a veces encontraban en los baldíos. Pasaron un buen cuarto de hora discutiendo quién entraría primero. Vinicio no sabía ni cómo escabullirse sin que notaran su falta, y al final una de las señoras que atendían los puestos los salvó de su propia cobardía: fastidiada por su presencia, les arrojó una cubeta con agua sucia a los pies para que se largaran de ahí. Pachi propuso volver de noche, cuando nadie les impidiera la entrada, y aunque todos dijeron que era una idea genial, terminaron por olvidarla.

Pesina volvió de entre las sombras, apresurado.

—¿Qué onda? —dijo Pachi.

—Vámonos —ladró Pesina

—¿Al velorio? —preguntó María.

Pesina ni siquiera la miró.

—Fueron los de la 21, seguro, me corto un huevo si no. Yo que ustedes me guardaba, ahorita mismo. Si no bajan esos cabrones, será la tira, buscando a ver quién se chinga.

Y se marchó, con los hombros caídos y el paso quebrado por la prisa.

—Pinche Pesina, qué puto nos salió —exclamó Pachi.

Se había asegurado de que el otro estuviera lo suficientemente lejos para que no pudiera oírlo.

—Es que ya lo trabaron la semana pasada, en lo del Capezzio, ya no quiere queso —replicó el Tuza.

Las luces del parque refulgían contra el cielo violeta. A lo lejos aún podían verse las últimas hebras de azul celeste, los estertores dorados del ocaso. La algazara de los zanates y de los cotorros salvajes que vivían en los árboles al fin comenzaba a remitir.

—Yo también me lanzo —anunció el Tuza.

Ofreció su puño para que Pachi y Vinicio lo chocaran. Pachi se volvió hacia Rosicler y la cogió de la mano.

—Tons qué, gordita chula —le dijo, los ojos pizpiretos—. ¿Ora sí me vas a invitar un pomito?

—Estarás tan bueno...

—Bueno no, pero sí bien pitudo...

Rosicler fingió empujarlo para evitar el arrimón de Pachi.

—Ay, no, contigo es pura bronca todo, puros sustos, ya viste lo que pasó en el Capezzio...

—Rosi, yo qué culpa tuve de eso. Reclámale al difunto, por andar picando gente. Nosotros acá somos bien tranquilos. Tranquilos y tropicales, ¿verdad, Vinicio? Además, lo estamos celebrando, al güero: recién le avisaron que quedó en la universidad.

—¿En scrio?

Las chicas lo miraron con deleite, pero Vinicio sólo tenía ojos para María. Era bonita, sí, muy bonita. Qué importaba que no supiera caminar con esos tacones horribles que traía puestos, si su cuerpo era esbelto y su piel morena y lisa y sus ojos lo miraban como si quisiera comérselo.

—¿Pero qué no dan los resultados hasta el domingo? —preguntó Rosicler.

—Sí, lo que pasa es que aquí el Vini entró a la escuela de los pintores. Es un examen diferente. El cabrón va a ser artista, ¿cómo la ven?

Vinicio abrió la boca para llamarlo mentiroso.

—Yo quiero que me pintes un cuadro —dijo María, cogiéndolo del brazo.

Sus ojos parecían decirle: puedo ser tuya esta misma noche.

Vinicio cerró la boca.

¿Hacía cuánto que no cogía?

—Hasta dos —ofreció Pachi—, pero saquen el pomo, ¿no?

Vinicio pensó que su amigo era un pendejo redomado, uno increíblemente astuto. Lamentó, sin embargo, que le hubiera recordado el asunto de los resultados. Se había esforzado mucho por ignorar la fecha, por expulsarla de su memoria, por fingir que el día en que su destino se decidiría estaba aún muy lejos, y no a meras horas de distancia: la escuela de Arte, en la capital, o la Facultad de Contaduría, en el puerto, o puro garrote, si no quedaba en ninguna. Todos los años miles de jóvenes como él hacían los exámenes de ingreso a la universidad estatal, y el desempeño de Vinicio era más bien mediocre. La prueba escrita le había parecido sencilla, lo que le preocupaba era el dictamen del comité de ingreso de la escuela de Arte. Seguramente se burlarían de sus maltratados dibujos —algunos había tenido que despegarlos directamente de las paredes de su cuarto— y de su obsesión por retratar zanates: posados sobre el tendido del teléfono, atacándose al vuelo, bañándose en charcos de lluvia, acicalándose con los cuellos torcidos y las plumas henchidas, pavoneándose por el parque como si fueran los dueños del mundo.

Aurelia se había quedado con uno de los mejores. Decía que quería tatuárselo.

Monotemático, dirían los jurados de la universidad —si no es que *monomaniaco*—, arrojarían su expediente al cesto de la basura y se sacudirían las manos.

—Ey, reacciona.

Las chicas se habían puesto de pie. Pachi tiraba de su hombro.

Lo apartó unos metros.

—María dice que vayamos a Playa Norte. Que una comadre suya tiene fiesta en su palapa.

—¿Su comadre? —preguntó Vinicio en un susurro.

—La madrina de su hijo.

—¿María tiene un hijo?

—Tiene dos, papacito. ¿No sabías?

Vinicio sacudió la cabeza. Miró a María alisarse la falda y le pareció imposible que un crío cupiera a través de aquella caderita apretada.

—Vamos por la mota —ordenó Pachi.

Vinicio se frotó la cara.

—¿Neta vamos a ir hasta Playa Norte?

Pachi lo miró con desprecio.

—¿Neta tienes algo mejor que hacer?

Cruzaron la calle mientras las chicas aguardaban en la esquina.

Vinicio abrió la reja del zaguán.

—Te espero aquí —dijo Pachi.

Vinicio titubeó. No quería entrar solo a la casa.

—No seas puto... —le reclamó—. Acompáñame...

—No seas puto tú. Apúrate.

Un cansancio semejante al del dengue invadió su cuerpo. Se llevó la mano a la frente y se palpó la piel sudorosa. ¿Qué tal que la fiebre volvía? ¿Qué tal que sufría una nueva recaída? Tendría que volver a guardar cama, volver a tomar medicinas. Al menos su madre lo dejaría tranquilo unos cuantos días...

—Mejor no voy —dijo Vinicio.

—No mames, cabrón.

Vinicio señaló el cielo: azul marino, salpicado de estrellas.

—Ya se hizo de noche.

—¿Y qué?

Vinicio se mesó los cabellos.

—No sé...

—Anda, Vini, no seas puto. La gorda ya dijo que saca el pomo.

—¿Eso te dijo?

—¡Ya hasta me dio el dinero!

Vinicio se mordió los labios.

—Anda, cabrón. Si tú no vas, María ya no va a querer llevarnos. Y si no hay playita, la pinche gorda no sacará nada...

Vinicio miró el suelo, indeciso.

—¿Neta quieres quedarte?

Pachi señaló la fachada de la casa con la barbilla. Aquello quería decir: *¿Neta quieres quedarte con ella?*

Tenía razón. Vinicio dejó escapar sus fantasías. Cruzó el zaguán.

—No me tardo —dijo.

—Pronto lle-ga-rá, el día de mi suer-te... —canturreó su amigo en respuesta.

Cerró la puerta, cuidando de hacer el menor ruido posible. Las luces de la planta baja estaban apagadas y las cortinas totalmente corridas, de modo que el resplandor del alumbrado del parque no lograba penetrar a la sala. Avanzó hasta la pared y encendió el interruptor. Un foco mortecino se encendió al pie de las escaleras.

—¿Mamá? —llamó, con el pie inmóvil en el primer peldaño.

Contuvo el aliento para ver si lograba oírla. Sólo alcanzó a distinguir el bramido del refrigerador en la cocina, el zumbido que hacía la lámpara del pasillo, esa que tenía el falso contacto, y el sonoro besuqueo de una salamanquesa escondida en el piso de arriba.

Subió las escaleras. Como la luz del pasillo no funcionaba, encendió la del baño. Se detuvo en el umbral del cuarto de sus padres. De su madre, se corrigió mentalmente. En la penumbra apenas lograba distinguir el contorno de los objetos; aun así le pareció que el cuarto estaba cambiado. Seguramente su madre había estado moviendo cosas, reacomodando los muebles.

—¿Mamá?

No había nadie en la casa.

Entró a su habitación.

Encendió la luz y se encerró con llave. Se desvistió sin descalzarse; de pronto se había dado cuenta de lo asqueroso que estaba el piso. Arrojó a un rincón las prendas húmedas de sudor que había llevado durante todo el día. Encendió el ventilador y se paró frente a la corriente de aire fresco. Pensó, mientras retorcía entre sus dedos los vellos ensortijados de su pubis, que realmente sería mejor no ir a la playa. El fresco de la noche podría sentarle mal, la fiebre podría reactivarse. Había fumado demasiada mota y los pulmones le ardían. El cuerpo entero le dolía, especialmente las articulaciones. Aún no estaba lo bastante ebrio como para que nada de eso importara, como para que el hambre y el cansancio y la tristeza se le olvidaran. Había pasado la noche anterior oyendo las risotadas de su madre en el piso de abajo, las horribles cumbias que el tipejo con el que llegó se empeñó en poner en el estéreo. Su padre se habría puesto furioso de haber tenido que soportar aquella bacanal, y no tanto por la presencia de otro hombre, sino por aquella música pegajosa y repetitiva que retumbaba en las paredes. El viejo no escuchaba otra cosa más que boleros y rancheras. Agustín Lara, Pedro Infante, Javier Solís, Guadalupe Pineda, constituían la mayor parte de su colección de discos, destruida en la hoguera. La última adquisición de su padre, *Vicente Fernández recordando a Los Panchos*, había sonado melancólicamente en el estéreo durante días enteros. A pesar de que su padre ya estaba muy enfermo, se negaba a ser internado: pasaba las tardes echado en el sillón de la sala, abanicándose con el periódico, suspirando:

—Esto sí es música.

—Para ancianos —aullaba Susana desde la cocina.

A ella le gustaba la salsa, la cumbia, el pop que sonaba en la radio. "La música alegre, la que se baila, no las cocherías del viejito ése", le decía a Vinicio en voz alta, para puyar al padre, que la ignoraba.

¿Qué era lo que unía a sus padres, si todo el tiempo estaban peleando? Se llevaban veinte años y a menudo parecía que se odiaban. Vinicio tenía la impresión de que no los conocía, a ninguno de los dos. Fuera de la esporádica visita de alguna tía —y nunca era la misma, de modo que Vinicio sospechaba que aquellas mujeres ni siquiera eran parientes de Susana, sino simples amigas—, su madre parecía no tener ningún lazo con nadie, como si hubiera surgido de la espuma del mar y no de una familia. Apenas hablaba de su infancia en La Víbora, y cuando su hijo le preguntaba detalles decía que no recordaba nada. Vinicio sabía que había sido mesera, antes de que él naciera, y de su padre sabía que había estado casado con otra señora que había muerto hace mucho y que tenía tres hijas adultas a las que visitaba una vez al mes. Sólo en una ocasión su madre le permitió a Vinicio ir a conocer a "las otras": el desprecio la hacía enchuecar la boca al referirse a las hijas de esa primera esposa. Vinicio subió con su padre a un autobús y viajaron por una carretera hasta llegar a un pueblo al pie de las montañas. En el camino, su padre le había explicado que era el cumpleaños de una de sus hijas, la menor. Vinicio se la imaginaba como una niña vestida de rosa, en medio de globos y piñatas, y ardía en deseos de conocerla y jugar con ella; por eso se sonrojó violentamente cuando la cumpleañera resultó ser una señora muy afectuosa con hijos que eran incluso mayores que Vinicio. Jugó toda la tarde con los niños hasta caer rendido, de felicidad y de cansancio, y al día siguiente les juró que volvería, si su madre le daba permiso, lo que no volvió a suceder.

Ni siquiera le habían contado que no estaban casados, ni mucho menos que Vinicio no era hijo de su padre. No le contaban nada, él tuvo que descubrirlo solo, husmeando entre los documentos que su madre guardaba en lo alto del armario. Había ahí dos actas de nacimiento suyas. En la primera, leyó con sorpresa, un día que se quedó solo y decidió registrar los papeles, aparecía con otro nombre: Daniel, el de pila, y los apellidos de su madre; en el campo en donde debía estar el nombre del padre había una hilera de guiones negros, mecanografiados con fuerza suficiente como para hendir la cartulina del acta. En la segunda partida, fechada un año después, aparecía con su nombre actual, Vinicio, y los apellidos de su padre y de su madre. El encabezado del papel rezaba: RECONOCIMIENTO. El estado civil de su madre, en los dos papeles, señalaba "soltera".

Salió al pasillo y entró al baño. Sobre los mosaicos descubrió marcas de lodo, las huellas de unos zapatos de hombre que atravesaban el cuarto y se detenían frente al inodoro. ¿Habría vuelto el amante de la cumbia? No recordaba haberlas visto en la mañana. Las cubrió con sus tenis y vació su vejiga. Antes de jalar la cadena examinó atentamente el color de su orina: le parecía un poco demasiado oscura. ¿Sería síntoma de algo nuevo? Se llevó la mano a la frente, por enésima vez en el día. Su piel estaba sudorosa pero fresca. Sus dedos olían a almizcle. Se lavó las manos en el fregadero.

Pensó en la posibilidad de darse una ducha. Apartó la cortina y, al bajar la vista, descubrió las antenas de una cucaracha asomando por la rejilla del desagüe. Le dio asco la perspectiva de sentir las patas del bicho trepándole por la pierna mientras se enjuagaba bajo el chorro del agua, así que se conformó con lavarse la cara y los sobacos en el lavamanos. El borde de la porcelana estaba salpicado de flemas endurecidas y restos de pasta dental. Su padre hubiera gritado como energúmeno hasta hacer temblar los cimientos de la casa al ver el estado en el que estaba todo. Era un verdadero maniático de la limpieza.

"Era", pensó Vinicio.

Abrió la gaveta del espejo. Las lociones y afeites de su padre habían desaparecido.

—Ay, tocayo —susurró.

La salamanquesa invisible le respondió con chasquidos.

Apagó la luz del baño y regresó a su habitación. Se vistió con ropas que casi no usaba, las únicas que le quedaban limpias: un pantalón de mezclilla deslavada y una playera blanca con la imagen de una mujer recargada en un auto convertible, que sacó del fondo del cajón. Ropa vieja, pasada de moda, olorosa a polvo. Había perdido tanto peso con la enfermedad que ahora podía ponerse cosas de cuando tenía quince.

Metió la cartera de papelillos en el envoltorio de la mariguana y se lo guardó en el bolsillo.

De vuelta en el corredor, no resistió la tentación de asomarse al cuarto *de su madre*. Quería ver lo que había cambiado, aprovechando que no estaba. Cruzó el umbral y caminó hasta la mesita de noche para encender la lámpara. No quería prender la luz del techo; le parecía demasiado agresiva, demasiado blanca.

Su madre sólo había movido de sitio la cómoda y la cama. El armario, demasiado pesado para ella, seguía en el mismo lugar de siempre. Sobre la cabecera, la fotografía familiar había sido sustituida por un cuadro que Vinicio jamás había visto: una hermosa acuarela azul, el retrato de una adolescente de brazos desnudos y ojos entornados. De un salto, y sin pensar siquiera en sacarse los zapatos, Vinicio se subió a la cama y se acercó tanto al cuadro que casi lo rozó con las narices. Era un retrato de su madre: ahí estaba ella, la cara de ella, de joven, con su pelo rizado, secado al aire, esponjado y etéreo, y los hombros desnudos y la sonrisa desdeñosa, y la mirada. ¡La mirada! Vinicio soltó el aire de golpe. Vaya manera de recrear la mirada de su madre: esos ojos fijos y a la vez distantes, presentes y de alguna forma sumidos en pensamientos secretos. Llevaba puesta una camisa blanca, una camisa de hombre, con los botones abiertos, mostrando la mitad de un pecho.

No debía tener más de veinte años cuando le hicieron aquel retrato.

Buscó la firma del artista. La halló en la parte inferior: ocho letras mayúsculas, entreveradas, sin fecha: PLAWECKY.

Tocó el vidrio que protegía la acuarela. El marco lucía nuevo; aún olía a barniz. La cartulina, en cambio, mostraba manchas de humedad y algunos dobleces. ¿Cuánto tiempo había estado escondida en lo alto del armario, enrollada como un pergamino, oculta a los ojos de su padre, del propio Vinicio?

Era bueno, el tal Plawecky. El retrato resultaba en verdad impecable. Uno tenía la impresión de que era la propia Susana, misteriosamente rejuvenecida, la que te miraba desde el papel ajado con su habitual altivez maliciosa.

—Tu amante, ¿verdad? —murmuró.

Plawecky. No podía dejar de formar las sílabas con los labios resecos, en silencio. Aquello le sonaba a ruso. Pero los rusos no escribían así, con el alfabeto latino; tenían otro, parecido al de los griegos. ¿Tal vez gringo?

Lo repitió en voz alta.

La sonrisa de la Susana del retrato parecía hacerse más misteriosa entre más la mirabas. De repente se le ocurrió que a lo mejor el nombre de pila del tal Plawecky era Daniel, y las paredes del cuarto de sus padres —¡de su madre!— se encogieron un poco a su alrededor, como si hubieran palpitado.

Salió a trompicones del cuarto y bajó las escaleras.

—Plawecky —repetía, una y otra vez, como en trance.

Le sorprendió, al abrir la puerta de la calle, que hubiera un taxi esperándolo frente al zaguán. Lo conducía un hombre de bigotes. Tardó unos segundos en reconocer los rostros de María y de Rosicler agitando los brazos desde la ventanilla trasera.

El rostro de Pachi, sus brazos desnudos, aparecieron sobre el toldo del auto.

—¡Córrele, cabrón! ¡Se está haciendo tarde!

El conductor del taxi, al que Pachi llamaba Parra, resultó ser un antiguo compañero de la primaria. Vinicio no lograba recordarlo a pesar de que el sujeto insistía en haber pasado tres años en el mismo salón que ellos.

Parra sí lo recordaba a él.

—El arroz entre los prietitos —lo saludó cuando Vinicio entró al taxi y se apretujó en el espacio que las chicas le reservaron en el asiento trasero. Tuvo que hundir el hombro y buena parte de su brazo en la carnosa humanidad de Rosicler, que resultó ser bastante suave y cómoda. Sus piernas, en cambio, quedaron encogidas por el asiento de Parra; el cabrón manejaba casi acostado, con el brazo izquierdo apoyado en la ventanilla y un cigarrillo encendido entre los dedos. Vinicio contempló el rostro del taxista a través del espejo retrovisor: le pareció increíble que tuviera la misma edad que ellos. Se le veía demacrado, prematuramente envejecido, como si una enfermedad o una adicción lo consumiera. Había algo extraño en su cara, en el bigote que le crecía torcido, una asimetría que no alcanzaba a distinguir en la superficie del espejo.

Se detuvieron frente a una tienda; Parra dejó corriendo el motor. Pachi bajó del taxi tarareando, y cuando regresó, con dos bolsas de plástico en la mano, aún murmuraba la misma canción. Una contenía una botella de vodka. La otra, una garrafa de bebida sabor naranja.

—Pon musiquita, Parra —pidió Rosicler cuando volvieron a la avenida.

El conductor movió algo en el tablero y la voz de Cristina Aguilera tronó en los oídos de Vinicio. Una de las bocinas se hallaba justo detrás de su asiento.

Pachi hacía malabares con la botella, el jugo y una torre de vasos de plástico que sacó del envoltorio, rasgándolo con los dientes. Sirvió un dedo de alcohol en uno de los vasos y le pidió a Rosicler que lo sostuviera. La visión del vodka excitó los sentidos de Vinicio. Sin la menor violencia, pero sin esperar a que le dieran permiso, apañó el vaso de la muchacha y apuró el contenido de un solo trago, sin hacer el menor gesto. Luego se volvió hacia la ventana y arrojó el vaso a la calle.

—Hijo de la chingada —rio Rosicler.

Pachi lo miró con odio y a Vinicio no le importó. Al fin llegaba el alivio que estaba buscando: las arterias de su agobiado cerebro parecieron distenderse, y el dolor y la angustia cedieron un poco, lo suficiente como para hacerlo sonreír.

—Dame más —le gritó a Pachi.

—Pero échale jugo, cabrón —dijo Rosicler.

—Me vale verga el jugo.

Pachi infló las aletas de la nariz y lo miró con mala cara. *Te estás portando mal*, parecía decir.

—Toma, pendejo, pero no tires el vaso. Luego nos van a hacer falta…

Parra se reía y meneaba la cabeza.

—Siguen siendo ustedes la misma mamada de siempre...

Ahora la que cantaba era Britney.

—Pinche Pachi, ¿qué chingados compraste? Si esto es vodka, yo soy Madonna —reclamó Rosi después de darle un buen trago al menjurje.

—Sabe a alcohol de farmacia —asintió María con una mueca.

—Es para lo que me alcanzó, mamita.

Rosicler chasqueó la lengua.

—Gordis, no te enfades —dijo Pachi—. Mira, aquí dice: "Producto nacional, cien por ciento puro". O sea, es natural y todo el pedo.

—Sí, es puro, pero puro etanol, hijo de la verga —replicó ella sin dejar de beber.

Vinicio se acabó su trago y extendió el brazo para poner el vaso junto a la cara de Pachi; éste no le hizo caso. Parloteaba estupideces con Parra.

—¿Cómo ves a la vieja ésa? —decía el taxista.

—¿Cuál vieja? —dijo Pachi, y miró por la ventana.

Parra señaló el estéreo.

—Ah, ¿la Britney? —dijo Pachi—. Se me hace gorda.

—Noooo —se quejó el taxista.

—Estás pero si bien pendejo —gritó Rosicler.

Vinicio rodó los ojos dentro de las cuencas. Sabía lo que venía.

—Sí, la veo y se me hace gorda, pero ésta... —dijo el muy idiota, agarrándose el paquete por encima de las bermudas.

La risotada de Rosicler trepidó en el cerebro de Vinicio.

En el espejo, Parra sonreía mostrando los dientes. Tenía los labios estirados de tal manera que finalmente Vinicio logró entender la naturaleza de la asimetría que le aquejaba. El bigote le raleaba hacia el lado izquierdo por culpa de una gruesa cicatriz que le nacía debajo de la nariz. Sus ojos y los de Vinicio se encontraron en el espejo; y el muchacho terminó por apartar la mirada y pedirle a Pachi que le llenara el vaso de nuevo.

Era la hora pico del tráfico de la tarde. Ni siquiera habían llegado aún al puente. El calor del día persistía a pesar de la llegada de la noche, y los cuatro pasajeros sudaban a mares en el taxi detenido en la avenida.

Ahora tocó el turno a Ricky Martin, en la radio, de vivir la vida loca. Las chicas lanzaron gritos de entusiasmo.

—Ni se emocionen, ese güey es ganso —dijo Pachi.

—Yo se lo quito, no te preocupes —replicó la gorda.

Vinicio extendió su vaso nuevamente. Pachi lo rellenó con alcohol, de mala gana; cuando vio que el güero se lo bebió de jalón, le advirtió:

—Te va a llevar la verga...

Pero volvió a servirle.

—Cuánto *pinche* tráfico —dijo María—. A este paso vamos a llegar a medianoche.

—Es nomás este tramo, mija. El semáforo de la entrada al puerto se descompuso...

—Loco... —lo interrumpió Pachi; se había puesto serio de pronto—. ¿Supiste lo de Tacho?

—¿Lo del Capezzio?

—No, no. Lo mataron.

—¿En serio?

Mientras Pachi se perdía en el recuento de los rumores en torno a la muerte de Tacho, Vinicio se quedó mirando el rostro de Parra, la cicatriz que le partía el bigote, su cuello flácido, lleno de arrugas, y la camisa que parecía colgar de sus hombros descarnados como si hubiera perdido quince kilos de golpe. Lo miró parlotear con Pachi sin prestarle casi atención al camino, con el brazo fuera de la ventanilla, sosteniendo el sempiterno cigarro, y la mano del otro fija en la palanca de velocidades. ¿Con qué sostenía el volante, entonces? ¿Con las rodillas? Parra fruncía los labios al sacar el humo y la cicatriz se plegaba y hacía más evidente la desnudez del tejido traumatizado.

—Fue un chamaquito —dijo Parra de pronto.

Miraba a Vinicio a los ojos, a través del retrovisor.

—¿Eh? —balbuceó Vinicio.

—El que me hizo esto —dijo, y señaló su boca con la misma mano que sostenía el cigarro. Una mota de ceniza cayó sobre su camisa—. Fue un pinche chamaquito, con una caguama. Un pinche escuincle ñengo, como de doce años. Estaba yo en la costera, chupando con unos valedores, ya sabes, cada quien en su pedo, cada quien escuchando su música, y de pronto a un cuate que estaba ahí al lado se le botó la canica y nos armó la bronca. Ya nos íbamos a dar el tiro cuando de la nada llega esta pinche chamaquito loco que nadie había visto y que le revienta la botella en la cara a mi vale, y luego se me fue encima a mí con el pico.

Fingió que daba una estocada con el cigarro. El volante se movió y el auto basculó un poco hacia la derecha.

—Me salvé porque de reflejo me hice para atrás, y el pinche loco nomás me encajó la punta. Mira…

Arrojó la colilla por la ventana y se alzó el labio. Le faltaba un colmillo, un par de muelas y una considerable porción de encía.

—Al que le reventaron la caguama quedó peor. Ahora le decimos El Charrascas.

Vinicio quería decir que lo lamentaba, pero su lengua se rehusaba a moverse. El alcohol lo hacía sentirse lento, impotente.

Pachi estaba indignado

—Loco, ¿y lo agarraron, al pinche chamaco?

Parra sacudió la cabeza.

—Loco, tienes que sacártela. Pinche bato, mira cómo te dejó…

—Sí, deja nomás que lo encontremos…

El taxi subió el puente y luego bajó para incorporarse a la carretera. Las luces del tráfico se concentraban en el carril contrario, el de los autos que regresaban al centro de la ciudad.

Al llegar a la entrada de la playa, Parra bajó la velocidad y detuvo el auto. La música de la radio siguió sonando.

—Yo hasta aquí llego, banda…

—Pinche Parra, ¿aquí nos vas a dejar botados? —exclamó Rosicler—. Es la mera entrada, falta un chingo hasta adentro…

—Somos muchos, mija. No se me vaya a quedar el carro atascado.

Bajaron del taxi. Vinicio miro la brecha, alumbrada por los faros de Parra: un camino de tierra endurecida, dos filas de pinos flacos, retorcidos por culpa de las tormentas. ¿Cómo se llamaban esos árboles que el gobierno había sembrado hacía tanto tiempo para proteger el puerto de los huracanes? ¿Araucarias? No lo recordaba, lo había leído en algún lado. Le parecían tristes, aquellos pinillos tropicales. Raquíticos y tercermundistas, como deshilachados.

—Carnal, neta gracias por el aventón —decía Pachi zalamero, con medio cuerpo metido en el auto.

—Ya sabes, vieja, cuando quieran— se despidió Parra.

El taxista quitó el freno de mano y soltó el embrague. Volanteó para regresar a la carretera y el sendero quedó sumido en la oscuridad casi total.

—Parece boca de lobo —gimoteó Rosicler.

Parra se detuvo. Pitó dos veces.

—¿No llevan linterna? —gritó.

Pachi fue hasta el taxi y regresó trotando. Había encendido la pequeña luz de bolsillo.

—Lo bueno es que la palapa de mi comadre está cerquita —dijo María.

Tuvieron que caminar junto al mar. La arena mojada de la orilla era más fácil de pisar que la arena suelta del medio de la playa.

Iban en fila india, Vinicio al último. Sentía el cuerpo agradablemente entumido. Sus piernas eran dos mogotes de corcho que seguían los pasos de Pachi, en automático, al mismo ritmo. Caminaba con los ojos fijos en el mar, en aquella masa de negrura que atacaba la arena y la cubría de retazos de algas iluminadas por la linterna: listones verdes arrancados de los pastizales marinos; manojos de sargazo dorado, sus tallos cargados de frutos diminutos, ocres cuando frescos, rojos si ya habían fermentado. Trataba de no pisar los trozos de coral muerto que hallaba a su paso, para no destruir las intrincadas estructuras que le hacían pensar en jirones de encaje solidificado. Pequeñas bandadas de playeros, blancos y fantasmales sobre sus patitas zanconas, se empeñaban en picotear la orilla en busca de alimento. Aleteaban cuando los veían acercarse en fila y se posaban un par de metros más adelante, luego volvían a recorrerse, y de nuevo a sobresaltarse, una y otra vez, hasta que Pachi gritó:

—¡Pájaros putos! —y pegó la carrera hacia ellos.

Los playeritos se dispersaron en la oscuridad, despavoridos. Vinicio, furioso, corrió detrás de Pachi. Quería decirle que dejara en paz a las aves, que ya bastante tenían las pobres con tener que soportar la presencia humana que invadía sus playas, pero no logró articular ninguna frase, sólo gruñó al chocar contra Pachi. Rodaron por el suelo. La cabeza de Vinicio golpeó la arena mullida. Su mandíbula restalló y sus dientes mordieron algo blando que tronó al partirse. No sentía dolor, pero algo caliente manaba en el interior de su boca. Se había mordido el interior de la mejilla, le dijo María, después de ayudarlo a ponerse de pie y echarle un vistazo con la linterna de Parra.

—Pendejo —le reclamó Pachi, riendo.

Vinicio le devolvió la sonrisa, con la boca entumida.

María había asumido el liderazgo y la posesión de la linterna. Caminaba con seguridad, como si la completa oscuridad le fuera indiferente.

—Ya mero llegamos —decía cada dos minutos—. Es ahí nomás, detrás de esa lomita.

De pronto lograron escuchar la música de la fiesta. Llegaba en ráfagas, con el viento caliente: trompetas, una lluvia de percusiones, la voz engolada de un tenor. Vinicio conocía aquella canción. Su madre la bailaba sola, con los ojos cerrados:

Hasta en sueños he creído tenerte, devorándome
Y he mojado mis sábanas blancas recordándote

Cuando su madre la ponía, no parecía gozar. Se deslizaba descalza por el piso de baldosas, el ceño fruncido, los labios apretados.

En mi cama nadie es como tú
No he podido encontrar la mujer
que dibuje mi cuerpo en cada rincón
sin que sobre un pedazo de piel, ay, ven.

El viento le hería los ojos. Allá, a una distancia imposible de calcular en la oscuridad, brillaba un foco solitario.

La palapa resultó ser una choza amueblada con sillas y mesas de plástico. Las paredes eran lonas de distintas marcas de cerveza. Tres hombres sin camisa y dos mujeres en traje de baño bebían sentados en una de las mesas del centro; cada uno se llevaba a los labios su propia caguama sudorosa. La luz provenía de un único y potente foco colgado de una viga. El viento hacía oscilar el cable y las sombras de los presentes. Una de las mujeres se puso de pie en cuanto llegaron los visitantes. Era la comadre de María, Anita, que se acercó a recibirlos. Llevaba un pareo largo sobre el traje de baño de una pieza y, prendida a su cadera derecha, una niñita despeinada y en pañales se chupaba el dedo y miraba a los recién llegados con ojos como platos.

La mujer no dejaba de bailar mientras hablaba a gritos con María, sujetando la manita de su niña como si fuera su pareja de baile.

Devórame otra vez,
Ven devórame otra vez
Que la boca me sabe a tu cuerpo
Desesperan mis ganas por ti

Vinicio se desplomó sobre una silla, frente a la mesa en donde colocaron lo que quedaba de la botella. La comadre de María le ofreció una cerveza y el muchacho aceptó, aunque se había propuesto terminarse primero el menjurje. Pachi y Rosicler bailaban junto a la mesa: él lo hacía mejor que ella: la hacía dar vueltas y la atraía contra su pecho para luego rechazarla, no sin antes rozarle el trasero con caballeroso disimulo. Ella sonreía feliz, sudorosa y jadeante, y un poco tiesa: no se abandonaba a la música, tal vez contaba los pasos, los cambios, o lo que fuera; Vinicio no tenía ni idea de cómo se bailaba aquello, sólo le gustaba mirar. María seguía hablando con su comadre y era un alivio que no se hubiera acercado a Vinicio para pedirle que la sacara a bailar: había pocas cosas que le avergonzaran tanto.

Miró a su alrededor. Los descamisados seguían bebiendo en silencio, imperturbables, y miraban a Rosicler y a Pachi con sosegada lujuria. Hacía demasiado calor ahí dentro. La luz vacilante lo hizo sentir que la palapa estaba montada en una especie de carrusel que giraba cada vez más rápido. Decidió que necesitaba aire fresco con urgencia y salió con la botella de vodka bajo el brazo.

Caminó hacia el mar. La espuma de las olas refulgía en la oscuridad. Tomó asiento sobre un delgado tronco del color de la luna, pulido por la resaca. No podía distinguir la línea que separaba el mar del cielo. En la orilla, la espuma brillaba y el foco de la palapa se reflejaba en el agua negra, pero al alzar la vista, la negrura lo llenaba todo, y entonces parecía que la playa flotaba en medio de la nada. Bebió un trago de la botella y entornó los ojos. Si se concentraba, el sonido de las olas no era más que el rumor del vacío, como el murmullo que se escucha al ponerse un caracol deshabitado en la oreja. Y relajando la mirada, las luces de los barcos lejanos, aparentemente fijos en el horizonte, se desvanecían. Vinicio sentía que estaba sentado en la orilla de un abismo, como si aquella nada siniestra y caníbal de la que hablaban en ese libro que había leído de pequeño, *La historia interminable*, fuera real y hubiera ya devorado hasta la última mota de polvo del universo y no quedara nadie más en el mundo, nadie más que él, para contemplarla.

Sintió un vértigo atroz y tuvo que alzar la cara para remontar las náuseas. La luna le sonrió desde las alturas. Las estrellas, en cambio, brillaban indiferentes. Cerró los ojos un instante. Pensó que debía rematar la botella y se quedó dormido antes de poder hacerlo.

En algún momento percibió la presencia de alguien a su lado. Ya no estaba sentado en el tronco sino tendido sobre la arena, como si se hubiera desmayado. Había alguien ahí, alguien que callaba y respiraba dulcemente.

—¿Te sientes mejor? —dijo María.

—Creo que sí —respondió él, extendiendo la mano hacia ella.

Los dedos de la muchacha se cerraron contra los suyos y subieron por su brazo hasta alcanzarle el pecho, el cuello, la barba. Sintió un susurro de ropas sobre la arena, luego el perfume íntimo de María, su cuerpo tibio junto al suyo, su aliento ligeramente etílico cuando se inclinó para besarlo en la boca.

Se acariciaron. Las manos de María le recorrían el pecho, el vientre, seguras de lo que buscaban, posesivas incluso. Sin embargo, por mucho que se afanaron, Vinicio permaneció muerto entre sus dedos, lacio y vulnerable, y la vergüenza de la situación no hizo más que cohibirlo. Ansioso por complacerla, la recostó en la arena y le quitó los calzones. Su sexo estaba listo, húmedo y dilatado. Los dedos de Vinicio juguetearon en la entrada y luego se deslizaron dentro de ella.

La haría sentir bien de todas formas. La amaría en aquella playa, aunque él fuera un fracaso, un inútil que no servía para nada, incapaz de complacerla, de cuidarla.

—Aurelia —susurró.

Fue más bien un quejido.

La sintió estremecerse de rabia. Su carne, la más tierna, se cerró de pronto, rechazando sus dedos.

—¿Qué dijiste?

—Nada, nada… —balbuceó.

—Dijiste un nombre…

—Perdóname, María…

Se abrazó a las piernas de la muchacha y trató de besar el húmedo triángulo entre sus muslos. María lo dejó hacer un instante, hasta que Vinicio rompió a llorar; entonces ella lo apartó con firmeza, se levantó en completo silencio y desapareció en la oscuridad de la playa.

Cuando al fin logró contenerse, Vinicio rodó sobre la arena hasta quedar bocarriba. Miró las estrellas azules que salpicaban el cielo, y éstas, a su vez, lo miraron desde lo alto, también silentes, sin piedad alguna.

Lo despertó una mano sobre su cadera, dedos que palpaban el interior de su bolsillo.

—María… —balbuceó.

—¡Ja! Ya quisieras.

Era la voz de Pachi. Estaba en cuclillas junto a él y buscaba el paquete de mariguana.

Vinicio se lo entregó y trató de sentarse. Ya no sentía náuseas, sólo notaba aún el cuerpo adormecido.

Pachi se reía quedito. El envoltorio crujía entre sus dedos, mientras forjaba un cigarro de mota en la oscuridad.

—¿Qué horas son? —preguntó Vinicio.

—Llevas como dos horas botado.

Se tocó el rostro, el pelo, los hombros. Estaba perdido en arena. Se la sacudió a manotazos.

—¿Ya se te bajó? —preguntó Pachi.

—Un poquito.

Al menos ya podía hablar sin sentir que la lengua se le escapaba de la boca. Le dolía la mejilla por dentro, ahí donde se había mordido. Y le dolía el orgullo, una punzada sorda que tardaría aún más en sanar que cualquier herida.

Los dedos de Pachi trabajaban en la oscuridad: picaban la yerba dentro del envoltorio y desechaban las semillas, arrojándolas por encima de su cabeza. Aquello iba a ser un buen bocado para los playeritos, pensó Vinicio.

Hundió la cabeza entre las piernas.

—¿Vas a vomitar?

—No tengo nada en el estómago…

—Hay botana allá dentro, güey.

Vinicio se encogió de hombros y escupió saliva cáustica, en respuesta.

No quería regresar aún a la palapa. No estaba listo para hacerle frente a María.

No había comido nada en todo el día, recordó, más que las galletas saladas de la mañana, y la cerveza, y todo el alcohol que ahora se repetía en su boca con gusto a solvente. Había sido un día eterno, larguísimo, y todavía ni siquiera se terminaba. En algún momento tendría que regresar a la palapa a beber cerveza y fingir que disfrutaba aquella música salvaje y primitiva, y escuchar las historias de Pachi por enésima vez y soportar sin chistar las risas mal disimuladas con que la comadre y Rosicler, informadas a detalle por María, se burlarían de su pobre masculinidad menoscabada. Luego el sol asomaría su rostro bermejo por encima de las olas y todos saldrían a contemplarlo y entonces podrían caminar de vuelta a la carretera, antes de que el mismo sol los achicharrara cuando comenzara a calentar el cielo. Quizá Rosicler aceptaría pagarles el boleto del autobús. Si no, tendrían que volver a casa de aventón. O volver a pie. A casa, con su madre.

Se estremeció.

—Plawecky —murmuró.

Llevaba ya un rato acariciando aquel nombre en la boca, en silencio.

El rostro de Pachi, iluminado por la flama del encendedor, apareció a su lado, más cerca de lo que había creído.

—Plawecky —repitió.

—¿Eh? —dijo Pachi.

El viento cálido avivaba la brasa, que parecía respirar como si estuviera viva. El olor de la mota, quizá por primera vez en todo aquel larguísimo verano, le pareció fragante.

—Plawecky, mi padre —dijo Vinicio.

Pachi no lo escuchaba. Miraba hacia la oscuridad.

—Chist... —susurró, con el toque en la boca.

Vinicio miró también.

En medio de la nada, un punto de luz se agitaba. Y crecía.

Pensó en las brujas de las historias de su madre. Pensó en las luces malas que perdían a los borrachos.

—¿Ya viste? —dijo a Pachi.

—Sí, creo que alguien viene...

VIII

Zahir tiraba de su hermano; lo llevaba zocado de la muñeca. Con la otra mano sostenía la linterna. El débil haz de luz no lograba iluminar más que un reducido círculo de arena frente a sus pies. El viento golpeaba su espalda, llenaba sus ojos de tierra y le azotaba las pantorrillas desnudas con marañas de maleza seca que arrancaba de las dunas. Aullaba sin palabras, aquel viento áspero. Igual que su hermano.

Zahir ya no intentaba consolarlo. Se limitaba a arrastrarlo a través de la algaida. Lo sujetaba con tanta fuerza que alcanzaba a sentir la forma de sus huesos bajo la envoltura de carne. No podía soltarlo, ni siquiera para amarrarse los lazos de los tenis. Estaba convencido de que Andrik escaparía en el momento en que aflojara la presión, aunque sólo fuera por un instante: correría hacia el bosque y Zahir ya no podría volver a encontrarlo, al menos no de noche, ni siquiera con la linterna que robó de la casa del hombre. El débil haz de luz se diluía en la negrura del monte y sólo servía para esquivar los escollos más obvios y contemplar las carreras de cientos de minúsculos cangrejos plateados por la arena.

Contaba los pasos: eso ayudaba. Contaba cada una de sus zancadas, entre dientes. Cada vez que llegaba al cien volvía a empezar, para no confundirse. Porque si titubeaba —si su lengua se detenía y dejaba de aspirar los nombres de los números— el pánico volvía: la oscuridad se hacía más densa y la porción de arena que la linterna iluminaba se reducía y de pronto se le figuraba que aquella playa no tenía fin. Así que contaba cada paso, cada pisada, y rechinaba los dientes para soportar el ardor en su entrepierna. Sentía que la piel del escroto y la cara interna de los muslos le ardían en carne viva por la fricción con la ropa sudada. Al menos los pies ya no le dolían; había dejado de sentirlos por completo. Cada pocos metros tropezaba a causa del cansancio, y entonces Andrik, cuyo cuerpo parecía hecho de trapo, chocaba contra su espalda, y Zahir lo sostenía para que no cayera al suelo.

—Todo va a estar bien —murmuraba Zahir, con la lengua inflamada por la sed—. Ya estamos cerca.

Saldrían de aquella playa de pesadilla y llevaría a su hermano a un sitio seguro donde pudiera descansar, recuperar la voz y el alma. Llevaba el dinero del hombre y sus tarjetas de crédito en la mochila; la navaja y el reloj roto en el bolsillo. Todo estaría mejor cuando lograran salir de ahí: la maldita playa no podía ser infinita, tenía que haber una brecha que los sacara a la carretera, algo. Porque incluso aunque caminaran de más y la oscuridad les impidiera encontrar la salida, eventualmente tendrían que llegar a algún sitio, a las vías del tren o los patios del muelle, algo que no fuera esa horrible extensión de arena vacía rodeada de bosque, de dunas, del mar rugiente.

—Ya casi se acaba —murmuró, más para sí mismo que para su hermano.

Andrik, para ese momento, ya ni siquiera lo miraba.

Tuvo que apartarlo del hombre a tirones: Andrik no le quitaba los ojos de encima, como si quisiera grabar en su mente cada detalle del rostro congestionado. Lo llevó al piso de arriba para que se vistiera. Estaba más alto y flaco que nunca; sus hombros eran más anchos de lo que recordaba. Tenía los dos ojos morados y el labio inferior reventado, machacado a golpes.

Le dieron ganas de bajar a la cocina y rociar el cuerpo del hombre con gasolina, quemarlo con ácido. Pero no había tiempo para eso.

Zahir registró la habitación del hombre. Encontró su cartera y se la metió al bolsillo. Tomó la ropa de Andrik y la colocó sobre la cama. El muchacho no se movió cuando le pidió que se apresurara. Parecía haberse quedado sordo. Ido.

Zahir recorrió las otras habitaciones. Se asomó por la ventana del pasillo. Alcanzó a ver las luces de una patrulla que desaparecía en la esquina. "Volverán", pensó. "Se quedarán un rato dando vueltas, por el parabrisas roto." Se alegró de que las cortinas de la sala estuvieran corridas y fueran de una tela tan espesa. Si los policías se asomaban por la ventana junto a la puerta, no habría manera de que pudieran descubrir el cuerpo del hombre, estaba seguro.

Contó el efectivo de la cartera. No era suficiente para salir de la ciudad en autobús. Podría emplear alguna de las tarjetas para comprarlos, pero lo más probable era que le pidieran alguna identificación. Tampoco podía usarlas en el cajero, le hacía falta la clave. Revisó la cartera con la esperanza de encontrar algún papel, alguna pista de la contraseña, pero no halló nada. Pensó que tal vez sería mejor pedir un aventón hacia la capital, hacia donde fuera, con tal de alejarse del puerto lo antes posible. Repasó los billetes entre sus dedos; se dio cuenta de que los había manchado de sangre. Intentó desvanecer las huellas con saliva; fue inútil.

Sólo entonces se percató de que había dejado marcas de sangre por todas partes: en las paredes del pasillo, en los muebles de la habitación, en el pasamanos de la escalera. Fue al baño a lavarse, y cuando regresó al dormitorio Andrik aún no se había vestido.

—¿Qué te pasa, carajo? ¡Tenemos que irnos! —le gritó.

Como Andrik ni siquiera parpadeó, le puso él mismo la playera, los pantalones, los zapatos. Todo de negro. Le apartó el cabello de la cara y se lo peinó hacia atrás con los dedos. Lo jaló del brazo para ponerlo de pie y lo condujo al pasillo y luego escaleras abajo. El hombre, por supuesto, seguía tendido en el mismo lugar. Andrik hizo un gesto de dolor al verlo, y Zahir estuvo a punto de golpearlo, pero logró contenerse.

—Tienes que actuar normal, o nos va a llevar la verga —le dijo.

Le pareció que Andrik había asentido ligeramente con la cabeza.

Salieron de la casa y comenzaron a alejarse rápidamente bajo el sol moribundo. Andrik iba adelante y Zahir detrás de él, su mano firme sobre el hombro del chico, guiándolo. El plan era llegar a la carretera, pedir aventón hasta la capital y, una vez allá, usar la tarjeta para comprar billetes de autobús, y ropa, y comida, y un lugar donde darse un baño y dormir unas horas, y todo lo que les hiciera falta, al menos al principio. Si las tarjetas no servían o no podía usarlas, las vendería. Y si todo salía mal, tenía la navaja. Hacía mucho tiempo que no hablaba con Andrik del viaje al Norte, de la aventura que tanto habían deseado emprender juntos. Sabía que su hermano insistiría en la necesidad de buscar a su madre, pero Zahir confiaba en que con el tiempo la olvidaría. La idea del Norte le atraía también, sobre todo por lo lejos que estaba del puerto, de la tía Idalia.

Atravesaron un enorme terreno baldío y llegaron a una calle estrecha y alargada en la que sólo había bardas altísimas y puestos de comida y obreros portuarios en camisolas desgastadas. Debía ser hora de la salida del primer turno del muelle; las aceras estaban abarrotadas de empleados y vendedores ambulantes, y los muchachos tuvieron que bajar a la calle para avanzar más rápido.

Andrik parecía cada vez más nervioso. Cuando vio la carretera, al final de la calle, quiso retroceder; Zahir tuvo que pasarle un brazo por los hombros y obligarlo a continuar.

—Todo va a estar bien —murmuró en su pequeña oreja—. Ya casi se acaba...

El rostro de Andrik seguía siendo tan suave como lo recordaba: terciopelo fino contra sus labios resecos, ávidos, impacientes.

Usaron el puente peatonal para cruzar la carretera. Zahir le pidió a su hermano que lo esperara sentado en el borde del bosque de casuarinas mientras él se plantaba junto al carril principal, con el pulgar al aire. Buscaba sobre todo alguna camioneta con la batea abierta, donde él y Andrik pudieran subirse sin tener que cruzar demasiadas palabras con el conductor, pero no había suerte. Todas las que pasaban llevaban carga o iban con demasiada prisa.

Cada vez que avistaba una camioneta o un trailer bajando del puente, Zahir extendía su brazo, alzaba el pulgar y murmuraba:

—Vamos, vamos, por favor...

Ninguno se detenía.

Finalmente, cuando ya casi se había hecho de noche, una camioneta le hizo señas con los faros y se detuvo un centenar de metros más adelante. Zahir, triunfante, se volvió para gritarle a su hermano, pero el nombre de Andrik se le ahogó en la boca. El chico no estaba donde lo había dejado. Zahir corrió a internarse en la espesura, ignorando el pitido indignado del conductor de la camioneta. A lo lejos, entre las ramas agitadas, le pareció ver la playera negra de Andrik.

Corrió por el bosque polvoriento. Era difícil avanzar por aquella alfombra de agujas secas y raíces retorcidas. Las copas de las casuarinas estaban llenas de pajarracos negros que graznaban al verlo pasar, como burlándose de su inagotable desgracia. La playera negra se movía con rapidez entre los troncos, y por ratos desaparecía. Zahir aceleró hasta llegar a un pequeño claro en el bosque, un círculo de yerba seca con un espejo intacto de lodo en el centro. No había una sola huella en el fango y nada parecía moverse en los alrededores. Andrik había desaparecido. ¿Qué tal que había caído en una zanja?

Chicharras invisibles colmaban el aire con su música ominosa.

Estuvo a punto de rendirse. De tirarse al suelo y dejarlo escapar. No podía, no después de todo lo que había pasado entre ellos. Su hermano estaba mal, estaba enfermo. Necesitaba ayuda, lo necesitaba a él.

Cerró los ojos y aguzó los oídos. Distinguió el ruido de la carretera, a su izquierda, y el rugido del océano, en la otra dirección. Caminó hacia allá, hacia el mar. Los pinos comenzaron a ralear; lucían más jóvenes y sus flexibles troncos aún no se habían deformado. El suelo era de arena y estaba cubierto de voraces enredaderas con flores moradas, matorrales altos a través de los cuáles alcanzó a ver el agua, la playa casi sumida en la total oscuridad.

Trepó a lo alto de una duna, y entonces vio la cabaña, o lo que quedaba de la cabaña: una pila de tablones medio podridos levantada frente al manglar. Miró hacia el otro lado, hacia la playa: con la poca luz que quedaba se dio cuenta de que estaba completamente vacía.

—¡Andrik! —gritó, con todas sus fuerzas.

Nada.

Bajó a la cabaña y se agachó para mirar por entre los huecos de la ruina. Estaba demasiado oscuro ahí dentro y tuvo que sacar la linterna. Al principio no lo distinguió, camuflado bajo los escombros de lo que parecía haber sido una terraza, encogido como una liebre acosada, hasta que el haz de la linterna iluminó sus ojos y lo hizo parpadear. Zahir tuvo que apartar un tronco para poder meterse al maldito hueco y arrastrarse por la broza empapada y la madera comida por los percebes. La linterna parpadeaba en su boca; tal vez se estaba quedando sin baterías. Andrik lanzó un grito cuando Zahir lo cogió del tobillo.

—Soy yo —le dijo—. Soy yo.

Y no lo soltó, ni siquiera cuando Andrik lo atacó a patadas. Lo sujetó bien fuerte de la pierna y tiró de él con todas sus fuerzas. Apenas había espacio para los dos en el agujero; con todo, Zahir logró sacarlo a la playa. Le asestó tres buenos puñetazos cuando lo tuvo cerca: uno en un costado de la cabeza y dos más en la boca lastimada. Le rodeó el cuello en un candado hasta que chico dejó de patalear, y luego rompió a llorar de impotencia. No quería lastimar a su hermano, cada golpe le dolía en carne propia, pero no podía dejarlo en aquel inmundo agujero. La marea subía con rapidez y la oscuridad lo envolvía todo.

Cuando Andrik perdió la conciencia, Zahir le llenó el rostro de besos y lo acunó entre sus brazos.

—Todo va a estar bien —le dijo—. Ya casi se acaba.

Había estado tan cerca de perderlo, en el bosque, bajo las ruinas. No volvería a dejar que sucediera. Aunque Andrik pareciera aterrado de verlo, aunque no lo reconociera y luchara por zafarse, aunque no dejara de chillar como una bestia acorralada, Zahir no pensaba rendirse.

Había una luz adelante. Un punto blanco que oscilaba junto a la espesura del bosque. Se frotó los ojos, confundido, y apagó la linterna. La luz persistió: no era una ilusión sino un foco alimentado por la corriente de un generador.

Cuando escuchó el murmullo lejano de una música se detuvo por un momento a pensar. Quizás un grupo de pescadores celebraba una fiesta en una de esas palapas que usaban para venderles comida y bebida a los turistas. Quizá tendrían perros, y si ladraban al sentirlos cerca, llamarían demasiado la atención. Debía de ser cauto: tendría que taparle la boca a Andrik para que se callara, aunque sus chillidos ya no eran tan intensos como al principio. Debía de tener la garganta desgarrada a estas alturas; sus lamentos roncos comunicaban un dolor terrible. Pensó que lo mejor sería alejarse todo lo posible de aquel círculo de luz, vadear la playa desde la orilla, si era necesario. La otra opción era internarse en el bosque. Zahir no quería volver ahí adentro, donde los chirridos de los insectos habían cobrado una intensidad diabólica.

Reanudó el paso con más brío. Andrik se le opuso débilmente.

—Ya falta poco —le dijo.

La salida de la playa debía estar muy cerca. Reinició el conteo de sus pasos para no perder el rumbo, para no distraerse más.

La luz se hacía más grande conforme avanzaban. Una racha de viento trajo consigo los acordes juguetones de un piano. El cuerpo de Andrik a su lado se tensó en seguida, como respondiendo a la música. Aquello debía ser una buena señal, pensó Zahir. Tal vez su hermano no estaba del todo ido. Tal vez con el tiempo volvería a sus cabales.

Ya alcanzaba a distinguir la estructura de la palapa. El ritmo del bajo resonaba en sus tripas. Apuró el paso. Se dio cuenta de que la luz no oscilaba; eran las sombras danzantes de la gente que se apiñaba en el interior del local las que provocaban tal ilusión.

Una voz límpida, asexuada, cantaba:

Ay, es el dolor
que desgarró
toda mi alma y corazón
Para vivir
de los recuerdos de ese amor

Se escabulló con su hermano hacia la orilla del mar. Estaba seguro de que nadie les prestaría atención. Olvidó que llevaba la linterna encendida. Lo recordó cuando escuchó la voz:

—Ey, ¿qué pedo?

Dos hombres se interponían en su camino, a unos cuatro metros de distancia.

—¿Quién anda ahí? —dijo uno de ellos.

Zahir alzó la linterna para deslumbrarlos: eran dos muchachos, apenas mayores que él. El más alto era rubio y tenía barba. El otro era más bajo, moreno, de cabellos chinos. Los dos entrecerraron los ojos.

—Baja esa madre... —le ordenó el de los chinos, la mano abierta frente a su cara.

Zahir no lo obedeció.

—Son dos —dijo el rubio.

Tenía los ojos claros, descoloridos a la luz de la linterna. Zahir tuvo la extraña impresión de que lo conocía.

—¿Qué pedo? —dijo el otro—. ¿Qué madres quieres?

—Nada —respondió Zahir, tratando de engrosar la voz—. Tuvimos un accidente, allá al fondo...

Intentó tragar saliva; tenía la boca completamente seca.

—El carro se nos se atascó —mintió.

—¿En las dunas?

—Sí, allá, al fondo.

—Ok, baja la linterna, carnal —le pidió el de los pelos chinos.

No había amabilidad alguna en su tono. Sólo buscaba ganar tiempo, ventaja.

Zahir lo ignoró. El rubio se estaba moviendo: se acercó tanto a las olas que se mojó los zapatos. Intentaba escapar del círculo de la luz para echarle un vistazo a Andrik.

—¿Quién anda ahí contigo?

—Es mi hermano.

Andrik soltó un largo quejido, más triste que dolorido, y los dos muchachos saltaron de la impresión.

—¡Ay, cabrón! —dijo el de los pelos chinos.

Zahir se volvió hacia Andrik.

—Tranquilo —le susurró—. Ya casi...

Quería tocarle el rostro, hacerle una caricia que lo calmara, abrazarlo muy fuerte, pero no quería que los muchachos lo vieran. Tenían que escapar de ahí, inmediatamente.

—¿Qué le pasa?

—Nada —dijo Zahir.

Como para contradecirlo, Andrik lanzó un berrido aún más desesperado.

—Está herido —dijo el rubio—. Tiene toda la cara sangrada...

Se había acercado más. Sus tenis chapoteaban en el agua de la orilla y no parecía importarle.

—Mira, vamos allá adentro, para que lo cures...

—Vinicio... —lo censuró el de los chinos.

—De menos hay que darles agua, güey, están muy morros...

De golpe todo se extinguió: música, foco oscilante, voces y risas lejanas. En el silencio que siguió alcanzaron a escuchar una larga y florida imprecación, la gruesa voz de una mujer enfadada, luego risotadas nerviosas, y un claro ruido de pasos sobre la arena.

Alguien más se acercaba, trotando.

Zahir apagó la lámpara

—Oye, Pachi, préstanos la luz... —dijo un hombre.

Guardó silencio al sentir la tensión entre los muchachos.

Zahir apretó la muñeca de Andrik y se preparó para tirar de él. En cualquier momento tendrían que correr, aprovechar la oscuridad para escabullirse.

—Sí, güey, pero aguanta...

—¿Qué iris, cabrón? ¿Quién está ahí?

—Unos batos, según que tuvieron un accidente.

—¿Y vinieron caminando desde allá? —exclamó la mujer de la voz gruesa.

Zahir se sobresaltó. No la había escuchado llegar, y eso que, de cerca y bajo el mezquino fulgor de la luna, le parecía tan gruesa y alta como él.

La mujer tenía una voz enérgica, casi varonil, que le recordó a la tía Idalia.

—Oigan, préstenos su linterna, ¿no? El pinche generador se nos chingó.

Zahir la sintió acercarse más y retrocedió.

—¡Ay, qué le pasa a ese niño! —exclamó la mujer.

—Nada —dijo Zahir.

—Está lastimado —dijo uno de los muchachos.

—Mi amor, no llores, ven...

El generador arrancó con un rugido, seguido de la luz parpadeante, y la música, a todo volumen, sobresaltándolos:

Me tengo que ir
Y no es por mí
contigo está mi corazón
Si te quiero con el alma

La luz del foco parecía más intensa ahora, más fría. Zahir podía ver los rostros de las personas que lo rodeaban: el rubio con el ceño fruncido, el moreno abiertamente encabronado, la mujer gorda en pescadores de mezclilla; otro hombre, más viejo, con el pecho desnudo y los brazos en jarras. Miró al rubio de nuevo y recordó que seguido lo había visto en el parque. Lo mismo que al moreno de los pelos chinos, e incluso a la mujer. Y ellos lo reconocieron también; el moreno dijo:

—Ah, cabrón. Yo te conozco...

La gorda siseaba entre dientes, tratando de calmar a Andrik.

—Eres amigo de Tacho —dijo.

Zahir retrocedió otro paso. Andrik no paraba de retorcerse.

—¿Por qué no lo sueltas? —dijo el rubio.

—¡Lo estás lastimando! —gritó la mujer.

Dejó que la linterna cayera al suelo.

—Agüevo que sí, te he visto con Tacho —decía el moreno.

—¡Ya! —gritó Zahir, harto de aquel estúpido juego—. ¡Cállate a la verga ya!

El de los pelos chinos se tensó.

—Tú a mí no me callas, chamaco *pendejo*...

La gorda trataba de sujetar el otro brazo de Andrik. Quería arrancárselo, quitárselo.

—¡Suéltalo! —le gritó Zahir.

Tiró de su hermano con todas sus fuerzas, y cuando tuvo cerca a la mujer la golpeó de lleno en la cara. Metió la mano en el bolsillo para sacar la navaja, pero el moreno ya estaba encima de él, furioso. El cabrón era rápido, escurridizo. Sin que Zahir pudiera meter las manos, el bato le encajó el talón de la mano en el plexo y lo pateó en la rodilla. Zahir se tambaleó, pero no cayó al suelo. Quería gritar de dolor, no podía ni respirar; el golpe le había paralizado los pulmones. Recibió otro puñetazo en el costado antes de meter el brazo y agachar la cabeza. Los nudillos del moreno restallaron secamente contra su cráneo y cuando lo oyó gritar deseó que se hubiera roto un dedo.

Se acercaban, no paraban, lo rodeaban. Buscó la navaja con tanta urgencia que liberó la cuchilla antes de sacarla del bolsillo y la hoja rasgó la tela de sus bermudas. Embistió al de los pelos chinos con toda su fuerza; el cabrón se dio cuenta en el último momento y logró esquivar el filo, los ojos saltones por el espanto. El rubio cargó en seguida, con todo su cuerpo; quería derrumbarlo, el muy sucio, tirarlo al suelo y abaratarlo. Zahir le lanzó otra estocada, que también falló, y tuvo éxito a la tercera: alzó la hoja con rabia, desde su cadera, y se la encajó al rubio muy cerca del ombligo, hasta la empuñadura. La sacó enseguida y volvió a enterrársela, un poco más arriba, y esta vez sí tocó hueso: tiró de ella y ya no logró arrancársela, las manos resbalosas de sangre no le ayudaron. El moreno se le fue encima, pero cuando vio al rubio tambaleándose, la playera blanca súbitamente teñida de almagre, corrió en su ayuda.

En ese momento, Zahir se dio cuenta de que había perdido a Andrik. Miró a su alrededor, desesperado. De la palapa se descolgaron las sombras de más personas, atraídas por los gritos de la mujer. El de los pelos chinos sujetaba al rubio. El rostro pálido del muchacho era puros dientes ahora, largos y ocres como los huesos antiguos.

Andrik no estaba por ningún lado.

—No —gimió—. Otra vez no.

¿Sería aquel punto negro que trepaba las dunas en dirección al bosque? ¿O era que sus ojos lastimados por el viento lo engañaban?

No tenía otra opción.

Pegó la carrera hacia la oscuridad.

—¡Agárrenlo! —gritó la mujer a su espalda.

Zahir ni siquiera se volvió para ver si alguien le había hecho caso.

Corrió por la algaida, maldiciendo la decisión de haber vestido a Andrik de negro: era como si estuviera camuflado de noche cerrada. Quiso gritar su nombre pero sus pulmones se resistieron; corría con la boca abierta y apenas le alcanzaba el aire. Trepó a ciegas por una duna cubierta de maleza. Los músculos de sus piernas lanzaban agudos reclamos. Una de ellas sangraba; se había herido al sacar la navaja con tanta urgencia.

No veía más que oscuridad. Ponía un pie delante de otro con fe ciega, siguiendo los ruidos que provenían del bosque, el crujido de la pinaza y de las ramas al ser pisadas con violencia. Los pies se le enredaban entre los matorrales. Tenía la impresión de que, en cualquier momento, perdería el equilibrio y caería al fondo de un barranco.

El suelo del bosque era mullido e inestable. Las ramas bajas de las casuarinas le azotaban el rostro y le pinchaban las manos extendidas. Había cosas ahí, en la oscuridad; presencias aleteantes que le rozaban las mejillas y le acariciaban el cráneo sudoroso con sus pequeñas patas fantasmales. Se llevó una mano a la frente y logró tocar a una de las criaturas: era grande como un pajarillo, pero frágil, liviana. Se la arrancó a gritos; las alas de la mariposa se deshicieron como papel viejo entre sus dedos. Otra más se posó sobre sus labios, atraída por la humedad de su saliva. Zahir, frenético, se golpeó el rostro y se rodó por el suelo para sacárselas de encima. El polvillo que desprendían sus cuerpos le quemaba los ojos y le impedía abrirlos.

Avanzó a gatas por el suelo del bosque hasta que sus manos se hundieron en un fango fresco que olía a drenaje. Había llegado a una especie de canal: podía distinguir los bordes de cemento con las manos. Decidió atravesarlo en vez de seguirlo; el agua sucia le llegaba a las rodillas. Cuando trepó por el otro lado atisbó, entre las casuarinas retorcidas, las ráfagas de luz de los camiones que surcaban la carretera.

Esperó en la orilla del bosque, escondido entre las sombras. Estaba seguro de que su hermano aparecería en cualquier instante. Sentía los pulmones como dos sacos llenos de cemento humedecido: gemían al jalar aire y chirriaban al exhalarlo. Autos y camiones desfilaban en ambas direcciones, ruidosos, incansables. Sus faros lo cegaban: sus bocinazos imprevistos le punzaban los nervios. Cada vez que uno se acercaba, Zahir se encogía para protegerse los ojos de la nube ardiente de polvo que levantaban.

Permaneció echado en el arcén toda la noche. No se movió ni cuando cayó el aguacero. Su hermano, pensaba, debía estar encogido en algún rincón del bosque, asustado, herido. Esperó a que amaneciera para internarse de nuevo en la fronda chapoteante. Los pinos lucían lavados; el liquen de los troncos estaba salpicado de gotas inmóviles, fijas. Peinó la zona hasta llegar al desagüe y luego decidió bajar a la playa. Incluso oteó entre las ruinas de la cabaña destruida. No había nada ahí, nada más que maderos podridos y ramas arrastradas por la corriente, y un solitario tenis abandonado. Intentó pescarlo con una rama, para ver si era de Andrik, pero no tuvo éxito.

Regresó al bosque. Cada bulto negro en la lejanía lo hacía correr; al llegar se daba cuenta de que sólo era una bolsa de basura, o algún trapo inmundo, casi fosilizado, los restos de alguna fogata, y no Andrik, su ropa oscura, su cuerpo menudo tendido en el suelo, esperando a que Zahir lo rescatara.

Los pájaros cantaban desde las ramas; Zahir no quería escucharlos. Deseaba que se callaran o que desaparecieran. Hubiera querido ahuyentarlos, pero ya no tenía fuerzas ni para gritarles, mucho menos para agacharse en busca de rocas.

Era mediodía cuando volvió a la carretera. No podía permanecer más ahí: el sol villano amenazaba con cocerle los sesos. Decidió ponerse en marcha, sin preocuparse por la dirección. Ya no sentía el cuerpo, ni el suelo bajo sus pies, ni el calor húmedo que lo rodeaba. No sentía nada, y eso era casi un alivio. Cada segundo era una eternidad dilatada; cada paso, idéntico al anterior y al siguiente. Apenas se dio cuenta de que estaba trepando por el puente, que se dirigía de regreso a la ciudad. Contaba sus pasos y los nombres de los números ya no significaban nada; los enunciaba en forma automática, entre dientes, sin importar el orden de su secuencia. Ponía un pie delante del otro, y luego éste delante del primero, una y otra y otra vez.

Así llegó al corazón de su barrio.

Cruzaba las calles ardientes sin mirar el tráfico, sin importarle que los autos y los ciclistas tuvieran que volantear para esquivarlo. Las aceras estaban llenas de gente y Zahir no miraba a nadie. Con la barbilla en el pecho y los ojos clavados en el suelo, apenas se percataba del desfile de sandalias y de tenis, de piernas flacas o rollizas, pálidas y tostadas, enfundadas en pantalones o erizadas de vellos oscuros que cruzaban ante su vista, apresuradas. Ni siquiera percibía las voces a su alrededor, ni los pregones de los vendedores del mercado, ni la risa intoxicada de los vagos del parque. Sólo la música logró sacarlo de su estupor, al pasar junto a un puesto de discos pirata. La misma voz andrógina de la noche anterior cantaba algo sobre despedidas, y la letra de la canción conjuró una serie de imágenes parpadeantes: su hermano desnudo en la escalera, envuelto en una sábana; las venas reventadas en los ojos del hombre; el chico rubio y su sonrisa invertida; las horas ciegas pasadas entre los tristes troncos de aquel horrible bosque.

Si él pudiera, lo quemaría por completo. Haría que la pinera ardiera, con todo y árboles y pájaros y mariposas y gente y cabañas. Si él pudiera, el incendio se propagaría como una explosión atómica que abarcaría el mundo entero y lo dejaría todo reducido a una playa de cenizas negras.

El dolor abrasaba su pecho; apenas podía respirar. Los ojos se le llenaron de lágrimas y eso lo avergonzó. Le hubiera gustado no tenerlos, no tener rostro, no tener cuerpo; ser invisible para la gente que lo rodeaba. Entre más luchaba por contener el llanto, más insoportable se hacía aquel ardor en el pecho. La música había aflojado algo en él, y ahora sentía todo, sentía demasiado: los pies hinchados y sangrantes, los cientos de pequeñas heridas y rasguños que se había hecho en el bosque, los puñetazos de la pelea en la playa, el aguijón de la culpa horadando su alma como una vara incandescente. Intentó volver a sus números para no pensar, para no existir: contó sus pasos primero; luego los objetos que iba encontrando en el suelo, tirados: un torso masticado de muñeca; dos tomates flotando en un charco; tres, cuatro, cinco corcholatas de refresco; seis, siete chicles, negros como sarcomas, pegados en la acera.

Chocó de pronto con una figura pequeña pero maciza. Vio primero las piernas cortas, surcadas de gruesas venas de color lavanda, seguidas de una falda oscura y el borde de un delantal al que dos niños —sucios y mal tusados— se prendían con fuerza. Más arriba había un vientre prominente, dos senos desinflados y un cuello grueso salpicado de verrugas.

—No tienes madre, chamaco baboso —dijo la boca.

Los ojos de la mujer eran duros, implacables como los de un ídolo esculpido en basalto.

—Tu pobre tía muriéndose, y tú en la parranda...

Era una de las vecinas de la tía Idalia.

Los niños lo miraban con curiosidad. Con una de sus manitas se aferraban al delantal de la vieja y con la otra sostenían, cada uno, una caja de chicles. Fue como verse a sí mismo diez o doce años atrás, penando en los camellones del puerto: las mismas cajas, la misma marca de golosinas, los mismos pelos hirsutos y mal cortados.

La vieja seguía gritándole. Sus ojos eran inmensos, pura pupila dilatada: ojos de pájaro, de insecto. Pensó en pegarle; sintió lástima por los niños. La vieja señalaba algo al final de la calle. Zahir volvió la cabeza: a menos de cien metros estaba la entrada a la vecindad.

Su hogar: la casa de la tía Idalia.

Dejó a la mujer hablando sola y caminó hasta la entrada de las cuarterías. Se topó con la portera en el patio; la mujer lo miró con espanto pero no le prohibió la entrada. Una de las vecinas le gritó algo desde la ventana de su cocina. Zahir ni siquiera se volvió. Caminó hacia la ropa recién tendida y arrancó una sábana del mecate. Aún goteaba. La apretó entre sus manos y se limpió la cara con ella. La frescura y el olor a suavizante lo trajeron un poco de regreso a la vida.

Estaba en casa. Aquél debía ser su destino. O su castigo. No podía escapar de la tía, y ella tampoco podía librarse de él. La prueba era que la reja de la casa ya no tenía candado, que la puerta se estaba abriendo con sólo empujarla, sin hacer un solo ruido.

Encontró la sala vacía, sin muebles ni enseres. Pensó que tal vez las vecinas los habían vendido para comprarle comida y medicinas a la vieja, o que tal vez las muy mal nacidas habían decidido repartirse todo entre ellas. No le importaba en lo absoluto. Lo único que le importaba era que la tía estuviera ahí. Y ahí estaba. Podía olerla desde la sala: esa mezcla inconfundible a orines y perfume de jazmín.

Atrancó la puerta y corrió el pestillo. Giró el perno de la chapa hasta sentir que se barría.

La cocina estaba a oscuras, más limpia que cuando él vivía ahí. Había una bolsa de papel sobre el mostrador y, dentro de ella, dos bolillos duros. Machacó uno entre los dedos y se lo llevó a la boca. El migajón se le pegó en los dientes, abrió el grifo y bebió directo para ablandar el pan, pero no pudo tragarlo; su garganta estaba cerrada. La puerta de la cocina tampoco tenía llave; salió al patio y vomitó sobre el piso de cemento.

Era un cuarto pequeño, sin techo. Apenas cabía un lavadero y un cilindro de gas, ahora ausente. Ahí había comenzado todo, ahí había sido donde la tía los había sorprendido, a él y a su hermano, acoplados en un solo cuerpo jadeante. La tía ya lo sospechaba; la culpa fue de las manchas en el colchón que compartían. Había intentado mantenerlos separados; incluso los obligó a dormir con ella en la misma recámara, para vigilarlos, uno a cada lado de su cama. Sin embargo, Zahir también la vigilaba a ella, y aprovechaba cada segundo de ausencia o distracción para arrinconar a Andrik, para suplicarle que se quitara la ropa. Nunca se negaba: era tan dócil que a veces le daban ganas de comérselo. Su boca sabía a melaza, su cuerpo a mantequilla dulce. Sus manos pequeñas lo tocaban con ternura, y eso nunca nadie lo había hecho; nunca nadie había acariciado el cuerpo de Zahir, aquel cuerpo que a todo el mundo —incluso a sí mismo— le parecía monstruoso, repugnante. Nadie nunca lo había despertado por las noches para buscar su calor, su lengua, sus besos.

Seguramente la tía los había estado espiando antes de salir al patio con el viejo machete en la mano; seguramente la vieja —con su malicia característica— había esperado a que consumaran aquel irresistible pecado antes de aparecer en el umbral de la cocina y atacarlos. Zahir había tratado de proteger a su hermano, pero la vieja logró asestarle un planazo en la cabeza. El chico, vestido con unos shorts diminutos, descalzo, trepó por la ventana con la agilidad de un simio y huyó por la azotea. La tía se volvió hacia Zahir. Lo amenazó a gritos con cortarle el asqueroso miembro. Desesperado por la huida de Andrik, deseoso de salir a buscarlo a la calle, intentó apartarla; la vieja se le fue encima con el machete. Tuvo que golpearla para defenderse; en el vientre y en el rostro, para desarmarla. La vieja terminó en el suelo y Zahir la tundió a patadas. Cada golpe aflojaba algo pútrido en su interior, algo fétido y deforme que él pensaba cicatrizado, y que todavía supuraba: las veces que la tía lo dejó sin comer; las veces que tuvo que dormir en la calle porque no había llegado a la hora indicada; la vez en que la vieja lo instó a mamar de la teta de la perra de la vecina, porque Zahir dijo que se le antojaba merendar leche; la vez en que lo azotó con el cincho en los genitales por haber estado tocándoselos; o, más pequeño, cuando al enjabonarlo durante el baño lo frotaba con furia hasta excitarlo y luego le cruzaba el rostro a bofetones y lo llamaba enfermo, perverso, degenerado.

Se agarró del muro para volver a la cocina. El pasillo también estaba a oscuras. De la recámara de la tía no brotaba ni un solo ruido. Deseó que hubiera muerto en su ausencia; que se la hubieran llevado al hospital para internarla. Se recargó contra la pared y guardó silencio. Estaba tan cansado. Hizo el gesto de quitarse la mochila y se sorprendió de no encontrarla sobre sus hombros, de no haber percibido su ausencia todo ese tiempo. Seguramente la había dejado caer en alguna parte del camino. No lo recordaba. No tenía ninguna importancia, de cualquier manera.

La primera puerta era la de su cuarto, el que compartió con Andrik hasta que la tía se empeñó en separarlos. No se molestó en mirar adentro: no había nada ahí que le interesara. La segunda puerta era la del baño. El suelo estaba cubierto de mugre y caparazones de cucarachas. Evitó mirarse en el espejo que colgaba sobre el lavamanos, en su camino a la recámara de la tía Idalia.

Entró sin anunciarse. La anciana estaba echada en la cama, en la misma posición en que la había imaginado: con la cabeza apoyada sobre almohadones mugrientos y las manos entrelazadas sobre el vientre: manos prietas, engañosamente flacas. Manos resecas, feas como las patas de un ave muerta.

Sus ojos abiertos se movieron del techo hacia la cara del muchacho.

—Yo sabía que volverías, hijo de la chingada —graznó, triunfante.

Zahir se acercó a ella. Le mostró sus palmas vacías. Lo había perdido todo: el dinero, el reloj de oro, la navaja de Tacho, la mochila con sus pocas pertenencias, pero nada de eso se comparaba con haber perdido a Andrik, su único hermano.

Jamás volvería a verlo. Jamás se vería reflejado en aquellos ojos claros de animal tierno.

Alguien aporreaba la puerta.

—¡Doña Idalia! —gritó una de las vecinas.

—¡Auxilio! —chilló la otra urraca.

—Atrévete, si es que tienes güevos —lo retó la vieja.

Zahir pensó que ya no necesitaba nada. Era la hora de la cobranza y sus propias manos le bastarían.